APENAS
UM
ANO

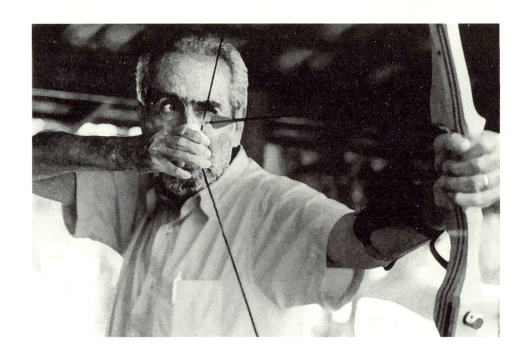

O ARQUEIRO

Geraldo Jordão Pereira (1938-2008) começou sua carreira aos 17 anos, quando foi trabalhar com seu pai, o célebre editor José Olympio, publicando obras marcantes como *O menino do dedo verde*, de Maurice Druon, e *Minha vida*, de Charles Chaplin.

Em 1976, fundou a Editora Salamandra com o propósito de formar uma nova geração de leitores e acabou criando um dos catálogos infantis mais premiados do Brasil. Em 1992, fugindo de sua linha editorial, lançou *Muitas vidas, muitos mestres*, de Brian Weiss, livro que deu origem à Editora Sextante.

Fã de histórias de suspense, Geraldo descobriu *O Código Da Vinci* antes mesmo de ele ser lançado nos Estados Unidos. A aposta em ficção, que não era o foco da Sextante, foi certeira: o título se transformou em um dos maiores fenômenos editoriais de todos os tempos.

Mas não foi só aos livros que se dedicou. Com seu desejo de ajudar o próximo, Geraldo desenvolveu diversos projetos sociais que se tornaram sua grande paixão.

Com a missão de publicar histórias empolgantes, tornar os livros cada vez mais acessíveis e despertar o amor pela leitura, a Editora Arqueiro é uma homenagem a esta figura extraordinária, capaz de enxergar mais além, mirar nas coisas verdadeiramente importantes e não perder o idealismo e a esperança diante dos desafios e contratempos da vida.

APENAS UM ANO

GAYLE FORMAN

ARQUEIRO

Título original: *Just One Year*

Copyright © 2013 por Gayle Forman
Copyright da tradução © 2021 por Editora Arqueiro Ltda.

Todos os direitos reservados. Nenhuma parte deste livro pode ser utilizada ou reproduzida sob quaisquer meios existentes sem autorização por escrito dos editores.

tradução: Natalia Sahlit

preparo de originais: Rayssa Galvão

revisão: Luíza Côrtes, Midori Faria e Rayana Faria

diagramação: Valéria Teixeira

capa: Elisabeth Vold Bjone

adaptação de capa: Gustavo Cardozo

imagens de capa: Shutterstock / Elena Elisseeva, holbox, RTImages, My Good Images

impressão e acabamento: Lis Gráfica e Editora Ltda.

CIP-BRASIL. CATALOGAÇÃO NA PUBLICAÇÃO
SINDICATO NACIONAL DOS EDITORES DE LIVROS, RJ

F82a

Forman, Gayle, 1970-
    Apenas um ano / Gayle Forman ; [tradução Natalia Sahlit]. - 1. ed.
- São Paulo : Arqueiro, 2021.
    320 p. ; 23 cm.

    Tradução de : Just one year
    Sequência de : Apenas um dia
    "Conto extra : Apenas uma noite"
    ISBN 978-65-5565-073-0

    1. Ficção americana. I. Sahlit, Natalia. II. Título.

20-67983   CDD: 813
                                     CDU: 82-3(73)

Camila Donis Hartmann - Bibliotecária - CRB-7/6472

Todos os direitos reservados, no Brasil, por
Editora Arqueiro Ltda.
Rua Funchal, 538 – conjuntos 52 e 54 – Vila Olímpia
04551-060 – São Paulo – SP
Tel.: (11) 3868-4492 – Fax: (11) 3862-5818
E-mail: atendimento@editoraarqueiro.com.br
www.editoraarqueiro.com.br

PARA MARJORIE,
TAMARA E LIBBA

Dobrem, dobrem, problema e confusão...

"Quando me achava em casa, estava em lugar melhor;
Mas os que viajam precisam estar sempre satisfeitos."

Como gostais, WILLIAM SHAKESPEARE

PARTE UM

Um ano

Um

AGOSTO

Paris

É sempre o mesmo sonho: estou em um avião, bem acima das nuvens, e começamos a descer. Entro em pânico, porque, de alguma forma, sei que estou no avião errado, viajando para o destino errado. Nunca fica claro onde vamos pousar, se vai ser em uma zona de guerra, no meio de uma epidemia, em um século diferente... só sei que é em algum lugar onde eu não deveria estar. Às vezes, tento perguntar à pessoa ao lado aonde estamos indo, mas nunca consigo ver seu rosto, nunca ouço uma resposta. Acordo suado e desorientado, com o som do trem de pouso baixando e as batidas fortes do meu coração. Em geral levo alguns segundos para me localizar, para entender onde estou, seja um apartamento em Praga ou um albergue no Cairo, mas, mesmo depois, continuo me sentindo perdido.

Acho que estou tendo o sonho agora. Como sempre, abro a persiana da janela para espiar as nuvens. Sinto o solavanco hidráulico dos motores, o impulso para baixo, a pressão nos ouvidos, a ignição do pânico. Eu me viro para a pessoa sem rosto ao meu lado... só que dessa vez tenho a sensação de que não é um estranho. É alguém que eu conheço. Alguém que está me acompanhando. E isso me deixa completamente aliviado. Não é possível que *nós dois* estejamos no avião errado.

– Sabe para onde a gente está indo? – pergunto.

Chego mais perto. Estou quase lá, quase vendo um rosto, quase ouvindo uma resposta, quase descobrindo nosso destino...

E então ouço as sirenes.

~

Comecei a prestar atenção nas sirenes em Dubrovnik. Estava viajando com um cara que conheci na Albânia quando ouvimos uma sirene. Parecia aquelas de filmes de ação americanos, e o cara que estava comigo comentou que cada país tinha seu próprio som de sirene.

– É útil, porque, se você esquecer onde está, sempre pode fechar os olhos e descobrir ouvindo as sirenes – explicou.

Naquela época, já fazia um ano que eu estava longe de casa, por isso demorei alguns minutos para lembrar como era a sirene do meu país. Era quase musical, um desce-sobe-desce-sobe, la, *la*, la, *la*, como alguém cantarolando, distraído, uma melodia alegre.

A sirene *de agora* não é assim. É monótona, um *nieé-nieé, nieé-nieé*, como o balido de uma ovelha elétrica. Não fica mais forte ou fraca conforme se aproxima ou se afasta; é um eterno lamento. Por mais que eu tente, não consigo situá-la, não tenho ideia de onde estou.

Só sei que não estou em casa.

~

Abro os olhos. Uma luz brilhante invade meu campo de visão, vindo de cima da minha cabeça, mas também dos meus próprios olhos: pequenas explosões e alfinetadas que doem pra cacete. Fecho os olhos.

Kai. O cara com quem viajei de Tirana para Dubrovnik se chamava Kai. Bebemos uma pilsner croata fraca nas muralhas da cidade e rimos enquanto mijávamos no mar Adriático. O nome dele era Kai. Ele era da Finlândia.

A sirene ressoa. Ainda não sei onde estou.

~

A sirene para. Ouço uma porta se abrindo, sinto água sobre a minha pele, algo se remexendo contra meu corpo. Acho que é melhor continuar de olhos fechados. Não quero testemunhar nada disso.

Mas sou forçado a abrir os olhos, e há outra luz, forte e dolorosa, como naquela vez em que passei muito tempo olhando para um eclipse solar. Saba tinha me avisado para não olhar diretamente, mas algumas coisas são irresistíveis. Passei horas com dor de cabeça. Enxaqueca de eclipse. Foi assim que chamaram nos jornais. Um monte de gente teve, depois de ficar olhando para o sol. Eu também sei disso. Mas ainda não sei onde estou.

Ouço vozes, ecos vindo de um túnel. Consigo ouvi-las, mas não entendo o que dizem.

– *Comment vous appelez-vous?* – pergunta alguém em uma língua que sei que não é a minha, mas que por algum motivo consigo compreender. *Qual é o seu nome?*

– *Can you tell us your name?* – repetem a pergunta em outra língua, que também não é a minha.

– Willem de Ruiter.

Desta vez é a minha voz. Meu nome.

– Ótimo.

É um tom masculino. Ele volta à primeira língua. Francês. Diz que acertei meu nome, e me pergunto como ele sabe disso. Por um segundo, penso que quem está falando é Bram, mas, mesmo confuso, percebo que é impossível. Bram não fala francês.

⁓

– Sr. Willem, agora vamos colocá-lo sentado.

A cabeceira da minha cama – *acho que estou em uma cama* – começa a se inclinar para cima e para a frente. Tento abrir os olhos de novo. Vejo tudo embaçado, mas consigo distinguir as luzes brilhantes do alto, as marcas nas paredes e a mesa de metal.

– O senhor está no hospital – explica o homem.

Sim, essa parte eu entendi. Isso explica minha camisa coberta de sangue – explica até a camisa em si, que não é minha. É cinza, com SOS escrito em letras vermelhas. O que significa SOS? De quem é essa camisa? E de quem é esse sangue?

Olho em volta. Vejo um homem – um médico? – de jaleco e uma

enfermeira ao lado, me estendendo uma compressa de gelo. Toco minha bochecha. A pele está quente e inchada. Meu dedo fica sujo de sangue. Isso responde a uma das perguntas.

– O senhor está em Paris – informa o médico. – Sabe onde fica?

Estou comendo tagine em um restaurante marroquino em Montorgueil com Yael e Bram. Estou passando o chapéu depois de uma performance com os acrobatas alemães em Montmartre. Estou acabado, suado, no show *Mollier than Molly*, no Divan du Monde, com Céline. E estou correndo, correndo pelo mercado de Barbès de mãos dadas com uma garota.

Que garota?

– Na França – consigo responder.

Minha língua está áspera.

– O senhor se lembra do que aconteceu? – pergunta o médico.

Ouço passos e sinto gosto de sangue. Tem uma poça na minha boca. Não sei o que fazer com toda aquela água, então a engulo.

– Parece que o senhor se envolveu em uma briga – continua o médico. – Terá que prestar depoimento na delegacia, mas primeiro precisa suturar o rosto. Precisamos fazer uma tomografia da cabeça, para garantir que não há nenhum hematoma subdural. Está passando férias aqui?

Cabelo preto. Hálito suave. Uma sensação angustiante de que perdi algo valioso. Tateio o bolso.

– E as minhas coisas? – pergunto.

– Sua mochila e seus pertences foram encontrados espalhados junto de você, mas o passaporte estava intacto. A carteira também.

Ele me entrega a mochila. Confiro a carteira. Tem mais de 100 euros lá dentro, embora eu me lembre de ter bem mais do que isso. Minha identidade desapareceu.

– Também encontramos isto. – Ele me mostra um caderninho preto. – Ainda sobrou um bom dinheiro na carteira, não? Não parece ter sido roubo, a não ser que o senhor tenha brigado com os ladrões.

Ele franze a testa, talvez por achar que isso seria meio estúpido.

Será que briguei? Uma névoa baixa paira no ar, como a que eu via sobre os canais de manhã, sempre torcendo para que se dissipasse. Morria de frio. Yael dizia que era porque, embora eu parecesse holandês, tinha o sangue mediterrâneo dela correndo nas veias. Eu me lembro disso, me lembro do cobertor de lã em que me envolvia para ficar aquecido. E, mesmo que agora eu saiba onde estou, não sei o que estou fazendo aqui. Eu não devia estar em Paris. Deveria estar na Holanda. Talvez isso explique essa sensação angustiante.

Vai embora. Vai embora, ordeno à névoa. Mas ela é tão teimosa quanto a neblina holandesa – ou talvez minha força de vontade é que seja tão fraca quanto o sol do inverno. Seja como for, a bruma persiste.

– O senhor sabe que dia é hoje? – indaga o médico.

Tento adivinhar, mas as datas flutuam para longe, como folhas em uma calha. Não é novidade. Eu nunca lembro datas, mesmo. Não preciso. Balanço a cabeça.

– Sabe em que mês estamos?

Augustus. Août.

– Agosto.

– Dia da semana?

Donderdag, diz uma voz na minha cabeça. Quinta-feira.

– Quinta? – arrisco.

– Sexta – corrige o médico, e minha angústia aumenta. Acho que era para eu estar em algum lugar na sexta-feira.

O interfone toca. O médico atende, conversa por um minuto, desliga e se volta para mim.

– O radiologista virá em meia hora.

E ele começa a falar sobre *commotions cérébrales*, as concussões, e a perda temporária de memória recente. Fala também sobre exames e ressonâncias, mas nada disso parece fazer muito sentido.

– Tem alguém para quem possamos ligar?

Eu sinto que tem, mas não conseguiria lembrar nem que minha vida dependesse disso. Bram já se foi, Saba também, e Yael talvez já tenha ido. Quem mais continua aqui?

A náusea bate forte, rápido, como uma onda nas minhas costas. Então vomito na minha camisa ensanguentada. A enfermeira é ágil com a bacia, mas não rápida o bastante. Ela oferece uma toalha para eu me limpar. O médico está dizendo alguma coisa sobre náusea e concussões. Meus olhos estão cheios de lágrimas. Nunca consegui vomitar sem chorar.

A enfermeira esfrega meu rosto com outra toalha.

– Ah, faltou um pedaço – diz, com um sorriso afetuoso. – Bem aqui no relógio.

Vejo um relógio dourado brilhante preso ao meu pulso. Não é meu. Por um instante, consigo visualizá-lo no pulso de uma garota. Subo da mão para um braço esguio, um ombro forte, um pescoço de cisne. Imagino que ela não tenha rosto, como no sonho. Mas ela tem.

Cabelos pretos. Pele clara. Olhos doces.

Olho o relógio de novo. O vidro está rachado, mas o mecanismo está funcionando. São nove horas. Começo a suspeitar do que me esqueci.

Tento sentar. O mundo gira.

O médico põe a mão no meu ombro e me empurra de volta para a cama.

– O senhor está agitado porque está confuso. Isso tudo é temporário, mas devemos fazer uma tomografia computadorizada para ter certeza de que não há nenhum sangramento no cérebro. Enquanto esperamos, vamos cuidar das lacerações no seu rosto. Primeiro, vou anestesiar a área.

A enfermeira passa uma coisa laranja na minha bochecha.

– Não se preocupe. Isso não mancha.

Não mancha, só arde.

~

– Acho que já vou – digo, enquanto ele faz as suturas.

O médico ri. Por um segundo, vejo uma pele bronzeada coberta de um pó branco. Um quarto branco. Sinto a bochecha latejar.

– Tem alguém me esperando – anuncio.

Não tenho ideia de quem seja, mas sei que é verdade.

– Quem o está esperando? – questiona o médico.

– Não lembro.

– O senhor precisa fazer uma tomografia. Depois, gostaria que ficasse em observação até a clareza mental retornar. Até descobrir quem o está esperando.

Pescoço. Pele. Lábios. A mão frágil e forte dela em meu peito, sobre o coração. Pouso minha mão no peito, por cima do jaleco verde que a enfermeira me deu depois que cortaram a camiseta empapada de sangue. O nome está quase na ponta da língua.

Enfermeiros chegam para me levar a outro andar. Sou colocado dentro de um tubo de metal que retumba ao redor da minha cabeça. Talvez seja culpa do barulho, não sei, mas, dentro do tubo, a névoa começa a se dissipar. Só que não é o sol que desponta por entre a névoa, e sim um céu opaco cor de chumbo, que surge à medida que os fragmentos se juntam.

– Tenho que ir. Agora! – grito lá de dentro.

Silêncio. Depois, o clique do interfone.

– Não se mexa, por favor – ordena uma voz incorpórea, em francês.

<hr />

Sou conduzido de volta ao andar de baixo para esperar. Já passou do meio-dia.

Espero mais. Eu me lembro dos hospitais, lembro exatamente por que os odeio.

Espero mais. Sou pura adrenalina, só que freada pela inércia; sou como um carro esportivo preso no trânsito. Tiro uma moeda do bolso e faço o truque que Saba me ensinou quando eu era criança. Funciona. Vou me acalmando, e mais peças se encaixam. Viemos juntos a Paris. *Estamos* juntos em Paris. Sinto o braço delicado dela envolvendo meu corpo, atrás de mim na bicicleta. Envolvendo meu corpo com um toque não tão delicado enquanto nos abraçamos com força. Ontem à noite. Em um quarto branco.

O quarto branco. Ela está em um quarto branco, esperando por mim. Olho em volta. Quartos de hospital não são brancos como as pessoas imaginam; são beges, cinzentos, amarronzados, pintados de tons neutros para aliviar os corações partidos. O que eu não daria para estar em um quarto branco de verdade.

Mais tarde, o médico volta. Está sorrindo.

– Boas notícias! Não detectamos sangramento subdural, foi só uma concussão. Como está a memória?

– Melhor.

– Que bom. Vamos esperar a polícia. Vão tomar seu depoimento, então estará liberado para encontrar quem quiser. Mas vá com calma. O senhor vai receber uma lista de recomendações, só que em francês. Vou procurar alguém para traduzir ou verei se consigo encontrar uma equivalente em inglês ou holandês na internet.

– *Ce ne sera pas nécessaire.*

– Ahh, você fala a minha língua? – pergunta o médico em francês.

Faço que sim com a cabeça.

– Eu lembrei.

– Ótimo. Vai acabar se lembrando de outras coisas também.

– Então, posso ir?

– Alguém tem que buscar o senhor! E ainda precisa falar com a polícia.

A polícia. Vai levar horas, e não tenho nada para dizer. Pego a moeda de novo e a equilibro entre as juntas dos dedos.

– Nada de polícia!

O médico acompanha a moeda correndo sobre a minha mão.

– O senhor tem algum problema com a polícia?

– Não, não é isso. É que eu tenho que encontrar uma pessoa – explico.

A moeda cai no chão. O médico a pega e a entrega para mim.

– Encontrar quem?

Talvez tenha sido o tom casual da pergunta; meu cérebro contundido não tem tempo de processar a resposta antes de inventar qualquer coisa. Ou talvez a névoa esteja se dissipando e a dor de cabeça horrível esteja passando. Mas um nome escapa dos meus lábios com tanta naturalidade que é como se eu já o tivesse mencionado.

– *Lulu.*

– Ah, Lulu. *Très bien!* – O médico entrelaça as mãos. – Vamos ligar para essa Lulu. Ela pode vir buscá-lo. Ou podemos mandar trazê-la aqui.

É difícil explicar que não sei onde Lulu se encontra. Só sei que está me esperando no quarto branco, e já está ali há um bom tempo, e que esse mau pressentimento não é apenas por estar em um hospital, onde a perda é tão rotineira. Esse horror tem outro motivo.

– Tenho que ir – insisto. – Se eu não for agora, pode ser tarde demais.

O médico confere o relógio da parede.

– Não são nem duas da tarde. Está cedo.

– Talvez seja tarde demais para mim.

Talvez. Como se o que fosse acontecer já não tivesse acontecido.

O médico me encara por um bom tempo. Então, balança a cabeça.

– Melhor esperar. A memória deve voltar em algumas horas, aí o senhor vai poder encontrar sua amiga.

– Eu não tenho algumas horas!

Será que ele pode me manter aqui contra a minha vontade? Será que, neste momento, eu tenho direito de garantir minha vontade? Mas algo me impele para a frente, atravessando a névoa e a dor.

– Eu tenho que ir – insisto. – Agora.

O médico me encara e solta um suspiro.

– *D'accord.*

Ele me entrega uma pilha de papéis, informa que preciso repousar pelos próximos dois dias e que é necessário limpar a ferida diariamente, acrescentando que os pontos vão sair naturalmente. Depois me entrega um cartãozinho.

– Este é o contato do inspetor da polícia. Vou avisar que o senhor vai ligar amanhã.

Faço que sim com a cabeça.

– O senhor tem para onde ir?

A boate de Céline. Dou o endereço. A estação do *Métro*. Disso eu me lembro bem. Esses lugares eu consigo encontrar.

– Muito bem. Passe no departamento financeiro para acertar as contas e depois pode ir.

– Obrigado.

Ele toca o meu ombro, avisando para eu pegar leve.

– Lamento que Paris tenha lhe trazido tanto azar.

Eu me viro para encará-lo. Como a minha visão já não está mais tão embaçada, consigo ver seu crachá. Está escrito DOCTEUR ROBINET. Mesmo já enxergando melhor, o dia ainda está meio turvo e tenho um pressentimento sobre ele. Sou preenchido por uma sensação nebulosa; não é exatamente felicidade, e sim uma espécie de solidez, como pisar na terra depois de passar muito tempo no mar. E tenho certeza de que, quem quer que seja essa Lulu, algo aconteceu entre nós em Paris – e foi o oposto de azar.

Dois

No departamento financeiro, preencho milhares de formulários. Não sei o que dizer quando me pedem um endereço. Não tenho mais isso já faz muito tempo, mas não vão me deixar ir embora sem essa informação. Primeiro, penso em dar o endereço de Marjolein, a advogada da minha família. É ela quem lida com a correspondência importante de Yael – e, lembrando agora, um pouco tarde demais, é com ela que eu tinha marcado de me encontrar hoje em Amsterdã. Ou seria amanhã? Talvez ontem? Mas, se Marjolein receber uma conta de hospital, a informação vai acabar chegando em Yael, e não quero ter que explicar o que aconteceu. Também não quero *não* explicar, já que ela provavelmente nunca vai perguntar.

– Posso dar o endereço de um amigo? – pergunto à funcionária.

– Você pode dar o endereço da rainha da Inglaterra, desde que a gente possa enviar a conta para lá.

Posso dar o endereço de Broodje, em Utrecht.

Peço um momento.

– Sem pressa, *mon chéri.*

Eu me debruço sobre o balcão e vasculho meu caderno, examinando a lista de pessoas que conheci no último ano. Não me lembro de várias, mas já não lembrava antes mesmo deste golpe horroroso na cabeça. Vejo uma anotação: *Nunca se esqueça das cavernas de Matala.* Eu me lembro das cavernas e da garota que escreveu a mensagem, mas não sei por que não deveria esquecer aquilo tudo.

Encontro o endereço de Robert-Jan bem na frente e repasso tudo para a funcionária da contabilidade. Fecho o caderno, que se abre de novo em uma das últimas páginas usadas. Não consigo entender o que está escrito, e por um momento acho que a minha vista deve estar realmente turva, mas então percebo que as palavras não estão em inglês nem em holandês. Aquilo é chinês.

E, de repente, não estou mais no hospital. Estou em um barco, e ela escreve no meu caderno. Eu lembro. Ela falava mandarim. E me mostrou uma coisa. Viro a página e vejo:

囍

Não há tradução, mas por algum motivo sei o que significa.
Dupla felicidade.

Vejo o ideograma no caderno. Então me lembro de vê-lo maior, em uma placa. Dupla felicidade. É lá que ela está?

– Tem algum restaurante chinês ou loja chinesa por perto?

A funcionária coça a cabeça com um lápis e consulta uma colega. As duas começam a discutir sobre o melhor restaurante oriental.

– Não, não é para comer. Estou procurando isto aqui.

Mostro o ideograma no caderno. Elas se entreolham e dão de ombros.

– Um bairro chinês? – indaga uma.

– No 13º *arrondissement* – responde a outra.

– Onde fica?

– Na margem esquerda.

– Será que a ambulância me trouxe de lá?

– Não, claro que não.

– Tem uma rua chinesa menor em Belleville – lembra a outra funcionária.

– Não é muito longe, fica a poucos quilômetros daqui – explica a primeira, que também me dá a direção do *Métro*.

Coloco a mochila e saio.

Não vou muito longe. A mochila parece cheia de cimento molhado. Saí da Holanda há dois anos com uma mochila enorme muito mais cheia, mas ela foi roubada e nunca comprei outra igual. Preferi usar uma menos volumosa. Com o tempo, minha bagagem foi ficando cada vez menor, porque na verdade não precisamos de tanta coisa. Hoje em dia, só carrego algumas mudas de roupa, livros e itens de higiene pessoal, mas mesmo isso agora me parece pesado. Quando desço as escadas do *Métro*, a mochila bate nas minhas costas, e a dor atravessa o meu corpo como uma faca.

Antes de eu ir embora, o Dr. Robinet disse que era apenas um machucado, que "ela" não estava quebrada. Achei que estava falando da minha alma, mas parece que se referia a uma costela.

Na plataforma do *Métro*, tiro tudo da mochila, exceto o passaporte, a carteira, o caderno e a escova de dentes. Quando o trem chega, deixo o resto para trás. Estou mais leve, mas isso não ajuda muito.

Vejo a área chinesa de Belleville logo junto da estação. Procuro o ideograma do caderno nas placas, mas são muitas, e as letras néon não se parecem em nada com as linhas delicadas que ela escreveu. Pergunto aos transeuntes sobre a dupla felicidade. Não faço ideia se estou procurando um lugar, uma pessoa, uma comida ou um estado de espírito. Os chineses me olham com receio e não respondem. Começo a questionar se estou de fato falando francês ou se só imagino que estou, até que, finalmente, um idoso, apoiando as mãos cobertas de pelos grisalhos sobre uma bengala adornada, me analisa de alto a baixo e diz:

– Você está bem longe da dupla felicidade.

Estou prestes a perguntar o que ele quer dizer com isso, se sabe onde fica o lugar, quando vejo de relance o meu reflexo na vitrine de uma loja. Tenho o olho roxo e inchado, o sangue escorrendo do curativo no rosto. Então percebo que ele não está falando de um local.

Avisto letras familiares. Não o ideograma da dupla felicidade, mas o SOS da camiseta misteriosa que estava usando mais cedo, no hospital.

Vejo as letras na camiseta de um cara da minha idade, com cabelos espetados e um braço repleto de pulseiras de metal. Talvez ele tenha alguma ligação com a dupla felicidade.

Sofro um pouco para correr atrás do cara, que já está a meio quarteirão de distância. Assim que toco seu ombro, ele se vira e se assusta, dando um passo para trás. Aponto para a camiseta dele. Estou prestes a questionar o significado das letras, quando ele me pergunta, em francês:

– O que aconteceu com você?

– Skinheads – respondo, sem ligar para a língua.

É a mesma palavra em qualquer lugar do mundo. Então, explico em francês que eu estava usando uma camiseta daquelas quando fui atacado.

– Ahh – ele assente. – Os racistas odeiam a *Sous ou Sur*. É uma banda bem antifascista.

Concordo, mas me lembro bem do motivo da surra e sei que não teve nada a ver com a camiseta.

– Será que você pode me ajudar?

– Acho que você precisa é de um médico, amigo.

Balanço a cabeça. Não é disso que preciso.

– O que você quer? – pergunta o rapaz.

– Estou procurando um lugar por aqui com esta placa.

– O que isso significa?

– Dupla felicidade.

– E o que quer dizer?

– Não sei.

– Mas que tipo de lugar você está procurando?

– Pode ser uma loja. Um restaurante. Uma boate. Não sei mesmo.

– Cacete, você não sabe de nada, hein?

– É, talvez seja por isso. – Aponto para o galo na cabeça. – As coisas ficaram um pouco confusas.

Ele analisa meu hematoma.

– Você deveria pedir a um médico para dar uma olhada.

– Já deram – explico, apontando para o curativo cobrindo os pontos da bochecha.

– Você não devia estar de repouso?

– Vou descansar mais tarde. Depois que encontrar isto aqui: a dupla felicidade.

– E por que essa dupla felicidade é tão importante?

Eu a vejo tão claramente… não apenas vejo, mas também *sinto*. Seu hálito suave em minha bochecha enquanto ela sussurrava algo em meu ouvido, bem no momento em que eu caía no sono, ontem à noite. Não escutei o que ela falou. Só lembro que me sentia feliz por estar naquele quarto branco.

– Lulu – digo.

– Ah, uma garota. Bom, eu estava indo ver a *minha* garota.

Ele pega o celular e digita alguma coisa.

– Mas ela pode esperar. Garotas sempre esperam!

Ele sorri, exibindo os dentes meio tortos.

O cara está certo. Garotas sempre esperaram por mim. Mesmo quando eu não sabia que esperariam, mesmo quando eu estava longe havia muito tempo, elas esperavam. E nunca fez muita diferença para mim.

Subimos e descemos pelos quarteirões estreitos, sentindo o ar pesado com o cheiro de ensopado de miúdos. Sinto que estou correndo para acompanhá-lo, e o esforço faz meu estômago se revirar de novo.

– Você não parece bem, amigo – comenta o cara, vagamente alarmado, quando vomito bile na sarjeta. – Tem certeza de que não quer ir a um médico?

Balanço a cabeça, limpando a boca e esfregando os olhos.

– Ok. Acho que vou levar você para ver minha garota, a Toshi. Ela trabalha na área, talvez conheça esse lugar da dupla felicidade.

Eu o sigo por alguns quarteirões. Estou procurando a placa da dupla felicidade, mas está ainda mais complicado, já que espirrou um pouco de bile no caderno, borrando a tinta. Além disso, pontos pretos dançam diante dos meus olhos, tornando difícil ver a calçada.

Quando finalmente paramos, quase choro de alívio. Lá está ele, o lugar da dupla felicidade. Tudo parece familiar, a porta de ferro, os andaimes vermelhos, os retratos distorcidos, até mesmo o nome apagado na fachada, *Ganterie*, que deve fazer menção a uma antiga fábrica de luvas. Este é o lugar.

Toshi aparece à porta, uma garota negra muito pequena com dreadlocks apertados, e tenho vontade de abraçá-la por ter me conduzido até o lugar do quarto branco. Quero ir direto até lá e me deitar ao lado de Lulu, para que tudo fique bem de novo.

Tento dizer isso, mas não consigo. Não consigo nem mexer as pernas, porque o chão ficou mole e ondulante. Toshi e o anjo da guarda que me ajudou, Pierre, estão discutindo em francês. Ela quer chamar a polícia, mas ele argumenta que precisam me ajudar a encontrar a dupla felicidade.

Está tudo bem, quero dizer. *Eu encontrei. Este é o lugar.* Mas não consigo articular as palavras.

– Lulu – balbucio. – Ela está aqui?

Mais algumas pessoas se aglomeram à nossa volta.

– Lulu – repito. – Eu deixei Lulu aqui.

– Aqui? – pergunta Pierre. Ele se vira para Toshi, aponta para a própria cabeça, depois para a minha.

Repito várias vezes o nome dela: *Lulu, Lulu*. Até que paro, mas o nome reverbera como um eco, como um chamado viajando prédio adentro para buscá-la, onde quer que ela esteja.

Quando a multidão abre caminho, tenho a impressão de que meu chamado funcionou, que minhas palavras a trouxeram de volta. Que na única vez em que faria diferença que uma garota esperasse, ela esperou.

Uma garota se aproxima.

– *Oui. Lulu, c'est moi* – responde, a voz delicada.

Mas aquela não é Lulu. Lulu era longilínea, com cabelo e olhos escuros. Esta garota é uma bonequinha de porcelana loura. Não é Lulu. Só então me dou conta de que Lulu também não é Lulu. Esse foi só o nome que dei a ela. Não sei como Lulu se chama de verdade.

As pessoas me encaram. Ouço minha própria voz murmurando que preciso encontrar Lulu. A outra Lulu, a que deixei no quarto branco.

Eles me olham, perplexos. Toshi pega o celular e chama uma ambulância. Levo alguns instantes para entender que é para mim.

– Não. Já fui para o hospital – argumento.

– Não consigo imaginar como você estava antes – diz a Lulu errada. – Foi algum acidente?

– Ele apanhou de skinheads – explica Pierre.

Mas a Lulu errada está certa. Foi um acidente, foi assim que a encontrei. E a perdi em outro acidente. É preciso dar certo crédito ao universo pela forma como ele equilibra as coisas.

Três

Pego um táxi para a boate de Céline. A tarifa devora meus últimos centavos, mas tudo bem: só preciso do suficiente para voltar para Amsterdã e já tenho a passagem de trem. Cochilo no banco de trás durante o curto trajeto, e só quando paramos na La Ruelle é que lembro que a mala de Lulu ficou aqui.

O bar está escuro e vazio, com a porta destrancada. Manco até o escritório de Céline. Também está escuro, e só o brilho acinzentado da tela do computador ilumina o rosto dela. Quando ergue os olhos e me vê, Céline abre aquele seu sorriso de leoa acordando de uma soneca, revigorada, mas faminta. Então acendo a luz.

– *Mon Dieu!* – exclama ela. – O que aquela menina fez com você?

– Ela passou por aqui? A Lulu?

Céline revira os olhos.

– Passou. Ontem. Com você.

– E depois?

– O que aconteceu com o seu rosto?

– Cadê a mala dela?

– Na despensa, onde a gente deixou. O que aconteceu?

– Me dá as chaves.

Céline estreita os olhos, mas abre uma gaveta da escrivaninha e joga as chaves para mim. Destranco a porta da despensa, e lá está a mala. Lulu não voltou para buscá-la. Fico feliz porque isso só pode significar que ela ainda está aqui em Paris, procurando por mim.

Depois penso no que a mulher da *Ganterie* falou, a que desceu pelas escadas quando minha vista escureceu de vez e Toshi ameaçou chamar uma ambulância de novo. Acabei implorando por um táxi em vez disso. Mas aquela mulher disse que viu uma garota sair correndo porta afora quando ela destrancou a ocupação, logo de manhã.

– Gritei para ela voltar, mas ela simplesmente fugiu – contou, em francês.

Lulu não falava francês e não conhecia Paris. Ontem à noite, não sabia nem como chegar à estação de trem. Nem à boate. Lulu não encontraria a mala e também não tinha como saber onde eu estava, mesmo *se* quisesse me achar.

Pego a mala e procuro alguma identificação, mas não encontro nada. Não tem etiqueta de nome nem de bagagem. Tento abri-la, mas está trancada. Hesito um pouco, mas acabo arrebentando o frágil cadeado. Assim que abro o zíper, sou tomado por uma sensação muito familiar. Não é o conteúdo da mala – que só tem roupas e suvenires que nunca vi –, é o aroma. Pego uma camiseta cuidadosamente dobrada, levo ao rosto e cheiro.

– O que você está fazendo? – pergunta Céline, surgindo do nada.

Fecho a porta na cara dela e continuo examinando as coisas de Lulu. Entre os suvenires, encontro um relógio de corda como o que vimos juntos em uma barraca perto do Sena, alguns adaptadores de tomada, carregadores e itens de higiene pessoal, mas nada que me dê alguma pista sobre quem ela é. Também vejo uma folha de papel guardada dentro de um saco plástico. Dou uma olhada, esperançoso, mas é apenas um tipo de inventário.

Encontro um diário de viagem enfiado debaixo de um suéter. Toco a capa com os dedos. Há um ano, minha mochila foi roubada em um trem para Varsóvia. Eu levava o passaporte, meu dinheiro e meu caderno preto no corpo, então os ladrões só ficaram com uma mochila meio velha cheia de roupas sujas, uma câmera antiga e um diário. Devem ter jogado tudo fora quando perceberam que não havia nada de valor. Talvez tenham conseguido uns 20 euros na câmera, embora ela valesse muito mais do que isso para mim. O diário em si não valia nada, e torci muito para que o jogassem fora. Não suportava a ideia de que alguém pudesse lê-lo. Foi a única vez em dois anos que pensei em voltar para casa. Não voltei. Mas, quando repus as coisas, não comprei um novo diário.

Fico me perguntando o que Lulu acharia se eu lesse o diário de viagem dela. Tento imaginar como eu me sentiria se ela visse todos aqueles comentários cruéis sobre Bram e Yael no meu diário roubado. E, pensando nisso, não é o constrangimento, a vergonha ou a repulsa que me dominam, e sim uma calma familiar. Algo como alívio.

Abro o diário e folheio as páginas, mesmo sabendo que não deveria. Preciso encontrar um contato, embora eu talvez esteja apenas tentando descobrir mais sobre ela. Buscando uma forma diferente de assimilá-la.

Mas não encontro nada que possa me ajudar a encontrar Lulu. Nem um único nome ou endereço, seja dela, seja de alguém que ela conhece. Só uns comentários vagos, nada revelador, nada Lulu.

Pulo para o fim. A lombada rígida está descolando. Atrás da contracapa tem um pacote de cartões-postais. Procuro endereços, mas estão todos em branco.

Pego uma caneta de uma prateleira e começo a escrever meu nome, telefone e e-mail – junto do endereço de Broodje, só por precaução – em cada um dos cartões-postais. Escrevo para mim mesmo de Roma, Viena, Praga, Edimburgo, Londres. E, enquanto faço isso, me pergunto por quê. *Mantenha contato*. É como um mantra na estrada. É algo que todos dizem, mas que raramente se realiza. Conhecemos pessoas, depois nos separamos; às vezes, cruzamos com elas de novo. Às vezes, mas quase nunca.

O último cartão-postal é de William Shakespeare, de Stratford-upon-Avon. Eu tinha sugerido que ela deixasse *Hamlet* de lado e fosse ver nossa apresentação, argumentei que a noite estava bonita demais para uma tragédia. Eu deveria ter pensado melhor antes de falar uma besteira dessas.

Viro o cartão. "Por favor", começo. Estou prestes a continuar: *Por favor, entre em contato. Por favor, me deixe explicar. Por favor, me diga quem é você*. Mas sinto a minha bochecha latejar, minha visão volta a ficar fora de foco e estou exausto, pesado de remorso. Então termino a frase com um "me desculpe" carregado com a culpa que estou sentindo.

Guardo os cartões-postais de volta no pacote e no diário. Fecho a mala e a posiciono no canto de onde a tirei. Saio e fecho a porta.

Quatro

Na última vez em que estive no apartamento de Céline, mais de um ano antes, ela jogou um vaso de flores mortas na minha cabeça. Eu já estava lá com ela havia cerca de um mês quando lhe disse que era hora de seguir em frente. Fazia um calor fora de época, e acabei ficando por mais tempo do que o normal, mas, quando esfriou, senti a claustrofobia voltar. Céline me acusou de namorar mulheres só por temporada. Bem, embora ela não estivesse errada sobre essa questão da temporada, eu não era namorado dela e não tinha prometido ficar. Céline gritou comigo, me xingou, depois atirou o vaso em mim – não me acertou; a porcelana se estilhaçou na parede azul desbotada. Tentei ajudar a arrumar a bagunça antes de ir, mas ela não deixou.

Acho que nenhum de nós esperava que eu colocasse os pés aqui de novo. Acho que nós dois pensamos que nunca mais nos veríamos, até que esbarrei nela na La Ruelle, alguns meses depois. Céline tinha sido promovida a gerente da agenda da boate e pareceu feliz ao me ver. Passou a noite pagando bebidas para mim, depois perguntou se eu queria dar um pulo em seu escritório para ver a lista das bandas dos meses seguintes. Eu fui, mesmo sabendo que não era a programação que ela queria me mostrar. Dito e feito: assim que chegamos ao escritório, Céline trancou a porta e nem se deu ao trabalho de ligar o computador.

Tínhamos o acordo tácito de que eu nunca voltaria ao apartamento dela. E eu tinha onde ficar, de qualquer forma, sem falar que iria embora de Paris na manhã seguinte. Depois disso, passei a encontrá-la sempre que passava na cidade. Sempre na boate, no escritório, com a porta trancada.

Então acho que nós dois ficamos surpresos quando pergunto se posso dormir na casa dela.

– Sério? Você quer?

– Se você não se importar. Pode me dar as chaves e me encontrar mais tarde. Sei que você precisa trabalhar. Vou embora amanhã.

– Pode ficar quanto tempo quiser. Eu vou com você. Posso ajudar.

Passo os dedos pelo relógio em meu pulso, distraído.

– Não precisa. Só tenho que descansar.

Céline repara no relógio.

– É dela?

Deslizo o dedo pelo vidro rachado.

– Vai ficar com isso? – pergunta, azedando o tom de voz.

Faço que sim com a cabeça. Céline protesta, mas ergo a mão para detê-la. Não tenho forças para argumentar, mas vou ficar com o relógio.

Céline revira os olhos, mas desliga o computador e me ajuda a subir as escadas. Chama Modou, que está enfurnado atrás do balcão, e avisa que vai para casa comigo.

– O que aconteceu com a sua amiga? – pergunta Modou, saindo de trás do balcão.

Eu me viro para ele. As luzes estão fracas, e uso o braço de Céline de apoio. Mal consigo vê-lo.

– Avise a ela que eu sinto muito. A mala está no armário. Se ela voltar, fale isso para ela.

Quero pedir que Modou avise a Lulu sobre os cartões-postais, mas Céline já está me arrastando pela porta. Eu achava que estaria escuro lá fora, mas ainda é dia. Dias como este duram anos. Os dias que queremos que durem para sempre são os que acabam em um piscar de olhos.

A parede continua marcada no ponto onde o vaso bateu. As pilhas de livros, as revistas, os CDs e as torres de discos de vinil, meio bambas, permanecem no mesmo lugar. As janelas panorâmicas, que Céline não se dá ao trabalho de cobrir nem de noite, estão escancaradas, deixando entrar o dia infinito.

Ela me serve um copo d'água e finalmente tomo os analgésicos que o Dr. Robinet me deu no hospital, avisando para tomá-los *antes* que a dor começasse e só parar quando diminuísse. Mas eu estava com medo de tomá-los antes de terminar de resolver as coisas e perder o pouco discernimento que me restava.

As instruções do vidro indicam um comprimido a cada seis horas. Tomo três.

– Levante os braços – orienta Céline, como fez ontem, quando me obrigou a trocar de roupa.

Foi tão fofo quando Lulu nos surpreendeu e tentou disfarçar que estava com ciúmes. Quando Modou a beijou no rosto, quem teve que disfarçar fui eu.

Não consigo levantar muito os braços, então Céline me ajuda a tirar a roupa do hospital. Ela fita o meu peito por um longo tempo. Balança a cabeça.

– O que foi?

Solta um muxoxo.

– Aquela menina não devia ter largado você assim.

Começo a explicar que Lulu não me deixou assim, que ela não sabia. Céline me interrompe, abanando as mãos.

– Ah, não importa. Você está aqui agora. Vá tomar um banho. Vou fazer alguma coisa para comer.

– Você?

– Sem gracinhas. Eu sei fazer ovo. Ou sopa.

– Não precisa. Estou sem fome.

– Então vou preparar seu banho.

Céline começa a encher a banheira. Ouço o barulho da água e penso na chuva, que parou de cair. O remédio começa a fazer efeito, e os tentáculos macios do sono me puxam lentamente para baixo. A cama de Céline é como um trono, e desmorono no colchão, pensando no sonho do avião de hoje cedo e em como pareceu diferente do pesadelo de sempre. Pouco antes de cair no sono, uma das falas de Sebastian, em *Noite de reis,* ressurge na minha cabeça: "Se isto é sonho, deixem que eu durma para sempre!"

No início, acho que estou sonhando de novo. Mas não o pesadelo do avião. É um sonho bom. Uma mão sobe e desce pelas minhas costas, deslizando cada vez mais baixo. Lulu espalmou a mão sobre meu coração. Passou a manhã toda assim, enquanto dormíamos naquele chão duro. Já essa mão faz cócegas na minha cintura, depois desce mais. "Não está quebrada", dissera o médico. Enquanto durmo, sinto minhas forças voltarem.

Minha própria mão encontra o corpo quente ao meu lado, tão macio, tão convidativo, e escorrega por entre as pernas dela. Ouço um gemido.

– *Je savais que tu reviendrais.*

E o pesadelo retorna. Estou no lugar errado. Esta é a pessoa errada. O avião errado. Dou um pulo e empurro a pessoa ao meu lado com tanta força que ela cai no chão.

– O que você está fazendo? – grito para Céline.

Ela se levanta, sem o menor constrangimento por estar completamente nua. As luzes da rua iluminam seu corpo.

– Você está na *minha* cama – observa.

– Você devia estar cuidando de mim – retruco.

Isso soa ainda mais patético porque nós dois sabemos muito bem que não quero que ela cuide de mim.

– Achei que estava cuidando – responde Céline, tentando sorrir.

Ela senta na beirada da cama e dá um tapinha no colchão.

– Você não tem que fazer nada, só deitar e relaxar.

Estou só de cueca. Quando tirei a calça? O jeans está dobrado no chão, junto com a camisa do hospital. Pego a camisa. Meus músculos gemem. Quando me levanto, o gemido vira um urro.

– O que você está fazendo? – pergunta Céline.

– Indo embora – respondo, ofegante pelo esforço.

Não sei bem se consigo sair daqui, mas tenho certeza de que não posso ficar.

– Agora? Está tarde.

Ela parece incrédula. Isso até eu terminar de vestir a calça. É um processo incrivelmente lento, e Céline tem tempo de digerir a informação. Sei o que vai acontecer: uma reprise da última vez que estive aqui. Uma avalanche de xingamentos em francês. Sou um idiota. Eu a humilhei.

– Eu ofereci a minha cama, o meu corpo, e você me recusou sem a menor delicadeza.

Ela ri, não porque é engraçado, mas porque é inconcebível.

– Peço desculpas.

– Só que *você* me procurou. Ontem. E hoje de novo. Você *sempre* volta para mim.

– Eu só precisava de um lugar para deixar a mala. Foi pela Lulu.

A expressão dela é diferente da que vi na última vez, quando ela atirou o vaso em mim. Antes ela estava furiosa. O que vejo agora é uma raiva crua, que ainda não teve tempo de se concretizar. Como fui ingênuo de procurar Céline. Poderíamos ter deixado a mala em outro lugar.

– Foi por ela!? – grita Céline. – Por ela!? É uma garota qualquer, sem nada de especial! Olhe para você agora, veja como ela te deixou! Você sempre volta para mim, Willem. Isso só pode significar uma coisa.

Nunca pensei que Céline fosse uma das que esperam.

– Eu não deveria ter vindo aqui. Não vou fazer isso de novo – prometo, recolhendo minhas coisas.

Então desço mancando as escadas do apartamento dela até chegar à rua.

Um carro de polícia passa a toda, as luzes piscando pela paisagem finalmente escura, a sirene se lamentando: *nieé-nieé, nieé-nieé.*

Paris.

Não estou em casa.

Preciso voltar para casa.

Cinco

SETEMBRO
Amsterdã

O escritório de Marjolein fica em uma casinha estreita à beira do Brouwersgracht; por dentro é toda branca e moderna. Foi um dos "projetos" de Bram, que na verdade trabalhava com isso, mas chama de "projetos" os trabalhos que não são remunerados.

Bram projetava abrigos temporários para refugiados, um trabalho que considerava impactante e necessário, mas que não instigava seu lado criativo. Então estava sempre atrás de "projetos" nos quais podia exercer suas sensibilidades modernas – como transformar uma barca velha em um palácio flutuante de três andares de vidro, madeira e aço, que foi chamado de "a Bauhaus dos canais" por uma revista de design.

Sara, a assistente de Marjolein, fica sentada atrás de uma mesa Lucite transparente com um vaso de rosas brancas. Quando entro, ela abre um sorriso nervoso e se levanta devagar para tirar meu casaco. Eu me inclino para cumprimentá-la com dois beijinhos.

– Desculpe, estou atrasado.

– Você está *três semanas* atrasado, Willem – repreende, enquanto me acompanha pelo cômodo, aceitando os beijinhos sem nem me olhar nos olhos.

Abro o sorriso mais safado que consigo, que repuxa a ferida da bochecha – tem coçado bastante.

– Não valeu a pena esperar?

Sara não responde. Nós tivemos um lance há mais de dois anos. Naquela época, eu passava muito tempo aqui, e ela estava sempre por perto, já que era assistente da advogada da família. Quando rolou pela primeira vez, fiquei apaixonado; Sara era uma mulher mais velha de olhos tristes e a cama pintada de azul. Mas não durou muito. Nunca dura.

– Tecnicamente, estou só alguns dias atrasado – corrijo. – Foi a Marjolein que adiou o encontro em duas semanas.

– Ela saiu de férias – responde Sara, com uma estranha irritação. – Férias que estavam agendadas justamente para depois que o processo terminasse.

– Willem!

Marjolein surge à porta, equilibrando-se no habitual salto agulha que a deixa mais alta do que já é. Ela faz sinal para que eu entre em seu escritório, onde a modernidade de Bram pode ser vista em cada detalhe. Marjolein contribuiu para a decoração com pilhas oscilantes de papéis e pastas.

– Quer dizer que você me trocou por uma garota? – comenta, fechando a porta depois de entrar.

Eu me pergunto como ela sabe disso. Marjolein me encara, claramente se divertindo.

– Eu retornei a ligação, sabia?

No trem de Londres para Paris, tentei mandar uma mensagem para avisar que me atrasaria, mas meu celular não tinha sinal, a bateria estava acabando e, por algum motivo, eu não queria contar nada disso para Lulu. Então, quando vi uma das mochileiras belgas no vagão-restaurante, pedi um celular emprestado. Enquanto apalpava a mochila em busca do caderno com o número de Marjolein, acabei derramando café não só em mim, mas também na garota.

– Ela parecia bonita – insinua Marjolein, abrindo um sorriso ao mesmo tempo travesso e repreensivo.

– E era.

– Sempre são. Bem, venha aqui me dar um beijo. – Eu me inclino para receber o beijo, mas ela para. – O que aconteceu com seu rosto?

A vantagem de a reunião ter sido adiada foi que deu tempo de os hematomas desaparecerem. As suturas também se dissolveram. Agora, tudo o que resta daquele dia é uma cicatriz, que eu esperava que passasse despercebida.

Como fico em silêncio, Marjolein começa a especular:

– Mexeu com a garota errada, não foi? Namorado nervosinho? – Ela aponta para a recepção. – Falando nisso, Sara está com um italiano ótimo, então é melhor desistir. Ela ficou meses chorando pelos cantos depois que você foi embora da última vez. Quase tive que demiti-la.

Levanto as mãos como quem finge inocência.

Marjolein revira os olhos e aponta para a minha bochecha, perguntando:

– Isso aí foi mesmo por causa de uma garota?

Essa suposição até chega perto da verdade.

– Bicicleta. Cerveja. Combinação perigosa.

Imito alguém caindo de bicicleta, de brincadeira.

– Meu Deus. Você ficou tanto tempo longe que já esqueceu como andar de bicicleta bêbado? Como tem coragem de dizer que é holandês? Ainda bem que voltou.

– É, parece que sim.

– Venha cá. Quer um café? Tenho um chocolate maravilhoso escondido em algum lugar. Depois a gente assina os papéis.

Ela chama Sara, que traz duas xícaras. Marjolein vasculha as gavetas até encontrar uma caixa de bombons com recheio cremoso. Pego um e deixo derreter na boca.

Ela começa a explicar o que é o documento que vou assinar, embora isso não importe, já que a minha assinatura só é necessária devido a uma formalidade burocrática. Yael nunca tirou a cidadania holandesa, e Bram, que costumava dizer "Deus mora nos detalhes" quando se tratava de seus designs meticulosos, parecia pensar diferente em relação à vida privada.

Tudo isso significa que a minha presença é necessária para finalizar a venda e configurar os diversos acordos. Marjolein tagarela enquanto assino sem parar. Parece que o fato de Yael não ser holandesa e não morar mais aqui nem em Israel, e sim viver pelo mundo como uma refugiada sem pátria, é na verdade uma grande vantagem para ela. Marjolein conta que o barco foi vendido por 717 mil euros. Parte vai para o governo, mas uma quantia muito maior vem para nós. Amanhã, no fim do expediente bancário, 100 mil euros serão depositados na minha conta.

Marjolein me encara enquanto assino.

– Que foi? – pergunto.

– Eu tinha esquecido como você é parecido com ele.

Paro, a caneta posicionada sobre outra linha de juridiquês. Bram dizia que, embora Yael fosse a mulher mais forte do mundo, de alguma forma os genes dele tinham conseguido se sobrepor à linhagem israelense dela.

– Desculpe – diz Marjolein, de volta aos negócios. – Onde você está morando desde que voltou? Com Daniel?

Tio Daniel? Não o vejo desde o enterro e, mesmo antes, só o vi poucas vezes. Ele mora fora do país e aluga o apartamento. Por que eu ficaria lá?

Não. Voltei, mas é quase como se ainda estivesse viajando. Restrinjo minha movimentação à pequena área ao redor da estação de trem, perto dos albergues baratos e do quase extinto Distrito da Luz Vermelha, em parte por necessidade. Eu não sabia se teria dinheiro suficiente para as semanas seguintes, mas minha conta bancária acabou nem entrando no vermelho, não sei como. Poderia ter ficado com amigos da família, mas não quero que ninguém saiba que voltei; não quero revisitar esses lugares. Não cheguei nem perto do Nieuwe Prinsengracht.

Dou uma resposta vaga:

– Com uns amigos.

Marjolein interpreta errado.

– Ah, uns *amigos*. Entendi.

Abro um sorriso meio culpado. Deixar as pessoas tirarem conclusões precipitadas às vezes é mais simples que explicar uma verdade complicada.

– É melhor checar se esses amigos não têm um namorado meio nervosinho.

– Pode deixar.

Termino de assinar os papéis.

– Então é isso – diz Marjolein, indo até a mesa, onde pega uma pasta de documentos. – Estas cartas são para você. Providenciei para que a correspondência do barco fosse direcionada para cá até ter seu endereço novo.

– Isso talvez demore um pouco.

– Tudo bem. *Eu* não vou a lugar algum. – Ela abre um armário e pega uma garrafa de uísque e dois copos. – Você acabou de se tornar um homem de posses. Isso pede um brinde.

Bram costumava brincar que, para Marjolein, toda vez que o ponteiro dos minutos passava das doze, havia motivo para um drinque. Mas aceito o copo.

– A que vamos brindar? – pergunta ela. – Aos novos empreendimentos? A um novo futuro?

Balanço a cabeça.

– Vamos brindar aos acidentes.

Vejo a expressão de choque no rosto dela e percebo, talvez tarde demais, que parece que estou falando do que aconteceu com Bram, ainda que não tenha sido exatamente um acidente, e sim um acontecimento inesperado.

Mas não é nada disso. Estou falando do *nosso* acidente. O que criou nossa família. Marjolein com certeza já ouviu essa história, que Bram adorava contar. Era uma mistura de mito de origem familiar, conto de fadas e canção de ninar.

Bram e Daniel estavam viajando por Israel em um Fiat que quebrava o tempo todo. Um dia, o carro enguiçou perto do litoral de Netanya. Enquanto Bram tentava consertá-lo, um soldado, de rifle no ombro e cigarro na boca, se aproximou devagar. "Foi a cena mais assustadora que se pode imaginar", dizia Bram, sorrindo com a lembrança.

Era Yael, voltando para a sua base militar na Galileia, depois de passar o fim de semana em Netanya, na casa de uma amiga… ou talvez de um cara – em algum lugar que não o apartamento onde crescera com Saba. Bram e Daniel estavam dirigindo para Safed e acabaram oferecendo uma carona para a soldado que reconectou a mangueira do radiador. Bram quis fazer um galanteio e sugeriu que ela fosse no banco da frente;

afinal, Yael tinha consertado o carro. Mas, ao notar que o banco de trás era mais apertado, ela afirmou que era melhor a pessoa mais baixa ir atrás.

Yael alega que estava falando de si mesma, já que não sabia qual dos irmãos era o mais alto. Daniel estava sentado no banco do carona, enrolando o baseado de haxixe libanês que comprara de um surfista em Netanya, e não dava para saber sua altura.

Mas Bram entendeu errado. Então, depois de uma avaliação desnecessária, concluiu que era 3 centímetros mais alto e mandou Daniel para o banco de trás.

Os irmãos levaram a soldado de volta para a base. Antes de se despedirem, Bram deu a ela seu endereço em Amsterdã.

Um ano e meio depois, Yael terminou o serviço militar e, determinada a ficar o mais longe possível de tudo relacionado ao lugar onde crescera, pegou o pouco dinheiro que juntara e foi pedindo carona até o Norte. Levou quatro meses, mas conseguiu chegar a Amsterdã antes de o dinheiro acabar. Quando ela bateu à porta, Bram abriu. E, mesmo que não a tivesse visto por todo aquele tempo, mesmo sem saber por que ela estava ali, mesmo que não fosse de seu feitio, ele surpreendeu a ela e a si mesmo com um beijo. E sempre dizia, maravilhado, que tinha sido como se estivesse esperando por ela o tempo todo.

"Veja só como a vida é engraçada" era o epílogo desta história de amor épica. "Se o carro não tivesse quebrado ali, se o dinheiro dela tivesse acabado em Copenhague ou se Daniel fosse mais alto que eu, nada disso teria acontecido."

Mas eu sabia que o que ele estava realmente dizendo era que *a vida é feita de acidentes.*

Seis

Dois dias depois, 100 mil euros aparecem na minha conta como que em um passe de mágica. Mas claro que não foi mágica. Já faz muito tempo que fui jubilado do curso de economia, mas lá aprendi que o universo opera pela mesma teoria do equilíbrio geral dos mercados: ele nunca dá algo sem fazer você pagar por isso de alguma forma.

Compro uma bicicleta surrada de um viciado e uma muda de roupa no mercado de pulgas. Agora tenho dinheiro, mas me acostumei a levar uma vida simples, a ter apenas o que consigo carregar. Além disso, como não vou ficar muito tempo aqui, prefiro deixar as pegadas o mais leves possível.

Ando de um lado para outro da Damrak, examinando as agências de viagens, tentando decidir aonde ir: Palau, Tonga, Brasil… As opções aumentam, e escolher fica cada vez mais difícil. Talvez eu vá encontrar tio Daniel em Bangkok ou será que agora ele está em Bali?

Sentada à mesa de uma das agências mantidas por estudantes, uma garota de cabelos escuros me vê espiando os anúncios. Ela chama a minha atenção, sorri e gesticula para que eu entre.

– O que você está procurando? – pergunta em holandês com um sotaque que parece ser do Leste Europeu, talvez da Romênia.

– Um lugar que não seja aqui.

– Tem algo mais específico em mente? – indaga com uma risadinha.

– Um lugar quente, barato e muito longe.

Um lugar onde, com 100 mil euros, eu possa me perder quanto quiser, penso.

Ela ri de novo.

– Isso descreve quase metade do mundo. Vamos reduzir as opções. Gosta de praia? A Micronésia tem uns lugares fantásticos. A Tailândia ainda é bem barata. E, se você curte uma onda cultural mais caótica, a Índia é fascinante.

Balanço a cabeça.

– Nada de Índia.

– Nova Zelândia? Austrália? O pessoal anda doido pelo Malawi, na África Central, e também por Panamá e Honduras, apesar de ter tido aquele golpe lá. Quanto tempo você quer ficar?

– Indefinidamente.

– Ah, então você pode comprar uma passagem de volta ao mundo. A gente tem algumas em promoção. – Ela digita algo no computador. – Olha só esta: Amsterdã, Nairóbi, Dubai, Nova Délhi, Singapura, Sydney, Los Angeles e de volta para Amsterdã.

– Tem alguma que não pare em Nova Délhi?

– Você realmente não quer ir para a Índia, hein?

Apenas sorrio.

– Ok. Qual parte do mundo você *quer* ver?

– Tanto faz. Qualquer lugar está bom, sério, desde que seja quente, barato e muito longe daqui. E que não seja a Índia. Por que não escolhe para mim?

Ela ri, como se fosse uma piada, mas não estou brincando. Estou preso nesta inércia apática desde que voltei. Passei dias inteiros largado em tristes camas de albergue, esperando a reunião com Marjolein. Dias inteiros, várias horas vazias segurando um relógio rachado, mas ainda funcionando, fazendo conjecturas inúteis sobre a dona. Tudo isso está me enlouquecendo. Mais uma razão para eu voltar para a estrada.

Ela bate os dedos no teclado.

– Ora, me ajude a ajudá-lo. Vamos começar do começo: para onde você já foi?

– Aqui. – Coloco meu passaporte gasto sobre a mesa. – Minha história está aqui.

Ela abre o documento, então comenta, impressionada:

– E não é que está mesmo? – A voz dela muda de amigável para insinuante. Ela vira as páginas. – Você anda bastante por aí, não é?

Estou cansado. Não quero jogar este jogo, não agora. Só quero comprar minha passagem e ir embora. Assim que estiver fora daqui, fora da Europa, em algum lugar quente e muito distante, posso voltar a ser eu mesmo.

A garota dá de ombros e volta a folhear meu passaporte.

– Ihhh... Adivinha só: não posso reservar nada para você agora.

– Por quê?

– Seu passaporte está quase expirando. – Ela fecha o documento e o entrega de volta para mim. – Está com a sua identidade?

– Foi roubada.

– Você fez um B.O.?

Balanço a cabeça. Nem cheguei a ligar para a polícia francesa.

– Não importa. De qualquer forma, você precisa de um passaporte para a maioria desses lugares. Vai ter que renovar.

– Quanto tempo leva?

– Não muito. Algumas semanas. Vá até a prefeitura preencher os formulários. – Ela explica quais são os documentos de que vou precisar, e não tenho nenhum comigo.

De repente me sinto imobilizado. Não sei ao certo como isso aconteceu. Depois de conseguir passar dois anos inteiros sem botar os pés na Holanda? Depois de percorrer distâncias absurdas para desviar deste pedaço de terra pequeno mas central? Tive inclusive que convencer Tor, a diretora (quase ditadora) da Arte de Guerrilha, a se apresentar em Estocolmo em vez de Amsterdã, inventando uma história de que os suecos são o povo mais shakespeariano da Europa depois dos britânicos.

Até que, na primavera passada, Marjolein anunciara que finalmente conseguira arrumar o caos das propriedades de Bram e transferir a escritura do barco para Yael – que, claro, celebrou o acontecimento colocando a casa que Bram construíra para ela à venda imediatamente. A esta altura do campeonato, nem sei por que fico surpreso.

Ainda assim, teve a audácia de me pedir para assinar os documentos. Ah, tem que ter sangue de barata... *Chutzpah*, como diria Saba. Entendo que, para Yael, era apenas uma questão prática. Eu poderia vir de trem, mas ela teria que pegar um avião. Apenas alguns dias de viagem para mim, um pequeno inconveniente.

Mas atrasei minha chegada em um dia. E, de alguma forma, isso mudou tudo.

Sete

OUTUBRO
Utrecht

É com certo atraso que penso que deveria ter ligado. Talvez no mês passado, assim que voltei à Holanda. Bem, com certeza antes de aparecer sem avisar na casa dele. Mas não liguei. Agora é tarde, já estou aqui. E torço para que o reencontro seja o menos doloroso possível.

A antiga campainha da casa da Bloemstraat foi substituída por uma em forma de olho, que me encara com ar de reprovação. Parece um mau presságio. Nos últimos meses, nosso contato passou de irregular a inexistente. Não lembro a última vez que enviei um e-mail ou uma mensagem de texto para ele. Três meses? Seis? E, também com certo atraso, me ocorre que ele talvez nem more mais aqui.

Mas sei que mora. Broodje não teria ido embora sem me avisar. Ele não faria isso.

Broodje e eu nos conhecemos aos 8 anos. Eu o surpreendi espionando o barco da minha família com binóculos. Quando perguntei o que estava fazendo, ele explicou que não estava *nos* espionando. Nosso bairro sofrera diversas invasões, e os pais dele estavam falando em se mudar de Amsterdã para um lugar mais seguro. Como queria continuar no apartamento, ele precisava encontrar os culpados. E me lembro de dizer que ele assumira uma tarefa muito séria. "É, é sim", concordara ele. "Mas tenho isto aqui." Broodje tirou o restante do kit de espionagem da cestinha da bicicleta: um telescópio decodificador, fones de ouvido realçadores de ruídos e óculos de visão noturna, que ele me deixou testar. Logo ofereci ajuda para encontrar os bandidos, disse que poderíamos ser parceiros. Quase não havia crianças no bairro, que ficava na parte leste do centro da cidade. Não havia nenhuma nas casas flutuantes do Nieuwe Prinsengracht, onde nosso barco estava ancorado, e eu não tinha irmãos. Passava a maior parte do tempo no píer, chutando bolas contra o casco do barco, perdendo várias nas águas turvas do canal.

Broodje aceitou a ajuda, e viramos parceiros. Passávamos horas examinando a vizinhança, fotografando pessoas e veículos suspeitos, tentando desvendar o caso, até que um velho nos viu, deduziu que trabalhávamos para os criminosos e chamou a polícia. Fomos pegos agachados perto do píer do vizinho, observando pelos binóculos uma van suspeita, que vira e mexe aparecia – porque, soubemos depois, pertencia à padaria da esquina. Fomos interrogados e começamos a chorar, achando que iríamos para a cadeia. Gaguejando, explicamos nossas estratégias de combate ao crime. Os policiais ouviram, fazendo um esforço imenso para não rir, e nos levaram para casa, contando tudo aos pais de Broodje. Antes de ir, um dos detetives entregou um cartão para cada um e deu uma piscadela, dizendo que poderíamos ligar caso tivéssemos alguma pista.

Joguei o meu fora, mas Broodje guardou o dele. Por muito tempo. Quando já tínhamos 12 anos, o cartão ainda estava pregado no quadro de avisos do quarto dele, no subúrbio, para onde acabou se mudando.

Broodje tinha se mudado havia dois anos e não nos víamos com muita frequência quando descobri o cartão. Perguntei por que ele ainda tinha aquilo. Meu amigo olhou do cartão para mim e respondeu com naturalidade:

– Você não sabia, Willy? Eu guardo as coisas.

Um sujeito magricela abre a porta. Está usando uma camisa do PSV e seu cabelo é duro de gel. Sinto um embrulho no estômago, porque Broodje morava aqui com duas garotas – com quem sempre tentava transar, sem sucesso – e um cara esguio chamado Ivo, mas os olhos do magricela se arregalam em sinal de reconhecimento, só então percebo que se trata de Henk, um dos amigos de Broodje da Universidade de Utrecht.

– É você, Willem? – pergunta. Antes que eu consiga responder, grita para dentro da casa: – Broodje, o Willem voltou!

Ouço passos apressados e o ranger das tábuas de madeira arranhadas, e então lá está ele, um palmo mais baixo que eu, mas com os ombros mais largos, uma disparidade que fez o velho da casa flutuante ao lado da nossa nos apelidar de Espaguete e Almôndega. Broodje adorava o apelido, alegando que almôndegas eram muito mais gostosas que macarrão.

– Willy? – Broodje hesita um instante antes de se atirar em mim para um abraço. – Willy! Achei que você estava morto!

– Voltei do mundo dos mortos – brinco.

– Sério? – Broodje tem olhos azuis e redondos, como duas moedas brilhantes. – Quando você voltou? Vai ficar por quanto tempo? Está com fome? Você devia ter avisado, eu teria preparado alguma coisa! Bom, posso improvisar uns *borrelhapje*. Venha. Henk, olha, o Willy voltou!

– Estou vendo – diz Henk, meneando a cabeça.

– W – chama Broodje –, o Willy voltou!

Entro na sala. Antes era até organizada, com toques femininos como velas perfumadas de que Broodje fingia não gostar, mas que acendia mesmo quando as garotas não estavam em casa. Agora, o ambiente cheira a meias sujas, café velho e cerveja, e a única lembrança do tempo das garotas é um antigo pôster de Picasso pendendo meio torto acima da lareira.

– E as garotas? – pergunto.

Broodje abre um sorriso malicioso.

– Ah, o velho Willy, a primeira coisa que quer saber é das garotas. – Ele ri. – Elas se mudaram para outro apartamento no ano passado, e o Henk e o W vieram para cá. Ivo acabou de ir para a Estônia, para fazer um curso.

– Letônia – corrige Wouter, ou W, descendo as escadas.

Ele é ainda mais alto que eu, com cabelos curtos e espetados que nunca consegue abaixar. Seu pomo de adão é do tamanho de uma maçaneta.

– Letônia – concorda Broodje.

– O que aconteceu com a sua cara? – pergunta W, que nunca teve papas na língua.

Toco a cicatriz.

– Caí de bike.

A mentira que inventei para Marjolein sai da minha boca sem eu nem pensar. Não sei por quê, mas talvez pela vontade de me distanciar o máximo possível daquele dia.

– Quando você voltou? – indaga W.

– É mesmo, Willy – emenda Broodje, ofegante e eufórico como um cachorrinho. – Quando foi?

– Não faz muito tempo – despisto, me equilibrando sobre a tênue linha que separa uma verdade dolorosa de uma mentira deslavada. – Eu tinha umas coisas para resolver em Amsterdã.

– Estava me perguntando onde você tinha se metido – continua meu amigo. – Tentei ligar faz algum tempo, mas sempre caía em uma gravação esquisita, e você nunca responde e-mails.

– Eu sei. Perdi o celular com todos os contatos, e um irlandês me deu um novo aparelho, com chip e tudo. Não mandei uma mensagem com o número novo?

– Deve ter mandado. Mas entra, entra. Vou ver o que tem para comer.

Ele vira à direita, em direção à cozinha. Ouço gavetas abrindo e fechando. Cinco minutos depois, Broodje volta com uma bandeja de comida e cerveja para todos.

– Então, conta tudo. Como é a vida glamorosa de ator mambembe? Uma garota por noite?

– Caramba, Broodje, deixa o cara sentar – repreende Henk.

– Desculpa. É que eu vivo por meio dele. Morar com Willy era como viver com uma celebridade. Os últimos anos têm sido meio parados.

– Os últimos anos? Quantos, vinte? – retruca W, debochado.

– Então você estava em Amsterdã? – prossegue Broodje. – Como está a sua mãe?

– Não faço ideia – digo, com displicência. – Ela está na Índia.

– Ainda? Ou está indo e voltando?

– Ainda. Este tempo todo.

– Ah. Eu estava passando pelo bairro um dia desses e vi o barco todo iluminado, cheio de móveis. Pensei que ela estava de volta.

– Nada disso. Devem ter colocado móveis para parecer que tem alguém morando lá, mas não tem. Pelo menos não a gente – respondo, enfiando um pedaço de *cervelaat* na boca. – O barco foi vendido.

– Você vendeu o barco do Bram!? – exclama Broodje, incrédulo.

– Minha mãe.

– Ela deve ter *abarcado* uma boa grana – graceja Henk.

Hesito por um momento, sem coragem de contar que eu também participei da venda. W começa a falar de um artigo que leu no jornal *De Volkskrant* sobre europeus que pagam quantias altíssimas pelas antigas casas flutuantes de Amsterdã e pelos direitos de ancoragem, tão caros quanto os próprios barcos.

– Mas esse barco era diferente. Vocês tinham que ver – explica Broodje. – O pai dele era arquiteto, e o barco era lindo. Três andares, com varandas, tudo de vidro... – Ele parece melancólico. – Como foi mesmo que a revista chamou?

– A Bauhaus dos canais.

Um fotógrafo tinha ido tirar fotos do barco e de nós lá dentro. Quando a revista saiu, as imagens foram quase todas só do barco, mas havia uma de Yael e Bram emoldurados pela janela principal, com as árvores e o canal espelhados no vidro. Eu estava na foto original, mas acabei sendo cortado na edição. Bram tinha explicado que usaram essa imagem por causa da janela e do reflexo; era uma representação do design, não da nossa família. Mas achei que também era uma representação adequada da nossa família.

– Não acredito que ela vendeu – lamenta Broodje.

Às vezes eu também não acredito, mas quase sempre acho que faz muito sentido. Yael é do tipo que arrancaria o próprio braço para fugir. Eu já a vi desesperada.

Estão todos me olhando, com um tipo de preocupação no rosto com a qual me desacostumei depois de dois anos de anonimato.

– Quer dizer que tem Holanda e Turquia hoje à noite – começo.

Eles me encaram por um momento. Então assentem.

– Espero que as coisas melhorem para a gente – digo. – Depois da performance sofrível na Eurocopa, não sei se vou aguentar. O Sneijder... – Balanço a cabeça.

Henk é o primeiro a morder a isca.

– Você está brincando? Sneijder foi o único atacante que provou seu valor!

– Fala sério! – interrompe Broodje. – E aquele gol lindo do Van Persie contra a Alemanha?

W começa a citar estatísticas, dizendo que a regressão linear deste ano garante a melhora dos próximos resultados, e agora não há outro caminho a não ser relaxar. Conversa fiada é uma linguagem universal. Na estrada, é sempre sobre viagem: uma ilha desconhecida, um albergue barato, um restaurante com um bom cardápio a preço fixo. Com estes caras é sempre sobre futebol.

– Vai ver o jogo com a gente, Willy? – pergunta Broodje. – A gente vai no O'Leary.

Não vim a Utrecht para ficar de conversa fiada, ver futebol ou rever meus amigos; vim resolver burocracias. Queria dar um pulo na faculdade, pegar uns documentos e renovar meu passaporte. Depois disso, volto para a agência de viagens – talvez convide a garota para sair desta vez – e descubro meu próximo destino. Compro a passagem. Pode ser que eu vá até Haia tirar uns vistos e me consulte em alguma das clínicas médicas com atendimento voltado para viajantes. E talvez passe em algum brechó para comprar roupas. Depois pego um trem para o aeroporto. Terei que passar por uma revista completa pelos oficiais da imigração, já que um homem sozinho com passagem só de ida é sempre alvo de suspeitas. Será um longo voo. Vou sofrer com o jet lag. Passar pela imigração. Pela alfândega. E, então, finalmente, darei o primeiro passo em um lugar novo, tomado por aquela sensação de euforia e desorientação, um sentimento alimentando o outro. Aquele momento em que tudo pode acontecer.

Só tenho uma coisa para fazer em Utrecht, mas de repente a lista do que é necessário para dar o fora daqui parece infinita. E o mais estranho é que nada da perspectiva de viajar me anima, nem mesmo a ideia de pousar em um lugar novo, o que costumava compensar todo o trabalho. Tudo só me parece exaustivo. Não consigo reunir forças para a maratona que precisarei encarar para ir embora.

A casa de O'Leary é ali na esquina, a menos de um quarteirão de distância. Acho que pelo menos lá eu consigo chegar.

Oito

Outubro é frio e úmido, como se tivéssemos gastado a nossa cota de dias quentes e ensolarados durante a onda de calor do verão. Está ainda mais frio no quarto do sótão que ocupo na Bloemstraat, o que me faz questionar se me mudar para cá foi uma boa escolha. Não que eu tenha realmente escolhido. Depois de acordar no sofá da sala pela terceira manhã consecutiva e não ter feito quase nada durante meus dias em Utrecht, Broodje sugeriu que eu ocupasse o quarto.

Não era uma oferta muito atraente, era mais um *fait accompli*. Eu já estava morando na casa mesmo. Às vezes o vento nos leva a lugares inesperados; mas, às vezes, também nos sopra para longe deles.

No quarto do sótão, o vento encanado faz as janelas estremecerem. De manhã, sai fumaça da minha boca. Minha principal preocupação se torna permanecer aquecido. Na estrada, eu passava dias inteiros em bibliotecas, onde podia ler revistas e livros enquanto descansava do frio e do que mais eu precisasse escapar.

A biblioteca da Universidade de Utrecht oferece o mesmo conforto: janelas amplas, sofás aconchegantes e uma bancada de computadores em que posso acessar a internet. Esse último item é uma bênção e uma maldição. Na estrada, meus colegas de viagem eram obcecados por checar seus e-mails, mas eu era o oposto. Sempre odiei isso. Ainda odeio.

Os e-mails de Yael são cronometrados, chegam a cada duas semanas. Deve estar na agenda dela, junto das outras tarefas. As mensagens nunca dizem muito, por isso responder é quase impossível.

A última foi uma frivolidade qualquer sobre tirar uma folga e ir a um festival de peregrinos em alguma vila. Yael nunca me conta *do que* está tirando folga, nunca fala muito sobre o trabalho que tem lá ou sobre seu dia a dia, que é um mistério obscuro com contornos esboçados apenas pelos comentários descuidados de Marjolein. Não, os e-mails de Yael são todos escritos com a linguagem dos cartões-postais. A exímia conversa fiada, que diz pouco e revela menos ainda.

"*Hoi*, mãe", começo a responder. Então fico encarando a tela, pensando no que dizer. Mesmo acostumado a todo tipo de conversa fiada, nunca encontro as palavras para me comunicar com minha mãe. Quando estava viajando era mais simples, porque podia simplesmente enviar algum cartão-postal. *Estou na Romênia, em um dos resorts do mar Negro, mas é baixa temporada e está tudo parado. Passei horas vendo os pescadores trabalharem.* E mesmo esses comentários tinham adendos na minha cabeça. Assistir ao trabalho dos pescadores em uma manhã tempestuosa me lembrou da nossa viagem em família para a Croácia, quando eu tinha 10 anos, talvez 11. Yael dormira até tarde, mas eu e Bram tínhamos acordado cedo para descer até as docas e comprar peixe de um pescador que acabara de voltar do mar e cheirava a sal e vodca. Mas, seguindo o estilo de Yael, deixo esses pedaços de nostalgia de fora das minhas cartas.

"*Hoi*, mãe." O cursor pisca, como se me repreendesse, mas não consigo passar disso, não sei o que dizer. Vou até a caixa de entrada e volto no tempo. Retomo os últimos anos, as mensagens ocasionais de Broodje, as mensagens das pessoas que conheci na estrada – promessas vagas de encontrar alguém em Tânger, Belfast, Barcelona, Riga, que raramente se concretizavam. Antes disso, há uma enxurrada de e-mails de professores da faculdade de economia me advertindo que, a menos que eu alegasse "circunstâncias especiais", corria o risco de não ser admitido no ano seguinte – não aleguei e não fui admitido. Ainda antes disso, há e-mails de condolências, alguns que nunca abri; e, anteriores a estes, mensagens de Bram, a maioria bobagens que ele gostava de encaminhar: a recomendação de um restaurante que queria experimentar, a foto de uma obra de arquitetura particularmente grandiosa ou um convite para eu me envolver em um de seus projetos de reforma. Vou até quatro anos atrás, onde encontro as mensagens de Saba, que, nos dois anos entre a descoberta dos e-mails e a doença que o impediu de usá-los, se deliciou com essa forma de comunicação instantânea, que nos permite escrever páginas e mais páginas sem pagar nada a mais pelo envio.

Volto à mensagem para Yael.

"*Hoi*, mãe. Estou de volta a Utrecht, saindo com Robert-Jan e os caras. Não tenho muito para contar. Chove pra cacete todo dia; não vejo o sol há uma semana. Você não está perdendo nada. Sei como odeia esse tempo cinza. A gente se fala, Willem."

A linguagem dos cartões-postais, a conversa mais fiada de todas.

Nove

Vou ao cinema com os caras e a nova namorada de W. Vamos assistir a algum thriller de Jan de Bont no Louis Hartlooper. Não gosto de nenhum filme dele desde… Nossa, não consigo nem lembrar. Mas fui voto vencido, já que W está namorando, e é isso o que importa. Então, se a garota quer ver explosões, terá explosões.

O cinema está lotado. Abrimos caminho em meio à multidão até a bilheteria. É quando a vejo: Lulu.

Não a minha Lulu, e sim a Lulu que deu nome a ela: Louise Brooks. No saguão do cinema há vários pôsteres de filmes antigos, mas eu nunca tinha visto este; não está na parede, e sim apoiado em um cavalete. É uma cena do filme *A caixa de Pandora*: Lulu serve uma bebida, erguendo a sobrancelha em uma expressão que é um misto de diversão e desafio.

– É bem gata.

Ergo os olhos. Atrás de mim está Lien, a namorada punk e fera em matemática de W. Ninguém entende como ele conseguiu conquistá-la, mas parece que os dois se apaixonaram em meio à teoria dos números.

– Também acho.

Eu me aproximo do pôster, que anuncia uma retrospectiva dos filmes de Louise Brooks. *A caixa de Pandora* será exibido hoje.

– Quem é essa? – pergunta Lien.

"É a Louise Brooks", lembro de Saba dizendo. "Veja só estes olhos, demonstram tanto prazer que é certeza que estão escondendo alguma tristeza." Eu tinha 13 anos, e Saba, que odiava os verões úmidos e temperamentais de Amsterdã, acabara de descobrir as mostras de cinema. Aquele verão tinha sido particularmente terrível, e Saba me apresentara a todos os atores do cinema mudo: Charlie Chaplin, Buster Keaton, Rudolph Valentino, Pola Negri, Greta Garbo e sua favorita, Louise Brooks.

– Uma estrela do cinema mudo – respondo. – Está rolando uma mostra. Infelizmente é hoje à noite.

– A gente podia ver esse filme em vez do outro – sugere Lien, e não sei dizer se está sendo sarcástica, porque ela é direta como W.

Mas quando chego na bilheteria, acabo mesmo comprando cinco ingressos para *A caixa de Pandora*.

Os caras acham graça, pensam que estou brincando, até que aponto para o pôster e falo da retrospectiva. Então já não acham mais tão divertido assim.

– Vai ter um pianista tocando ao vivo – insisto.

– E isso é uma *vantagem*? – pergunta Henk.

– E se eu quiser ver? – intervém Lien.

Murmuro um "obrigado", mexendo bem os lábios para que só ela veja, e Lien responde com uma arqueada de sobrancelha perplexa, exibindo o piercing. W concorda, e os outros vão atrás.

No andar de cima, tomamos nossos assentos. No silêncio que antecede o filme, ouvimos as explosões na sala ao lado, e Henk parece arrependido.

As luzes se apagam, o pianista começa a tocar o prelúdio, e o rosto de Lulu enche a tela. O filme começa, todo arranhado e em preto e branco; dá para ouvir a película estalando, como um velho LP. Mas não há nada de velho em Lulu. Ela é atemporal, flertando alegremente na boate, sendo surpreendida com o amante, atirando no marido na noite de núpcias.

É estranho, porque já vi esse filme algumas vezes e sei exatamente como termina, mas, à medida que avança, uma tensão começa a se formar dentro de mim, um suspense desconfortável embrulha meu estômago.

É preciso uma certa dose de ingenuidade, talvez de estupidez, para saber como as coisas acabam e mesmo assim esperar que sejam diferentes.

Enfio as mãos nos bolsos, nervoso. Mesmo tentando não pensar nisso, minha mente não para de voltar para a outra Lulu, para aquela noite quente de agosto. Joguei a moeda para ela, como fizera antes com tantas garotas, mas, ao contrário das outras, que sempre voltavam – demorando-se perto do palco improvisado para devolver minha preciosa moeda fajuta e ver o que poderiam comprar com aquilo –, Lulu não voltou.

Esse deveria ter sido o primeiro sinal de que aquela garota conseguia ver por baixo da minha máscara, mas tudo o que pensei foi: *não era para ser*. Tudo bem. Tinha que pegar um trem logo cedo, na manhã seguinte, e teria um dia longo e difícil. Precisava me preparar, e nunca durmo bem com estranhas.

Mesmo assim não dormi; levantei cedo e peguei o trem para Londres. E lá estava ela. Era a terceira vez que a via em 24 horas, e lembro que o trem deu um solavanco quando entrei no vagão-restaurante. Era como se o universo estivesse dizendo: *fique atento*.

Então fiquei atento. Parei e conversamos, mas logo estávamos em Londres, prestes a seguir caminhos diferentes. Àquela altura, o medo que começara a se formar quando Yael me pedira para voltar à Holanda e vender a minha própria casa já se solidificara. A brincadeira com Lulu no caminho para Londres tinha me distraído, mas eu sabia que, assim que entrasse no trem para Amsterdã, o medo voltaria a crescer, chegaria às minhas entranhas, e eu não conseguiria mais comer ou fazer nada além de passar uma moeda entre as juntas dos dedos, nervoso, concentrado no *próximo* passo – o próximo trem ou avião no qual embarcaria. O próximo adeus.

Mas Lulu começou a falar sobre como queria ir a Paris, e eu tinha todo esse dinheiro das apresentações de verão com a Arte de Guerrilha – dinheiro de que não precisaria por muito mais tempo. Então, naquela estação de trem, pensei que talvez aquilo *era para ser*. Eu sabia que o universo ama o equilíbrio, e ali estava uma garota que queria me levar para Paris. E ali estava eu, querendo ir para qualquer lugar do mundo que não fosse Amsterdã. Assim que sugeri que fôssemos juntos para Paris, o equilíbrio foi restaurado. O medo desapareceu das minhas entranhas. No trem para Paris, minha fome voltou.

Na tela, Lulu chora. Imagino minha Lulu acordando no dia seguinte, vendo que fui embora e lendo um bilhete meu prometendo voltar logo, mas não volto. Eu me pergunto, como já fiz tantas vezes, quanto tempo levou para ela pensar o pior de mim – ainda mais porque *já havia pensado* o pior de mim. No trem de Londres para Paris, Lulu tinha rido descontroladamente porque achou que eu a abandonara. Fiz piada – claro que não era verdade. Eu não tinha planejado nada daquilo, mas foi o primeiro alerta de que, de alguma forma, ela me via de um jeito que eu não pretendia ser visto.

O filme segue, e começa a crescer dentro de mim um desejo, uma saudade, um remorso e uma segunda opinião sobre tudo o que acontecera naquele dia. Sei que é inútil, mas saber só piora as coisas, e os sentimentos crescem e crescem, mas não têm para onde ir. Enterro as mãos tão fundo nos bolsos que abro um buraco no tecido.

– Droga! – resmungo, mais alto do que pretendia.

Lien olha para mim, mas finjo estar concentrado no filme. O pianista toca em um crescendo enquanto Lulu flerta com Jack, o Estripador, e, solitária e vulnerável, o convida para ir ao seu quarto. Pensa que encontrou alguém para amar, e Jack pensa o mesmo, até que vê a faca, e o que vai acontecer fica evidente. Ele vai voltar a ser quem era. Tenho certeza de que é o que minha Lulu pensa de mim, e talvez esteja certa. O filme termina com um floreio frenético do piano. E, então, silêncio.

Os caras ficam um tempo sentados, depois começam a falar todos ao mesmo tempo.

– É isso? Ele simplesmente mata a garota? – indaga Broodje.

– É o Jack, o Estripador, com uma faca – responde Lien. – Ele não ia só cortar o peru de Natal.

– Que jeito de morrer, hein? Mas preciso dar um crédito: chato o filme não foi – comenta Henk. – Willem? Willem, está aí?

Levo um susto.

– Oi! Quê?

Os quatro me encaram pelo que parece ser uma eternidade.

– Você está bem? – pergunta Lien, finalmente.

– Estou. Estou ótimo! – respondo, sorrindo. Sinto a cicatriz se estirar como um elástico, o que já me parece natural. – Vamos beber alguma coisa – sugiro.

Descemos até o café lotado. Peço uma rodada de cervejas e uma de *jenever*. Os caras me olham, não sei se pelas bebidas ou por eu estar pagando para todo mundo. Eles já sabem da herança, mas ainda esperam que eu aja com a mesma frugalidade de sempre.

Tomo o licor, depois a cerveja.

– Uau! – exclama W, me passando sua dose. – Vou dispensar o *kopstoot*.

Viro o copo dele em seguida. Todos me observam em silêncio.

– Tem certeza de que está bem? – insiste Broodje, hesitante.

– Por que não estaria?

O *jenever* está batendo, esquentando meu corpo e expurgando as lembranças que vieram à tona no escuro.

– Seu pai morreu. Sua mãe foi para a Índia. Ah, o seu avô também morreu – responde W, sem rodeios.

Há um silêncio constrangedor.

– Nossa, obrigado – retruco. – Eu tinha esquecido.

Era para ser uma piada, mas o comentário sai amargo como a bebida que queima minha garganta.

– Ah, não leve W a sério – ameniza Lien, dando um puxão de orelha no namorado. – Ele ainda está aprendendo sobre as emoções humanas, como a compaixão.

– Não preciso da compaixão de ninguém. Estou ótimo.

– Tudo bem, é que você está esquisito desde aquela época... – Broodje vai baixando o tom de voz.

– Você passa muito tempo sozinho – Henk deixa escapar.

– Sozinho? Estou com vocês.

– Exatamente – retruca Broodje.

Silêncio de novo. Não tenho certeza do que estou sendo acusado. Lien explica:

– Pelo que eu entendi, você sempre esteve com alguma menina, e os caras estão preocupados porque você tem andado sempre sozinho. – Ela se volta para os outros: – Não é isso?

– É, é tipo isso – murmuram eles.

– Ah, então vocês têm falado sobre a minha vida?

Isso era para soar engraçado, mas acaba não sendo.

– A gente acha que você está deprimido porque não está transando – explica W antes de levar um tapinha de Lien. – O quê? É um problema fisiológico real. A atividade sexual libera serotonina, o que aumenta a sensação de bem-estar. É pura ciência.

– Não é à toa que você gosta tanto de mim – provoca Lien. – É pura ciência.

– Ah, então eu estou deprimido agora? – Tento soar descontraído, mas há um fiozinho de amargura em minha voz. Ninguém olha para mim, só Lien. – É o que vocês acham? – pergunto, me esforçando para fazer graça. – Que estou sofrendo de um caso clínico de tristeza peniana?

– Acho que não é seu pinto que está triste – retruca ela, em um tom seco. – É o seu coração.

Depois de mais um momento de silêncio, os caras explodem em ruidosas gargalhadas.

– Foi mal, *schatje* – diz W –, mas é que isso seria muito bizarro. Você não conhece este cara. É mais provável que seja um problema de serotonina mesmo.

– Eu sei do que estou falando – responde Lien.

Os dois começam a discutir, e me pego sonhando com o anonimato da estrada, onde ninguém tem passado nem futuro, todos só existem no presente. E, quando o momento se torna excessivo ou desconfortável, há sempre um trem para o próximo.

– Bom, para coração partido e tristeza peniana, o tratamento é o mesmo – determina Broodje.

– Ah, e qual é? – pergunta Lien.

– Transar! – respondem Broodje e Henk, em coro.

Isso já é demais.

– Vou mijar – anuncio, me levantando.

No banheiro, jogo água no rosto. Encaro minha imagem no espelho.

A cicatriz ainda está vermelha e grossa, parece até pior do que antes, como se eu andasse mexendo demais nela.

Na saída, encontro o corredor lotado. Outro filme acabou de estrear – não o do De Bont, e sim uma daquelas comédias românticas britânicas melosas, do tipo que promete amor eterno em duas horas.

– Ora, ora, se não é Willem de Ruiter!

Eu me viro. Saindo da sala, com os olhos turvados pela emoção fabricada, está Ana Lucia Aurelanio.

Paro e espero ela vir ao meu encontro. Nós nos cumprimentamos com dois beijinhos, e Ana Lucia faz sinal para os amigos, que reconheço da Universidade de Utrecht, continuarem andando.

– Você nunca me ligou – diz, fazendo beicinho como uma criança. O que fica lindo nela, aliás, como quase tudo.

– Eu não tinha o seu número – argumento.

Não tenho nenhum motivo para sentir vergonha, mas é como um reflexo.

– Mas eu dei meu número para você. Em Paris.

Paris. Lulu. Os sentimentos despertados na sessão começam a voltar, mas me afasto deles. Paris foi um conto de fadas. Nada diferente do filme romântico que Ana Lucia acabou de ver.

Ela se inclina mais para perto. Tem um cheiro gostoso, uma mistura de canela, fumo e perfume.

– Por que não me dá o seu número de novo? – pergunto, pegando o celular. – Assim *vou poder* ligar mais tarde.

– Por quê?

Dou de ombros. Ouvi dizer que ela não ficou muito feliz quando terminamos. Guardo o telefone.

Mas ela segura minha mão. A minha está fria; a dela, quente.

– Por que me ligar *mais tarde* se estou aqui *agora*?

E está mesmo. Está aqui agora. E eu também.

O tratamento é o mesmo, escuto a voz de Broodje na minha cabeça.

E talvez seja.

Dez

NOVEMBRO
Utrecht

O quarto de Ana Lucia parece um casulo, com grossas colchas com enchimento de pena, radiadores sibilando a todo vapor e milhares xícaras de chocolate quente belga. Nos primeiros dias, fico feliz só por estar ali com ela.

– Você imaginava que a gente fosse voltar? – sussurra Ana Lucia, se enroscando em mim como um gatinho quente.

– Hum… – murmuro, porque não tenho uma resposta bonita para essa pergunta.

Nunca imaginei que fôssemos voltar porque nunca achei que estivéssemos juntos. Tivemos um caso de três ou quatro semanas na primavera enevoada logo após a morte de Bram, quando consegui me dar incrivelmente mal nos estudos, mas incrivelmente bem com as mulheres. Se bem que "conseguir" não é a palavra certa, porque pressupõe que fiz algum tipo de esforço, quando, na verdade, esse era o único aspecto da minha vida que não exigia esforço algum.

– *Eu* imaginava – afirma ela, mordiscando minha orelha. – Pensei tanto em você nos últimos anos… Daí, quando a gente se esbarrou em Paris, fiquei achando que significava alguma coisa… como se fosse o destino.

– Hum… – repito.

Eu me lembro de ter esbarrado com ela em Paris; me lembro também de pensar que aquilo significava alguma coisa, mas não que fosse o destino. Senti mais como se o mundo que eu deixara para trás estivesse invadindo minha vida.

– Mas daí você não me ligou...

– Ah, você sabe como é... eu estava meio enrolado.

– Ah, você com certeza estava *enrolado*. – Ela desliza a mão por entre minhas pernas. – Eu vi aquela garota. Em Paris. Era bonita.

Ana Lucia diz isso em um tom casual, quase desdenhoso, mas alguma coisa se esgueira pelo meu estômago. Um tipo de aviso. Ela mantém a mão entre minhas pernas, causando o efeito desejado, mas agora Lulu também está no quarto. Como naquele dia em Paris, quando estávamos juntos e esbarramos com Ana Lucia e suas primas no Quartier Latin. E não quero que exista nada além de distância entre essas duas garotas.

– Ela era mesmo bonita, mas *você* é linda – digo, tentando mudar de assunto.

São palavras verdadeiras, mas vazias. Ana Lucia tecnicamente é mesmo mais bonita que Lulu, mas esse tipo de competição nunca se baseia em detalhes técnicos.

A mão de Ana Lucia me segura com mais força.

– Qual é o nome dela?

Não quero dizer, mas estou na mão de Ana Lucia. Se eu não disser, vou levantar suspeitas.

– Lulu – respondo, a voz abafada pelo travesseiro.

Nem é o nome real, mas sinto como se a estivesse traindo.

– Lulu. – Ela me solta e senta na cama. – Francesa. Era sua namorada?

A janela filtra a luz da manhã, pálida e cinzenta, tingindo o quarto todo com um tom esverdeado. Lembro-me de como a luz cinzenta do amanhecer fez Lulu brilhar naquele quarto branco.

– Claro que não.

– Só um dos seus casos, então?

Ana Lucia solta um risada que já responde à própria pergunta. A certeza dela me irrita.

Naquela noite, na ocupação artística, depois de tudo, eu e Lulu tínhamos esfregado o dedo no punho, o que funciona como uma metáfora para *a mancha* – para algo que permanece, mesmo que não queiramos. E nosso tempo juntos significou alguma coisa, pelo menos naquele momento.

– Você me conhece – digo, displicente.

Ana Lucia ri de novo, uma risada gutural, rica e indulgente. Ela escala meu corpo, montando em meus quadris.

– Eu *conheço* você – concorda, os olhos brilhando, passando o dedo pela linha que divide meu dorso. – Hoje entendo o que você passou. Antes eu não entendia muito bem, mas eu amadureci, e você também amadureceu. Acho que nós dois somos pessoas diferentes agora, com necessidades diferentes.

– Minhas necessidades não mudaram, são as mesmas de sempre. Bem básicas.

Eu a puxo para mim. Ainda estou irritado, mas a invocação do nome de Lulu também me deixou agitado. Acaricio o detalhe de renda no topo da camisola dela, mergulhando um dedo por dentro da alça. Ana Lucia fecha os olhos por um momento, e eu também fecho os meus. Sinto a cama ceder, sinto uma trilha de beijos viscosos no pescoço.

– *Dime que me quieres* – sussurra ela. – *Dime que me necesitas.*

Diga que me quer. Diga que precisa de mim.

Eu não digo, porque ela está falando espanhol e não sabe que eu agora entendo essa língua. Continuo de olhos fechados, mas, mesmo no escuro, ouço uma voz dizendo que ela vai ser a minha garota da montanha.

– Vou cuidar de você.

Levo um susto ao ouvir as palavras de Lulu na boca de Ana Lucia.

Mas ela mergulha a cabeça sob as cobertas, e percebo que está falando de outra forma de cuidar. Não da que realmente preciso. Mas deixo mesmo assim.

Onze

Volto a Bloemstraat depois de duas semanas aconchegado no quarto de Ana Lucia. A casa está calma, uma mudança bem-vinda em relação à barulheira constante dentro e ao redor do campus da Universidade de Utrecht, onde todo mundo se mete na vida de todo mundo.

Abro os armários da cozinha. Ana Lucia sempre me trazia comida da rua ou pedia algo em casa com o cartão de crédito do pai dela. Estou com fome de comida de verdade.

Não tem muita coisa aqui, só uns pacotes de macarrão, cebolas e alho. Encontro uma lata de tomates na despensa. É o suficiente para um molho. Pico as cebolas, fazendo as lágrimas escorrerem imediatamente. É sempre assim; também acontece com Yael. Ela nunca foi de cozinhar muito, mas, quando ficava com saudade de Israel, botava um pop hebreu sofrível para tocar e fazia *shakshouka*. Eu sentia os olhos ardendo de lá do meu quarto e descia até a cozinha. Bram às vezes aparecia e nos flagrava de olhos vermelhos. Ele ria, bagunçava o meu cabelo, beijava a esposa, e dizia, brincando, que a única coisa que fazia Yael Shiloh chorar era uma cebola.

Por volta das quatro, ouço uma chave girar na fechadura. Grito um oi.

– Willy, você voltou! E está cozinhan… – Broodje se interrompe assim que entra na cozinha. – O que aconteceu?

– Oi?

Só então percebo que ele parou de falar quando viu minhas lágrimas.

– Ah, são só as cebolas.

– Ah... sei.

Ele pega a colher de pau, mexe o molho, sopra e prova. Depois vai até a despensa, pega várias ervas secas e as esfrega entre os dedos antes de acrescentá-las à panela, junto de algumas pitadas de sal e várias voltas do moedor de pimenta. Finalmente, abaixa o fogo e tampa a mistura.

– Mas caso não sejam as cebolas...

– E o que mais seria?

Ele anda pela cozinha, arrastando os pés no chão.

– Estou preocupado com você desde aquela noite, desde a conversa que tivemos depois do filme.

– O que é que tem a conversa?

Ele vai dizer alguma coisa, mas pensa melhor e decide mudar de assunto:

– Nada. E, então, encontrou a Ana Lucia de novo?

– É, encontrei a Ana Lucia. De novo. – Não consigo pensar em mais nada para dizer, então volto à conversa fiada. – Ela mandou um beijo.

– Ah, aposto que mandou – retruca ele, cínico.

– Quer comer?

– Quero, mas o molho ainda não está pronto.

Broodje sobe para o quarto. Estou perplexo. Ele nunca rejeita comida, pronta ou não. Já o vi comer um hambúrguer cru. Cozinho o molho em fogo brando. O aroma se espalha pela casa, mas, mesmo assim, ele não desce. Subo e bato à porta de seu quarto.

– Já está com fome?

– Estou sempre com fome.

– Não quer descer? Vou fazer macarrão.

Ele balança a cabeça.

– Está fazendo greve de fome? Que nem o Sarsak?

Broodje dá de ombros.

– Talvez eu comece mesmo uma greve de fome.

– E qual seria o motivo? Deve ser algo muito importante, para você decidir parar de comer.

– Você é mesmo muito importante.

– *Eu?*

Broodje gira na cadeira de escritório.

– A gente não contava tudo um para o outro, Willy?

– Claro.

– A gente não era amigo? Não manteve contato mesmo depois que eu me mudei? E eu achava que a gente tivesse continuado amigo, mesmo quando você foi embora e parou de mandar mensagens. Agora você está de volta, mas… e se a gente não for mais amigo?

– Como assim?

– Onde é que você estava, Willy?

– Como assim onde eu estava? Com a Ana Lucia. Caramba, você mesmo disse que eu precisava transar para superar isso.

Os olhos dele lampejam.

– Superar *o quê*, Willy?

Sento na cama. *Superar o quê?* É isso que o estava incomodando.

– A morte do seu pai? Se for isso, tudo bem. Faz só três anos. Eu levei quase isso para superar a morte do Varken, que era um cachorro.

A morte de Bram me destruiu de verdade, mas já passou. Eu já estava bem, então não sei por que fiquei tão sensível de novo. Talvez porque tenha voltado para a Holanda. Talvez ficar aqui tenha sido um erro.

– Eu não sei o que é – respondo, e já é um alívio admitir isso.

– Mas é *alguma coisa*.

Eu realmente não consigo explicar, porque não faz sentido. Foi apenas uma garota. Apenas um dia.

– É alguma coisa – concordo.

Ele não diz nada, mas o silêncio é como um convite. Além disso, não sei por que estou mantendo essa história em segredo. Então conto sobre como conheci Lulu em Stratford-upon-Avon, como a encontrei de novo no trem, o flerte improvável durante uma conversa sobre *hagelslag*, como a batizei de Lulu, um nome que parecia se encaixar tão bem nela que até esqueci que não era seu nome verdadeiro.

Descrevo alguns momentos marcantes do dia – parecem tão perfeitos que às vezes acho que os inventei: Lulu correndo pela Bassin de la

Villette com uma nota de 100 dólares; depois subornando Jacques para nos levar em um passeio pelo canal; nós dois quase sendo presos por aquele policial por andar juntos em uma bicicleta Vélib'. Ele perguntou o motivo de fazermos algo tão idiota, e eu respondi com uma citação de Shakespeare sobre a beleza ser uma bruxa astuta – o policial reconheceu a frase e nos liberou só com uma advertência. Lulu escolhendo uma estação de *Métro* aleatória para conhecermos, e acabamos no Barbès Rochechouart. E ela, que dizia ficar desconfortável em viagens, amando toda aquela falta de controle. E conto sobre os skinheads, sobre como nem pensei quando fui defender aquelas garotas árabes. Não pensei no que poderiam fazer *comigo*, e, assim que comecei a me tocar que estava ferrado, Lulu apareceu do nada e atirou um livro na cara de um deles.

Mesmo explicando tudo isso, percebo que não estou fazendo justiça ao dia, à Lulu, tampouco estou contando a história toda, porque há coisas que não sei explicar, como o que senti quando ela subornou Jacques para nos levar naquele passeio pelo canal. Não foi a generosidade dela que me surpreendeu. Eu nem cheguei a dizer que tinha crescido em um barco ou que estava a um dia de assinar a venda desse antigo lar. Mesmo assim, ela parecia saber. Mas como? E como explico isso?

Quando termino a história, não tenho certeza se o que narrei fez algum sentido, mas me sinto melhor.

– Então… e agora? – pergunto.

Broodje inspira fundo. O cheiro da comida se espalhou pela casa.

– O molho está pronto. Agora a gente come.

Doze

– Eu estava pensando... – começa Ana Lucia.

Lá fora cai a neve, mas o quarto dela é como um forninho, e nosso pequeno banquete de comida tailandesa está espalhado sobre a cama.

– Cuidado – brinco.

Ela joga um sachê de molho agridoce em mim.

– Eu estava pensando no Natal. Sei que você não comemora, mas não quer ir para a Suíça comigo no mês que vem? Passar o feriado em família?

– Eu não me lembro de ter parentes na Suíça – provoco, enfiando um rolinho primavera na boca.

– Estou falando da *minha* família. – Ela me encara com um olhar tão intenso que fico desconcertado. – Eles querem conhecer você.

Ana Lucia pertence a um clã espanhol espalhado pelo mundo. São herdeiros de uma empresa de navegação que foi vendida aos chineses antes que a recessão liquidasse a economia mundial. São muitos parentes pelo mundo: irmãos e primos na Europa inteira, nos Estados Unidos, no México e na Argentina – e eles conversam todas as noites, em uma maratona telefônica.

– Nunca se sabe... Talvez, um dia, você também passe a pensar neles como sua família.

Quero dizer que *tenho* família, mas isso já não é bem verdade. Quem sobrou? Agora somos só Yael e eu. E o tio Daniel, mas ele nunca contou muito. O rolinho primavera fica preso na garganta. Tomo um gole de cerveja para fazê-lo descer.

– É muito lindo lá – acrescenta ela.

Bram já nos levou para esquiar na Itália. Eu e Yael ficamos agarrados no alojamento, congelando, e ele aprendeu a lição. No ano seguinte, fomos a Tenerife.

– É frio demais na Suíça – respondo.

– E aqui não é?

Já estamos juntos há três semanas. O Natal é daqui a seis. Não preciso ser esperto como W para entender essa matemática.

Quando não respondo, ela começa:

– Ou talvez você queira mesmo que eu vá sozinha, para arranjar outra pessoa que te esquente? – O tom de Ana mudou do nada, e a suspeita que a incomodava esse tempo todo, enfim percebo, chega com força.

～

Na manhã seguinte, quando volto a Bloemstraat, encontro os caras à mesa, cercados por papéis. Broodje me olha com cara de cachorro perdido.

– Foi mal – diz, imediatamente.

– Foi mal o quê?

– Talvez eu tenha contado um pouquinho da nossa conversa para eles… Sabe, aquilo que você me falou.

– Não foi surpresa nenhuma – intervém W. – Desde que você voltou, estava na cara que tinha *alguma coisa* errada, e eu *sabia* que essa cicatriz não tinha sido por causa de um acidente de bicicleta. Não parece uma cicatriz de queda.

– Eu disse que tinha batido em uma árvore.

– Mas você foi espancado por skinheads – corrige Henk. – Os mesmos em que a garota atirou o livro.

– Acho que ele já sabe o que aconteceu – diz Broodje.

– Muito louco você encontrar esses caras de novo – segue Henk.

– Um mega-azar – completa Broodje.

Não respondo.

– A gente acha que você está com aquele lance pós-traumático – teoriza Henk. – Por isso está deprimido.

– Então podemos descartar a teoria do celibato?

– Ah, claro – responde Henk. – Até porque mesmo transando você continua deprimido.

– Vocês acham que é por causa disto? – Aponto para a cicatriz. – E não por causa da garota? – Olho para W. – Chegaram a pensar que a Lien pode ter razão?

Os três seguram o riso.

– O que é tão engraçado? – pergunto, de repente ao mesmo tempo irritado e na defensiva.

– Essa garota não partiu seu coração – duvida W. – Ela feriu seu orgulho.

– Como assim?

– Ah, qual é, Willy – retruca Broodje, agitando os braços para acalmar o grupo. – Eu conheço você. Sei como é com as mulheres. Você se apaixona, mas o amor some como neve sob o sol. Se tivesse passado umas semanas com essa garota, teria se cansado dela, como aconteceu com todas as outras. Mas você não passou, então é como se tivesse levado um fora. É por isso que está sofrendo tanto.

Está comparando o amor a uma… mancha?, perguntara Lulu. Ela parecia cética.

É uma coisa que nunca vai embora, não importa o quanto a gente deseje. Sim, mancha parecia um termo adequado.

– Tudo bem – diz W, brincando com a caneta. – Vamos do começo, com o máximo de detalhes possível.

– O começo do quê?

– Da história.

– Por quê?

W começa a falar sobre o Princípio da Conexão e sobre como a polícia usa isso para localizar criminosos, indo atrás das pessoas com quem eles se associam. W sempre cita essas teorias; ele acredita que a vida se resume a matemática, que existe um princípio numérico para descrever cada evento, mesmo os aleatórios (a teoria do caos!). Levo um tempo para entender que ele quer usar esse tal Princípio da Conexão para solucionar o mistério de Lulu.

– Mas por quê? O mistério está resolvido. Estou sofrendo por causa da garota que foi embora. E *porque* ela foi embora.

Não sei se o que me irrita é acreditar ou não acreditar nisso.

W revira os olhos, como se não fosse essa a questão.

– Mas você quer encontrar a garota, não quer?

Quando cai a noite, W já tem planilhas e gráficos prontos. E sobre a lareira, logo abaixo do Picasso desbotado, eles penduraram uma cartolina em branco.

– Princípio da Conexão. Basicamente, rastreamos as pessoas que conseguirmos encontrar e vemos as conexões que elas têm com essa sua garota misteriosa – explica W. – Nossa melhor aposta é Céline. Lulu pode ter voltado lá para pegar a mala.

Ele escreve o nome de Céline na cartolina e o circula.

Essa ideia já passou pela minha cabeça inúmeras vezes; em todas, fiquei tentado a procurar Céline, até que me lembrava daquela noite, da dor no rosto dela. De qualquer forma, não importa. Ou a mala está na boate, e Lulu não voltou para buscá-la, ou não está lá porque deu um jeito de recuperá-la – neste caso, encontrou meus bilhetes, mas preferiu não respondê-los. Saber o que aconteceu não vai mudar nada.

– Não vamos falar com a Céline.

– Mas ela é a conexão mais forte que temos – protesta W.

Não conto o que aconteceu no apartamento dela naquela noite, nem da promessa que fiz.

– Mas não vamos.

W faz um X dramático sobre o nome de Céline, então desenha um círculo e dentro escreve "barca".

– O que tem isso?

– Ela preencheu algum papel? – pergunta W. – Pagou com cartão de crédito?

Balanço a cabeça.

– Ela pagou com uma nota de 100 dólares. Praticamente subornou o Jacques.

Ele escreve "Jacques" e circula o nome.

Balanço a cabeça de novo.

– Passei mais tempo com ele do que ela.

– O que você sabe sobre o cara?

– É um típico marinheiro. Passa o ano todo no mar, navega quando o tempo está bom e mantém a barca ancorada em uma marina, acho que em Deauville.

W escreve e circula "Deauville".

– E os outros passageiros?

– Eram mais velhos. Dinamarqueses. Dois casados e dois divorciados, mas pareciam casados. Estavam completamente bêbados.

W escreve "Dinamarqueses bêbados" em um círculo mais afastado, na borda da cartolina.

– Vamos considerar esses quatro como últimos recursos – diz, passando para a linha seguinte. Então diz, abrindo um sorrisinho: – Acho que a pista mais forte deve ser a que vai consumir mais tempo.

E, na parte de baixo da cartolina, escreve "AGÊNCIA DE VIAGENS" em letras garrafais.

– O problema é que eu não sei qual era.

– É provável que seja uma destas sete – explica W, pegando um papel que imprimira mais cedo.

– Você encontrou a agência? Por que não falou antes?

– Não encontrei a agência, mas descobri essas sete que fazem excursões com estudantes americanos e que estavam em Stratford-upon-Avon nas noites em questão.

– "Noites em questão" – debocha Henk. – Isso está parecendo programa de detetive.

Examino o papel.

– Como você fez isso tudo em uma noite?

Fico esperando ouvir algum teorema matemático complicado, mas ele simplesmente dá de ombros e diz:

– Achei tudo na internet. – E depois de uma pausa: – Talvez tenham até mais de sete, mas só achei essas.

– Mais de sete? – pergunta Broodje. – Mas aí já é coisa demais.

– Estava rolando um festival de música naquela semana – explico.

Só por isso a Arte de Guerrilha estava em Stratford-upon-Avon. Tor geralmente evita a cidade, porque nutre um rancor venenoso pela Royal Shakespeare Company, alimentado por um rancor ainda mais tóxico em relação à Royal Academy of Dramatic Art, que a rejeitara duas vezes. Depois disso, virou anarquista e fundou a Arte de Guerrilha.

W escreve e circula os nomes das agências na cartolina: *Ampliando Horizontes, Europa Ilimitada, Mundo Pequeno, Rumo à Aventura, Pé na Tábua, Jovens Viajantes!* e *Diversão na Europa.*

– Meu palpite é que sua garota misteriosa estava viajando com uma delas.

– Ok, mas são sete agências – diz Henk. – Qual é o próximo passo?

– Eu ligo para todas? – pergunto.

– É – responde W.

– Procurando por... – Lembro mais uma vez que não sei o nome dela. – Droga!

– Do que você *lembra* que pode ajudar a identificar essa menina? – continua W.

O timbre da risada. O calor do hálito. O reflexo do luar sobre a pele dela.

– Ela estava viajando com uma amiga loira. E a Lulu tem cabelo preto chanel, como a Louise Brooks.

Os caras se entreolham.

Toco meu punho, completando:

– E um sinal de nascença aqui. – Eu tinha ficado imaginando como seria tocar aquela marca desde que ela me mostrara, no trem. – E cobria o sinal com um relógio. Ah, é, ela tem um relógio de ouro bem caro. Quer dizer, tinha. Ficou comigo.

– Isso é dela? – pergunta Broodje, apontando para o relógio.

Faço que sim com a cabeça, e W anota as informações.

– Isso é bom. Principalmente o relógio. Vai servir para identificar a garota.

– Além disso, vai justificar a procura – elabora Broodje. – É um motivo melhor do que querer transar com ela mais algumas vezes antes de riscar o contato da lista. Você pode dizer que quer devolver o relógio.

Há meia hora, a cartolina estava em branco, mas agora metade já está preenchida, cheia de círculos e tênues conexões que me ligam a *ela*.

W admira seu trabalho e comenta:

– Ah, o Princípio da Conexão...

Durante toda a semana seguinte, os círculos do quadro da conexão de W vão um a um se tornando Xs, à medida que as relações – que na verdade nunca existiram – são cortadas. *Mundo Pequeno* promove viagens de jovens acompanhados dos pais, então não é uma possibilidade. *Pé na Tábua* não tem registro de nenhuma garota com chanel preto e relógio de pulso em uma excursão durante aquele período. *Rumo à Aventura* se recusa a divulgar as informações dos clientes e *Diversão na Europa* parece ter fechado. *Jovens Viajantes!* não atende o telefone, mas deixei várias mensagens e enviei diversos e-mails.

É um processo frustrante e muito complicado, porque tenho que administrar problemas de fuso, além de despistar uma Ana Lucia cada vez mais desconfiada. Ela não está nada feliz com minhas ausências cada vez mais frequentes, que atribuí à liga de futebol em que supostamente entrei.

Uma noite, na casa dela, o telefone toca pouco depois das onze.

– É sua namorada? – pergunta Ana Lucia, tranquila.

Namorada é o apelido que ela deu para Broodje, porque acha que passo mais tempo com meu amigo do que com ela. É brincadeira, mas sempre me revira o estômago, de tanta culpa.

Vou com o telefone para o outro extremo do quarto.

– Oi. Eu poderia falar com o Sr. Willem de Ruiter? – indaga uma voz, em inglês, arruinando a pronúncia do meu nome.

– Sou eu – respondo, tentando soar profissional, já que Ana Lucia está logo ali.

– Oi, Sr. Willem! Aqui é a Erica, da agência *Jovens Viajantes!* Recebi seu e-mail sobre a devolução de um relógio.

– Ah, ótimo – digo, tentando soar casual.

Ana Lucia estreita os olhos, desconfiada, provavelmente por estar falando em inglês. Falo inglês com ela, mas, ao telefone e com os caras, em geral só falo holandês.

– Nós oferecemos um seguro contra perda e roubo a todos os clientes, então, quando alguém perde algo de valor, sempre pede reembolso.

– Ah.

– Mas conferi a lista de pedidos do período e só encontrei o de um iPad roubado em Roma e de uma pulseira, que conseguimos localizar. Se o senhor disser o nome da pessoa, posso tentar conferir de novo.

Eu me viro para Ana Lucia, que não está olhando, então com certeza está ouvindo atentamente.

– Não posso falar agora.

– Ah. Se o senhor preferir, pode me ligar mais tarde.

– Não vou poder fazer isso.

– Ah. O senhor tem certeza de que essa pessoa estava viajando com a nossa empresa?

Percebo que a história do relógio perdido é tão frágil quanto o vidro rachado dele. Mesmo que seja a agência certa, os organizadores da excursão não têm como saber que Lulu perdeu o relógio, porque isso aconteceu depois da viagem programada. É só uma história. Isso tudo não passa de ficção. A verdade é que estou procurando por uma garota cujo nome não sei e que lembra vagamente Louise Brooks. Não dá para falar nenhuma dessas coisas em voz alta, e eu nem quero. É absurdo.

Erica continua:

– Estou vendo aqui que uma das nossas veteranas liderou aquela excursão. Ela vai lembrar se tiver havido algum problema. O senhor quer o contato?

Olho para a cama. Ana Lucia está se levantando, jogando as cobertas para o lado.

– O nome dela é Patricia Foley. O senhor vai querer o contato?

Ana Lucia atravessa o quarto e para na minha frente, completamente nua, como se me oferecesse uma escolha. Mas não é bem uma escolha, já que a outra opção sequer existe.

– Não vai ser necessário – respondo.

❧

Acordo na manhã seguinte com alguém batendo à porta. Forço a vista tentando identificar quem está por trás da porta de correr envidraçada. É Broodje, trazendo uma sacola. Ele pousa um dedo nos lábios.

Abro uma fresta da porta. Broodje enfia a cabeça para dentro e me entrega a bolsa.

Ana Lucia, na cama, esfrega os olhos, azeda.

– Desculpa acordar você – pede Broodje. – Vou ter que roubar este cara. Temos um jogo. A Lapônia foi desclassificada, então vamos competir com Wiesbaden.

Lapônia e Wiesbaden? Ana Lucia pode não entender nada de futebol, mas isso já é um exagero. Mesmo assim, ela não parece desconfiada, só irritada com a visita inesperada e inconveniente.

Na sacola tem um velho kit de futebol que não sei de quem é, com camisa, shorts, chuteiras e um agasalho fino para usar por cima. Olho para Broodje, que me encara de volta, dizendo:

– Melhor se trocar logo.

– Quando você volta? – pergunta Ana Lucia, quando apareço no quarto já vestido. O casaco está curto demais. Não sei se ela percebe.

– Tarde – responde Broodje. – O jogo é fora do país. Na França. – Ele se volta para mim. – Em Deauville.

Em Deauville? Não! A busca terminou… Mas a esta altura Broodje já está saindo, e Ana Lucia já cruzou os braços, irritada. Se vou levar a fama, melhor deitar de vez na cama.

Dou um beijo de despedida nela.

– Me deseje sorte – peço, esquecendo que não existe jogo nenhum, pelo menos não de futebol, e que ela é a última pessoa que deveria me desejar sorte.

De qualquer forma, ela não me atende.

– Tomara que percam.

Treze

Deauville

É baixa temporada em Deauville, e o resort à beira-mar está fechado. Do Canal da Mancha vem um vento frio. Vejo a marina ao longe, com fileiras de veleiros apoiados nos suportes sobre o dique seco, os mastros desmontados. Conforme nos aproximamos, noto que a marina está desativada, hibernando no inverno, o que parece mesmo uma boa ideia.

Os caras estavam muito empolgados durante a viagem no carro de Lien, que cheirava a lavanda, mas que agora cheira a cesto de roupa suja. Na noite anterior, W localizara uma barca chamada *Viola* e decidira que deveríamos fazer uma viagem de carro até a França.

– Não seria mais fácil ligar? – perguntei, depois de ouvir o plano.

Mas não. Meus amigos estavam convencidos de que tínhamos que pegar a estrada. É claro que usavam roupas mais apropriadas; só que eu continuava com o leve abrigo esportivo. E eles não tinham nada a perder além de um dia de estudo. Bem, eu tinha menos ainda, mas sentia como se tivesse mais.

Dirigimos pela marina labiríntica até finalmente chegarmos à entrada principal, que está fechada. Claro. São quatro da tarde de um dia escuro de novembro; qualquer pessoa com um mínimo de bom senso estaria abrigada em algum lugar quente.

– Bom, vamos ter que encontrar a barca sozinhos – comenta W.
Olho em volta. Vejo apenas mastros.

– Não sei como.

– As marinas não são organizadas por tipo de veleiro? – pergunta ele.
Suspiro.

– Talvez.

– Então pode ser que exista uma parte para as barcas?
Suspiro de novo.

– Talvez.

– E você disse que o tal Jacques mora no barco o ano inteiro, então ele não estaria no dique seco, certo?

– Provavelmente não.

Tínhamos que tirar a casa flutuante da água a cada quatro anos para limpar o casco e realizar a manutenção das peças. O serviço em uma embarcação daquele tamanho era hercúleo.

– Provavelmente está ancorado.

– Onde? – indaga Henk.

– Em um píer.

– Ali. A gente vai andando até encontrar as barcas – sugere W, como se isso fosse moleza.

Mas não é nada fácil. Começou a chover forte, e está tudo encharcado. Além disso, o lugar está deserto. Só ouço a chuva caindo, as ondas batendo nos cascos e as adriças estalando.

Vejo um gato atravessar correndo um píer, e atrás dele vem um cachorro latindo. Atrás do cachorro, um homem de capa de chuva amarela, um pontinho colorido na penumbra. Acompanho essa coreografia e me pergunto se não sou como o cachorro, correndo atrás de um gato só porque é isso que cachorros fazem.

Os caras buscam abrigo debaixo de um toldo. Estou tremendo de frio e prestes a desistir. Eu me viro para sugerir um bistrô quentinho, uma boa refeição e uma bebida antes da longa viagem de volta para casa.

Mas os caras apontam para trás de mim. Eu me viro de novo. As janelas de aço azul da *Viola* estão fechadas, o que a faz parecer mais solitária, amarrada ao lado da rampa de cimento e dos enormes postes de madeira.

A própria barca também parece estar com frio, como se, assim como eu, desejasse voltar àquele verão quente de Paris.

Subo no píer e, por um segundo, sinto os raios de sol na minha pele e ouço Lulu me apresentando à dupla felicidade. Foi bem ali que nos sentamos, perto da grade. Bem ali também discordamos sobre o significado da dupla felicidade. *Sorte*, afirmou ela. *Amor*, eu rebati.

– Ei, o que você está fazendo aqui!?

O homem de capa de chuva amarela caminha em nossa direção com o vira-lata fugido agora na coleira, tremendo de frio. Ele se vira para o cão, puxando a coleira:

– Muitos ladrões subestimaram Napoleão e pagaram por isso com sangue, não foi?

Napoleão late, infeliz.

– Não sou ladrão – digo em francês.

O homem torce o nariz.

– Pior! É estrangeiro. Sabia que era alto demais para ser daqui! Alemão?

– Holandês.

– Tanto faz. Dê o fora antes que eu chame a polícia ou solte o Napoleão em cima de você.

Tento acalmar os ânimos:

– Não vou roubar nada. Estou procurando o Jacques.

Não sei se é a menção ao nome de Jacques ou o fato de Napoleão ter começado a cheirar os testículos dele, mas o homem recua.

– Você conhece o Jacques?

– Um pouco.

– Se conhece o Jacques, mesmo que um pouco, sabe onde ele fica quando não está na *Viola*.

– Talvez seja menos que um pouco, então. A gente se conheceu no verão passado.

– Todo mundo conhece um monte de gente no verão, mas ninguém sai entrando em veleiros sem convite. Essa é a violação máxima do reino dele.

– Eu sei. Só queria falar com o Jacques, e esse foi o único lugar que me veio à cabeça.

Ele estreita os olhos.

– Jacques está lhe devendo dinheiro?

– Não.

– Tem certeza? Isso não tem a ver com as corridas, tem? Ele sempre aposta no cavalo errado.

– Não tem nada a ver com corridas.

– Ele dormiu com a sua mulher?

– Não! No verão passado ele levou quatro passageiros para Paris.

– Os dinamarqueses? Desgraçados! Ele deixou quase toda a taxa de charter de volta nas mãos deles. Jacques é péssimo no pôquer. Ele perdeu dinheiro para você?

– Não! Ele tirou dinheiro da gente. Cem dólares. De mim e de uma garota americana.

– Ah, os americanos são terríveis. Nunca falam francês.

– Ela sabia mandarim.

– E *para que* serve isso?

Suspiro.

– Olha, essa garota… – começo a explicar.

Mas ele balança o braço, sem querer ouvir, e aponta para longe.

– Se quiser falar com o Jacques, vá para o Bar de la Marine. Quando não está na água, ele está no bar.

~

Encontro Jaques sentado junto ao comprido balcão de madeira do bar, debruçado sobre um copo quase vazio. Assim que entramos, ele acena para mim, mas não sei se é porque me reconhece ou se é sua saudação-padrão. Jacques está no meio de uma conversa profunda com o barman sobre taxas de ancoragem. Pago uma rodada de cerveja para os caras, deixo-os em uma mesa no canto e vou me sentar ao lado de Jacques.

– Dois do que ele está bebendo – peço ao barman, que serve dois copos de um conhaque com gelo. É tão doce que dói os dentes.

– Bom ver você de novo – diz Jacques.

– Então você se lembra de mim?

– Claro que lembro. – Ele estreita os olhos, forçando a memória. – Paris. – Ele arrota e bate no peito com o punho. – Por que está surpreso? Faz poucas semanas.

– Faz três meses.

– Semanas, meses... O tempo é tão fluido.

– É, eu me lembro disso.

– Você quer fretar a *Viola*? Ela está seca, mas vai entrar na água de novo em maio.

– Não, não vim por isso.

– Então no que posso ser útil?

Ele vira o restante da bebida e mastiga o gelo ruidosamente. Depois, pega o segundo copo.

Não sei o que responder. *No que* ele pode ser útil?

– Estou procurando a garota americana que estava comigo. Ela por acaso entrou em contato com você?

– A garota americana...? Ah, sim, ela falou comigo.

– Sério?

– Claro. E me pediu para dizer para o mané alto que a acompanhava que se cansou dele, que encontrou outro homem.

Ele ri da própria piada.

– Então ela não entrou em contato?

– Não, garoto, sinto muito. Quer dizer que você ficou a ver navios?

– Tipo isso.

– Pode tentar falar com aqueles dinamarqueses desgraçados. Uma delas vira e mexe me manda mensagem. Deixa eu ver se encontro o número.

Ele começa a olhar o smartphone, atrapalhado.

– Minha irmã que me deu, disse que ia me ajudar com as viagens, os agendamentos... mas não sei mexer nessa joça.

Ele me passa o celular.

– Toma, tenta você.

Verifico a lista de mensagens e encontro uma de Agnethe. Abro a conversa e vejo que há várias mensagens anteriores, com fotos do verão, quando estavam viajando a bordo da *Viola*. A maioria das imagens é de

Jacques diante de campos de cártamo, vacas e lindos pores do sol, mas reconheço uma: um tocador de clarineta em uma ponte sobre o Canal Saint Martin. Estou prestes a devolver o aparelho quando vejo, em um canto da foto, um pedacinho de Lulu. Não é o rosto dela, é uma parte das costas: ombros, pescoço e cabelo. Mas é ela. Um lembrete de que Lulu não é uma invenção da minha cabeça.

Sempre me perguntei em quantas fotos já apareci sem querer. Aquela não tinha sido a única foto do dia, houve outra, e nada acidental. Uma imagem de Lulu e eu, que ela pediu para Agnethe tirar. Lulu perguntou se eu queria que ela enviasse a foto, e eu disse que não.

– Posso encaminhar essa foto para mim?

– Fique à vontade.

Encaminho a foto para o celular de Broodje, porque o meu realmente não recebe fotos, embora não tenha sido essa a razão de eu ter recusado a oferta de Lulu. Foi uma negativa automática, quase por reflexo. Não tenho quase nenhuma foto das minhas viagens do ano passado. Com certeza saí em várias, mas não apareci em nenhuma das que tirei.

Tinha uma câmera digital velha na mochila que foi roubada no trem para Varsóvia. Nela, havia fotos de mim, de Yael e de Bram no meu aniversário de 18 anos. Eram as últimas de nós três juntos, e só as encontrei na estrada, em uma noite de tédio em que resolvi conferir o cartão de memória. De repente, lá estávamos nós.

Eu devia ter enviado as fotos para o meu e-mail, talvez mandado imprimir, ou feito qualquer coisa para torná-las permanentes. Até pensei em fazer isso, de verdade, mas acabei deixando para depois. Daí a mochila foi roubada, e já era tarde demais.

Sou tomado por um sentimento desolador. Existe uma grande diferença entre perder algo que você sabia que tinha e algo que descobriu que tinha. O primeiro caso é apenas uma decepção. O segundo é uma perda de verdade.

Eu não sabia disso na época, mas agora sei.

Catorze

Utrecht

Ligo para Agnethe, a dinamarquesa, no caminho de volta para Utrecht, perguntando se Lulu enviou alguma foto para ela, se as duas tiveram contato, mas ela nem lembra direito quem sou. É deprimente. Aquele dia, tão marcado na minha memória, foi só mais um dia comum para o resto do mundo. De qualquer forma, foi apenas um dia. E já passou.

Com Ana Lucia também acabou. Estou sentindo isso, mesmo que ela não esteja. Quando volto, derrotado, dizendo que o campeonato acabou, ela parece solidária, ou talvez apenas vitoriosa. Ana Lucia me enche de beijos e *cariños*.

Eu os aceito, mas sei que é só questão de tempo. Em três semanas ela vai para a Suíça. Quando voltar, quatro semanas depois, já vou estar longe. Faço uma anotação mental para renovar o passaporte.

E parece que Ana Lucia pressente isso, porque começa a insistir em me levar para a Suíça. A cada dia, um novo apelo.

– Olha como o tempo está bom – comenta, certa manhã, enquanto se arruma para a aula.

Ela abre o computador e lê a previsão do tempo em Gstaad.

– Sol todos os dias. E nem está tão frio.

Não respondo, só tento sorrir.

– E aqui – insiste, abrindo um site de viagens de que gosta e virando o notebook para me mostrar fotos de alpes nevados e bonecos quebra-nozes – dá para ver tudo o que tem para fazer por lá, além de esquiar. Você não precisa ficar enfurnado no alojamento. Estaremos perto de Lausanne e Berna. Genebra também não é muito longe. A gente pode ir lá fazer compras. É uma cidade famosa pelos relógios. Já sei! Vou comprar um para você de presente!

Sinto a tensão se espalhar pelo corpo todo.

– Eu já tenho um relógio.

– Tem? Nunca vejo você usar.

Está na Bloemstraat, na minha mochila, ainda funcionando. Quase dá para ouvi-lo tiquetaquear daqui. E, de repente, três semanas parecem tempo demais.

– Olha, precisamos conversar.

As palavras escapam antes mesmo de eu saber o que vou dizer em seguida. Faz tempo que não termino um namoro. É muito mais fácil dar um beijo de despedida e pegar um trem.

– Agora, não – diz ela, indo até o espelho passar batom. – Já estou atrasada.

Tudo bem. Agora, não. Mais tarde. Ótimo. Ganho tempo para escolher as palavras certas. Sempre é possível escolher as palavras certas.

Depois que ela sai, me visto, faço um café e sento na frente do computador para conferir os e-mails. O site de viagens ainda está aberto, e estou prestes a fechar a janela quando vejo um banner escandaloso: MÉXICO!!! Lá fora está frio e cinzento, mas as fotos prometem sol e céu azul.

Clico no link, que me direciona para uma página com pacotes de viagem. Não são o tipo de turismo que eu gosto de fazer, mas me sinto aquecido só de olhar as praias. Vejo anúncios de viagens para Cancún.

Cancún.

Para onde Lulu vai todos os anos.

Ela viaja todos os anos com a família para o mesmo lugar. A previsibilidade da mãe dela, que a irrita tanto, agora é a minha maior esperança.

Puxo os detalhes da memória. Como tudo o que aconteceu naquele dia, são nítidos como tinta fresca. Um resort que imita um templo maia. Parece os Estados Unidos, mas com corais mariachi de Natal. Natal. Iam sempre passar o Natal. Ou era o Ano-Novo? Posso passar os dois!

Incorporo W e começo a pesquisar resorts em Cancún. Praias de águas cristalinas piscam na tela, uma após a outra. Encontro uma infinidade de resorts gigantescos imitando templos e fortalezas maias. Lulu disse que um rio passava por dentro de um deles. Eu me lembro de imaginar como seria um resort com um rio. Não existem rios naturais em Cancún. Há campos de golfe, piscinas, falésias e toboáguas. Mas rios? Estou lendo a descrição do Palacio Maya, quando enfim encontro: um *rio lento*, um córrego artificial que as pessoas percorrem a bordo de uma boia inflável.

Refino a busca. Não parecem haver *tantos* resorts imitando templos maias com esse tipo de atração aquática. São quatro, pelo que vejo. Lulu pode estar em quatro resorts desse tipo entre o Natal e o Ano-Novo.

Não para de chover lá fora, mas o site se gaba do bom tempo do México, com infinitos dias de sol e céu azul. Durante todo esse tempo fiquei paralisado, tentando descobrir para onde ir. Por que não vou até lá? Tentar encontrá-la? Clico no nome de uma empresa que vende passagens baratas e pesquiso o preço de ida para Cancún. É caro, mas eu posso pagar.

Fecho o computador com uma lista na cabeça. Tudo parece tão simples.

Renovar o passaporte.

Convidar Broodje.

Comprar as passagens.

Encontrar Lulu.

Quinze

Às seis da tarde, já comprei a minha passagem e a de Broodje e reservei um quarto em um hotel barato em Playa del Carmen. Estou animado; consegui avançar mais neste único dia do que nos últimos dois meses. Só falta uma coisa.

Envio uma mensagem de texto para Ana Lucia: "A gente precisa conversar." Ela responde em seguida: "Eu sei sobre o que você vai falar. Pode vir às 20h." Fico aliviado. Ana Lucia é esperta; ela sabe, assim como eu, que seja lá o que for o que existe entre nós não é uma mancha.

No caminho, compro uma garrafa de vinho. Não vejo motivo para isso não ser uma conversa civilizada.

Ela abre a porta usando biquíni e batom vermelho. Pega o vinho das minhas mãos e me puxa para dentro do quarto.

O quarto está repleto de velas, como uma catedral em dia santo. Tenho um mau pressentimento.

– *Cariño*, eu já entendi tudo. Você e aquela conversa sobre odiar o frio. Eu devia ter adivinhado.

– Adivinhado?

– É óbvio que você queria ir para um lugar mais quente. E você *sabe* que meus tios estão na Cidade do México. Só não sei como descobriu sobre a vila na Isla Mujeres.

– Isla Mujeres?

– É lindo. Bem na praia, com piscina e muitos empregados. Eles nos convidaram para passar um tempo lá, mas também podemos ficar no continente, desde que não seja em um destes hotéis baratos. – Ela torce o nariz, indicando os resorts. – Faço questão de pagar o hotel, não aceito um não como resposta. É justo, já que você comprou as passagens.

Só consigo repetir:

– Comprei as passagens?

– Ah, *cariño...* – murmura. – Você finalmente vai conhecer minha família! Eles vão fazer uma festa! Meus pais ficaram meio chateados quando cancelei a viagem para a Suíça, mas acabaram entendendo que foi por amor.

– Por amor?

Continuo repetindo, embora com a sensação aterradora de que estou começando a entender o que aconteceu. Abri o navegador no notebook dela. Ficou no histórico de pesquisa. Comprei passagens para dois. Pesquisei o hotel. Abro um sorriso tenso, cheio de falsa doçura. Como encontro as palavras para explicar uma coisa dessas? Vou dizer que foi um mal-entendido, que as passagens são para uma viagem só de homens, para mim e Broodje – o que é verdade.

– Sei que você queria que fosse surpresa. Agora entendo por que tem falado escondido ao telefone. Mas, amor, a viagem é daqui a três semanas, quando você pretendia me contar?

– Ana Lucia... Isso é tudo um grande mal-entendido.

– Como assim?

Vejo que ainda resta nela um fio de esperança, como se o mal-entendido fosse a respeito de um detalhe menor, como o hotel.

– A passagem. Ela não era para você. Era para...

Ela me interrompe.

– Era para aquela garota, não era? A de Paris?

Acho que não sou tão bom ator quanto pensei. A expressão dela se transfigurou, passando de amorosa a desconfiada, o que me leva a achar que ela sempre soube. Devo estar atuando terrivelmente mal, porque, mesmo quando minha boca começa a esboçar uma explicação plausível, minha cara parece entregar tudo. Deduzi isso pelo que vejo no rosto de Ana Lucia, os belos traços se contorcendo em incredulidade... Até que ela parece aceitar.

– *Hijo de la gran puta!* É a francesa? Você estava com ela esse tempo todo, não estava? – grita Ana Lucia. – Por *isso* foi para a França?

– Não é o que você está pensando – digo, levantando as mãos.

Ana Lucia escancara a porta envidraçada que dá para o pátio.

– É exatamente o que eu estou pensando! – responde, me empurrando para fora.

Eu fico ali, parado. Ela joga uma vela na minha direção. A vela passa voando ao meu lado e aterrissa sobre uma das almofadas do degrauzinho de cimento.

– Você estava se encontrando com aquela puta francesa o tempo todo!

Outra vela voa, caindo sobre os arbustos.

– Você vai causar um incêndio.

– Ótimo! Estou queimando a lembrança de você, seu *culero*! – Ela lança mais uma vela.

A chuva cessou. Embora seja uma noite fria, metade da faculdade parou para apreciar o espetáculo. Tento conduzi-la de volta para o quarto e acalmá-la. Falho duplamente.

– Eu cancelei a viagem para a Suíça por sua causa! Minha família está organizando uma festa para você! E, enquanto isso, você estava planejando uma viagem com aquela puta francesa! Na *minha* terra! No lugar onde a *minha família* mora!

Ela bate no peito nu, como se reivindicasse a propriedade não só da Espanha, mas de toda a América Latina.

Mais uma vela é lançada. Eu a intercepto com a mão; o suporte estoura, liberando vidro e cera quente na minha mão. Uma bolha brota na pele. Eu me pergunto se vai deixar cicatriz, mas acho que não.

Dezesseis

DEZEMBRO
Cancún

O ápice da civilização maia foi há mais de mil anos, mas imagino que nem os templos mais sagrados da época eram tão bem protegidos quanto o Maya del Sol.

– Número do quarto? – pergunta um dos guardas a Broodje, conforme nos aproximamos do portão de um imponente muro esculpido que parece se estender por um quilômetro para cada lado.

– Quatro-zero-sete – responde Broodje, antes que eu tenha chance de abrir a boca.

– Cartão do quarto – exige o guarda, com pizzas de suor nas laterais do colete.

– Hum, deixei no quarto – diz Broodje.

O guarda abre uma pasta e examina os registros de hóspedes.

– Sr. e Sra. *Yoshimoto*?

– Isso mesmo – responde Broodje, pegando no meu braço.

O guarda parece irritado.

– A entrada é permitida apenas para hóspedes.

Ele fecha a pasta com um estalo e chega mais perto da pequena janela.

– Não somos convidados – afirmo, abrindo um sorriso conspiratório –, mas estamos tentando *encontrar* uma hóspede.

– Nome?

Ele pega a pasta outra vez.

– Não sei direito.

Uma Mercedes preta com vidros escuros desliza pela entrada e mal para antes que os guardas abram o portão e acenem para o motorista. O primeiro guarda se volta para nós, entediado, e por um segundo acho que conseguimos.

– Vão embora, senão eu vou chamar a polícia.

– A polícia!? – exclama Broodje. – Ei, ei, ei. Vamos esfriar a cabeça… Por que vocês não tiram os coletes? Ou tomam um drinque? Podemos dar um pulo no bar; o hotel com certeza tem bares ótimos. Vamos trazer uma cerveja.

– Isso aqui não é um hotel. É um clube de férias.

– E o que isso quer dizer exatamente? – pergunta Broodje.

– Significa que vocês não podem entrar.

– Poxa, qual é. A gente veio lá da Holanda. Ele está atrás de uma garota.

– E não estamos todos? – pergunta outro guarda, e os dois riem.

Mesmo assim, não nos deixam entrar.

Chuto a scooter, frustrado, e isso pelo menos a traz de volta do mundo dos mortos. Até agora, nada saiu como eu esperava, nem mesmo o clima. Achei que estaria um calor agradável no México, mas a verdade é que está um forno. Ou talvez só pareça, porque, em vez de passar meu primeiro dia em uma praia com a brisa fresca do mar, como Broodje teve o bom senso de fazer, fui às ruínas de Tulum. Lulu tinha mencionado que a família ia às mesmas ruínas todos os anos e, como a de Tulum é a mais próxima, pensei que poderia encontrá-la por lá. Passei quatro horas observando milhares de pessoas jorrando de ônibus de excursão, minivans e carros alugados. Por duas vezes, achei que a havia visto e corri atrás de uma garota com cabelo igual, mas era outra pessoa. Depois me toquei que talvez Lulu nem tenha mais o mesmo corte de cabelo.

Voltei para o nosso hotelzinho todo queimado de sol e com uma dor de cabeça tremenda, sentindo a esperança que eu tinha em relação a esta viagem azedando e se transformando em um profundo pessimismo.

Broodje, animado, sugeriu que tentássemos os hotéis, ambiente mais controlados. E, se isso não adiantasse, apontou para a praia:

– Tem tantas garotas aqui – comentou, em voz baixa, em um tom quase reverente, gesticulando para a areia lotada de biquínis.

Tantas garotas, pensei. *Por que estou tentando encontrar uma só?*

O Palacio Maya, segundo resort falsamente maia da minha lista, fica a alguns quilômetros ao norte. Subimos a estrada, aspirando a fumaça dos ônibus e caminhões. Desta vez, escondemos a scooter atrás de uns arbustos floridos da rua sinuosa e bem-cuidada que leva aos portões da entrada. O lugar parece muito com o Maya del Sol, mas, em vez do muro monolítico, tem na frente uma pirâmide gigantesca com uma guarita no meio. Desta vez eu estava preparado. Em espanhol, explico ao guarda que estou tentando encontrar uma amiga que está hospedada ali, mas que gostaria de fazer uma surpresa. E deslizo uma nota de 20 dólares na direção dele. Ele não diz nada – apenas abre os portões.

– Vinte dólares – diz Broodje, balançando a cabeça. – Muito mais elegante que umas cervejas.

– Deve valer duas cervejas em um lugar como este.

Caminhamos pela rua pavimentada, esperando encontrar um hotel ou alguma evidência de um resort, mas nos deparamos com outra guarita. Os guardas abrem um sorriso e nos cumprimentam com *buenos días*, como se estivessem nos aguardando. Considerando o modo como nos olham, como gatos observando ratos, deduzo que os guardas da guarita anterior já entraram em contato. Sem dar uma palavra, abro a carteira e entrego mais 10 dólares.

– Ah, *gracias, señor* – diz o guarda. – *Qué generoso!* – Mas então olha em volta. – O problema é que somos dois.

Abro a carteira de novo. A fonte secou. Mostro a carteira vazia. O guarda balança a cabeça, e percebo que exagerei na primeira guarita. Deveria ter oferecido a nota de 10 antes.

– Por favor – suplico. – Não tenho mais nada.

– Você sabe quanto custa um quarto aqui? A diária é 1.200 dólares. Se quiser que eu deixe vocês entrarem para aproveitar a piscina, as praias, as quadras de tênis e os bufês, vai ter que pagar.

– *Bufês?* – interrompe Broodje.

– Shh! – sussurro. Para o guarda, digo: – Não ligamos para nada disso. Só estamos tentando encontrar uma hóspede.

O guarda ergue a sobrancelha.

– Se conhecem uma hóspede, por que estão entrando na encolha como dois ladrões? Acham que são ricos só porque são brancos e têm uma nota de 10 dólares? – Ele ri. – Esse é um truque antigo, amigo.

– Não estou entrando na encolha coisa nenhuma. Estou procurando uma garota. Americana. Talvez esteja hospedada aqui.

Esse comentário faz o guarda rir ainda mais alto.

– Uma garota americana? Ah, eu também queria uma, mas custam mais que 10 dólares.

Olhamos um para o outro.

– Devolve o meu dinheiro.

– Que dinheiro? – ironiza o guarda.

Volto para a scooter furioso. Broodje também está resmungando algo sobre termos sido extorquidos, mas não ligo para o dinheiro e não estou nem aí para os guardas.

Fico repassando na cabeça as conversas que tive com Lulu, e me lembro de ela contar sobre o México, sobre como era frustrante ter que ir todos os anos ao mesmo resort. Sugeri que ela desse uma escapada quando viajasse para Cancún de novo. "Provoque o destino. Veja o que acontece." Depois brinquei que iria ao México, esbarraria com ela, e nós dois escaparíamos para a mata, sem fazer ideia de que essa bobagem se tornaria quase uma missão. "Acha que isso tem chance de acontecer? Que a gente poderia simplesmente esbarrar um no outro?", perguntou ela. Respondi que teria que rolar mais um acidente dos grandes, e ela provocou: "Ah, então que dizer que *eu* sou um acidente?"

Respondi que sim, e ela deu uma resposta estranha. Disse que tinha sido um dos maiores elogios que recebera na vida. E não estava falando isso só para ouvir palavras bonitas; estava revelando algo sobre si, algo que me desarmava. Era como se ela estivesse se desnudando diante de mim, mas ao mesmo tempo também me deixava exposto. Quando Lulu disse aquilo, senti que estava me confiando uma coisa muito importante, mas também fiquei meio triste, porque percebi que era verdade. E era muito errado.

Já elogiei muitas garotas; muitas mereceram, muitas, não. Lulu merecia, e merecia muito mais do que ser chamada de acidente, então abri a boca para dizer algo legal. O que saiu, no entanto, parece ter surpreendido a nós dois. Eu disse que Lulu era o tipo de pessoa que encontra dinheiro no chão e tenta descobrir quem perdeu, que chora em filmes que nem são tristes e que faz coisas que a deixam com medo. Nem sabia direito de onde estavam vindo aquelas palavras, mas, assim que comecei a falar, soube que eram verdadeiras, porque, por mais improvável que fosse, eu *conhecia* Lulu.

Agora sinto que estava errado. Eu *não* a conhecia, e não fiz as perguntas mais simples, como onde ela se hospedava no México, em que época vinha para cá ou qual era seu sobrenome – não perguntei sequer seu nome. Como resultado, estou à mercê dos guardas.

Voltamos ao nosso albergue na parte poeirenta de Playa del Carmen, repleta de cães vadios e lojas decadentes. O restaurante ao lado serve cerveja barata e tacos de peixe, e pedimos vários. Alguns hóspedes do albergue aparecem, e Broodje os chama para se juntarem a nós e começa a contar sobre nosso dia, floreando tanto o relato que a coisa toda quase parece divertida. É assim que surgem todas as histórias de viagem: pesadelos convertidos em frases de efeito. Mas minha frustração é recente demais para conseguir fazer qualquer experiência soar anedótica.

Marjorie, uma bela garota canadense, estala a língua várias vezes e balança a cabeça, solidária. Uma menina britânica chamada Cassandra, com cabelo castanho curto e espetado, lamenta o estado de pobreza do México e as falhas do Nafta; enquanto T.J., um texano queimado de sol, apenas ri.

– Eu conheço esse lugar, Maya del Sol. É tipo uma Disney dos trópicos.

Na mesa atrás de nós, ouço alguém debochar:

– *Más como Disneyland del infierno.*

Eu me viro.

– Você conhece o lugar?

– A gente trabalha lá – responde o mais alto, em espanhol.

Estendo a mão.

– Willem.

– Esteban.

– José – diz o mais baixo.

Os dois também são uma dupla Espaguete e Almôndega.

– Alguma chance de vocês me botarem para dentro?

Esteban balança a cabeça.

– Não sem arriscar meu emprego. Mas tem um jeito bem fácil de entrar, e até vão pagar pela visita.

– Como assim?

Esteban pergunta se tenho cartão de crédito.

Puxo a carteira e mostro meu Visa novinho em folha, um presente do banco depois do depósito gordo.

– Ok, ótimo. – Ele analisa o que estou vestindo: camiseta e calça cáqui surrada. – Você vai precisar de umas roupas melhores. Nada dessas coisas de surfista.

– Sem problemas. E depois?

Esteban explica que Cancún está cheia de representantes de vendas que tentam arrastar as pessoas até os resorts para convencê-las a comprar parte dos apartamentos. Eles batem ponto em locadoras de carros, aeroportos e até em algumas ruínas.

– Se acharem que você tem dinheiro, vai ser chamado para um tour e ainda vão pagar pelo seu tempo com dinheiro, passeios gratuitos e massagens.

Explico tudo isso para Broodje, que responde:

– Parece bom demais para ser verdade.

– Não é tão bom, mas é verdade – responde José, em inglês. – Muita gente acaba comprando, tomando uma decisão importante dessas depois de um único dia...

Ele balança a cabeça, só não sei se de admiração ou revolta. Talvez seja um pouco de cada.

– Idiotas com dinheiro – intervém T.J., ainda rindo. – Então você tem que parecer cheio da grana.

– Mas ele *está* cheio da grana! – responde Broodje. – Por que a aparência importa tanto?

– Não importa o que você *tem*. Importa o que você *parece ter* – sentencia José.

～

Compro calças de linho e camisas de botão para mim e para Broodje por uma mixaria e gasto uma fortuna em dois óculos escuros Armani em um estande na parte turística da cidade.

Broodje fica chocado com o preço dos óculos, mas explico que são necessários, repetindo o que Tor sempre dizia para justificar o minimalismo dos nossos figurinos na Arte de Guerrilha:

– Os pequenos detalhes é que contam uma grande história.

– E qual é a grande história?

– Somos playboys preguiçosos e herdeiros que alugaram uma casa em Isla Mujeres.

– Beleza. Então quer dizer que, fora o lance da casa, você vai agir normalmente?

～

O dia seguinte é Natal, então esperamos mais 24 horas para dar início ao plano. Na primeira locadora de carros, quase alugamos um veículo antes de descobrir que não há ninguém ali oferecendo um tour. Na segunda, somos recebidos por uma americana loira e sorridente, com uma fileira de dentes enormes, que nos pergunta quanto tempo ficaremos na cidade e onde estamos hospedados.

– Ah, eu amo a Isla – comenta, com uma voz sedutora, depois que contamos sobre a vila. – Já comeram no Mango?

Broodje começa a entrar em pânico, mas eu abro um sorriso discreto.

– Ainda não.

– Ah, vocês têm cozinheiros na vila?

Continuo sorrindo, desta vez um pouco encabulado, como que por modéstia.

– Espera aí. São vocês que estão alugando a casa de tijolos brancos com piscina de borda infinita?

Sorrio outra vez. Concordo com a cabeça.

– Então a Rosa está cozinhando para vocês?

Não respondo, não é necessário. Um tímido dar de ombros já é o suficiente.

– Ah, eu *amo* aquele lugar! E a Rosa faz uma toupeira divina! Fico com água na boca só de pensar.

– É, também estou com água… – comenta Broodje, me olhando de soslaio.

A loira se vira para ele, sem entender. Dou um chute discreto em sua canela.

– Aquela casa é caríssima – continua ela. – Já pensaram em comprar alguma coisa por aqui?

Rio entre dentes.

– É muita responsabilidade – afirmo. Sou Willem, o Playboy Milionário.

Ela meneia a cabeça, concordando, como se também conhecesse o fardo que é administrar diversas propriedades.

– É verdade. Mas tem um jeito mais simples. Você pode comprar o lugar e contratar alguém para tomar conta, ou até mesmo para sublocar para você.

Ela pega alguns folhetos brilhantes de vários hotéis, incluindo o Maya del Sol.

Dou uma espiada nos folhetos, coçando o queixo.

– Ouvi falar desse tipo de investimento para fins de proteção de impostos – incorporo Marjolein.

– Ah, sim, é uma maneira fantástica de fazer dinheiro, mas também de economizar. Você devia dar uma olhada em uma dessas propriedades.

Finjo observar os folhetos sem nenhuma pretensão.

– Esta aqui parece interessante – digo, apontando o folheto do Maya del Sol.

– É tão luxuoso que chega a ser indecente.

Ela começa a descrever todas as coisas que eu já sei a respeito do resort: a praia, as piscinas, os restaurantes, a sala de cinema e o campo de golfe. Finjo desinteresse.

– Não sei…

– Ah, mas pelo menos vá fazer uma visita! – Ela está praticamente implorando. – Dá para ir hoje mesmo.

Solto um longo suspiro e permito que nossos olhos se encontrem por um breve instante.

– É que tínhamos planejado ver as ruínas, por isso queríamos alugar um carro.

– Posso conseguir um passeio de graça pelas ruínas.

Ela pega outro folheto.

– Esse aqui vai para Coba, dá para nadar em um cenote e andar de tirolesa. Coloco vocês dois na lista. De graça.

Faço uma pausa, como se estivesse considerando a possibilidade.

– Olha, vocês podem passar o dia lá. – Ela faz sinal para eu me aproximar. – Não diga a ninguém que eu contei, mas vocês podem inclusive passar a noite. Depois que atravessarem os portões, estão dentro.

Olho para Broodje, como se estivesse pedindo autorização para fazer esse favor à garota e aceitar a visita. Ele entra na brincadeira e me devolve um olhar condescendente, como se dissesse: *ok, se você quer tanto…*

Esboço um sorriso para a garota, que sorri de volta, satisfeita.

– Maravilha!

Ela começa a preencher a papelada enquanto nos explica sobre o tour.

– E, quando voltarem para a Isla, vocês têm que dar um pulo no Mango. O cardápio do brunch é de comer rezando. – Ela olha para mim por cima da papelada. – De repente eu mesma levo vocês.

– Quem sabe – deixo no ar.

– Vocês ainda estarão aqui no Ano-Novo?

Faço que sim com a cabeça.

– Quais são seus planos?

Dou de ombros e abro bem os braços, as mãos espalmadas, como se explicasse que há tantas, tantas opções…

– Vai ter uma festa imensa na praia em Puerto Morelos com uma banda de reggae incrível chamada Las Olas de Molas. Costuma ser a coisa mais legal da Playa toda. A gente dança a noite inteira e às vezes pega a balsa para a Isla, para curar a ressaca com um brunch no Mango.

– De repente a gente se vê lá.

Ela abre um sorriso largo.

– Vou ficar torcendo. Aqui está tudo do que vão precisar para a visita – explica, me entregando os papéis e um cartão com o seu número pessoal. – Meu nome é Kayla. Pode me ligar se precisar de alguma coisa. *Qualquer* coisa.

Encontramos os mesmos guardas de coletes suados no comando da guarita do Maya del Sol, mas eles não nos reconhecem, ou não se importam. No banco de trás de um táxi, com três cópias da papelada nas mãos, sou um novo homem.

Somos deixados no saguão principal, um átrio enorme repleto de bambus, flores e pássaros tropicais presos a poleiros. Sentamos em uma namoradeira de vime enquanto uma mexicana elegante pega nossas identidades e faz cópias do meu cartão de crédito. Depois disso, ela nos leva a um mexicano mais velho, com uma mecha de cabelo dourado presa por um par de óculos Ray-Ban com armação de tartaruga.

– Bem-vindos! Meu nome é Jonny Maximo e estou aqui para contar a vocês que no Maya del Sol a fantasia se torna realidade.

– Isso era tudo o que ele queria ouvir – provoca Broodje.

Johnny sorri e dá uma olhada no papel que tem em mãos.

– Então, William e Robert. É Robert ou Bob?

– Robert-Jan, na verdade – corrige Broodje.

– Robert, então. Você já teve uma propriedade de férias?

– Não posso dizer que tive.

– E você, William?

– Sou um homem do mundo.

Johnny ri.

– Eu também. Do mundo das mulheres. Então concluo que os dois solteiros nunca estiveram em um clube de férias.

– Não dá para dizer que estive, Johnny – continua Broodje.

– Vou falar uma coisa: isso aqui é que é vida. Para que alugar as férias, se você pode comprá-las? Por que viver a vida pela metade, se você pode viver por inteiro?

– Ou até viver duas vidas – sugere Broodje.

– Esta aqui é uma das nossas piscinas. Temos seis – gaba-se Johnny. – Em volta, vocês podem ver as espreguiçadeiras e os arbustos floridos. Mais além, o mar do Caribe brilha como pano de fundo. Vista maravilhosa, hein? – Ele ri, apontando para uma fileira de mulheres tomando sol.

– Maravilhosa mesmo – concordo, examinando uma a uma.

– Ahh, então você já viu como esse negócio é lucrativo. Sabe... – Ele chega mais perto. – Eu já fui um grande astro do cinema mexicano – confidencia, em um sussurro exagerado. – Mas agora...

– Você era ator? – interrompo.

Isso o pega desprevenido.

– Já faz tempo. Hoje ganho mais como proprietário aqui do que ganhei na indústria do cinema.

– Que filmes você fez?

– Ah, nenhum que você conheça.

– Diz um aí, quem sabe? A gente vê muitos filmes estrangeiros na Holanda.

– Sério, você não deve conhecer. Trabalhei em um filme com Armand Assante, mas fiz mais telenovelas.

– Novelas? Tipo *Good Times, Bad Times*? – indaga Broodje, tirando um pouco de sarro.

– Aqui elas são levadas muito a sério – responde Johnny, com desdém.

– Que legal que você conseguiu ganhar a vida assim – respondo.

O rosto de Johnny murcha um pouco, até o bronzeado parece desbotar, mas ele logo volta a si.

– Mas isso foi antes! Ganho muito mais agora. – Ele bate as palmas e se vira para mim: – Então, William, o que você quer ver?

Ele abre os braços, como se dissesse que todo o local está à disposição, e tenho uma primeira impressão, pequena, mas real, de que Lulu pode estar aqui. É uma coisa insignificante, mas me sinto feliz como não me sentia há meses.

– Cada centímetro desse resort – respondo.

– Bom, temos mais de um quilômetro, então vai levar um tempinho, mas gostei da empolgação.

– Ah, você não faz ideia de como estou empolgado.

É uma coisa engraçada de se dizer, porque eu não estava nada empolgado ontem. Acho que agora entrei no personagem.

– Por que não começamos por um de nossos renomados restaurantes? Temos oito: comida mexicana, italiana, uma hamburgueria, um sushi-bar...

– Ótimo – responde Broodje.

– Por que não mostra para a gente o que é mais popular entre os hóspedes que estão almoçando agora? – sugiro. – Quero ver gente.

– Ah, então é o Olé, Olé, o restaurante a céu aberto. Lá tem bufê de almoço.

Broodje sorri, satisfeito. Bufê de almoço. Palavras mágicas.

～

Lulu não está no bufê de almoço nem nos outros sete restaurantes que visitamos pelas cinco horas seguintes. Tampouco nas seis piscinas, duas praias, doze quadras de tênis, duas boates, nos três saguões, no spa zen ou nos infinitos jardins. Por fim, também não está no zoológico infantil.

À medida que o dia passa, percebo que são muitas as variáveis a serem consideradas. Talvez este não seja o lugar certo. Ou talvez seja o lugar certo, mas a hora errada, ou, ainda, seja o lugar certo e a hora certa, mas ela estava vendo TV no quarto enquanto eu estava na piscina. Pode ser que esteja na piscina agora, enquanto conheço um dos quartos-modelo.

Ou talvez eu tenha passado por ela sem nem notar.

A primeira impressão que tive mais cedo começa a ruir. Lulu pode estar em qualquer lugar ou em nenhum lugar. Pior: ela pode estar bem aqui e eu nem sequer a reconheci.

Duas garotas de biquíni passam por mim, rindo. Broodje me cutuca, mas mal olho para elas. Começo a pensar que talvez tenha me convencido da minha própria mentira. Porque a verdade é que não conheço Lulu. Tudo o que sei é que ela é uma garota que lembra um pouco Louise Brooks. E o que isso significa? A aparência de uma pessoa não é mais real que uma fantasia projetada sobre a tela.

Dezessete

– Anime-se, *hombre*, o ano está quase virando!

Esteban me estende uma garrafa. Ele, José, Broodje, Cassandra e eu estamos amontoados em um táxi, presos no trânsito enquanto nos dirigimos para a festa de fim de ano em Puerto Morelos sobre a qual Kayla me falou. José e Esteban também conhecem a festa, então parece que é boa.

– É, vamos lá! É Ano-Novo! – diz Cassandra.

– E você só vai para a casa de mãos vazias se quiser – completa Broodje. – Ao contrário de alguns de nós – acrescenta, em um tom triste exagerado.

– Coitadinho do Broodje… – retruca Cassandra. – Eu pronunciei certo?

– Bro-djuh – corrige ele, explicando: – Significa sanduíche.

Cassandra sorri.

– Não se preocupe, Garoto-Sanduíche. Alguém vai te morder esta noite.

– *Acho que ela quer morder meu sanduíche* – comenta Broodje, em holandês, abrindo um sorriso malicioso.

Mas, sendo sincero, para mim já deu. Já deu desde o Maya del Sol, embora eu tenha feito meu dever de casa direitinho e conferido também outros resorts – graças a José e a Esteban, que me explicaram como entrar no Palacio Maya e me arranjaram pulseiras vip para o Maya Vieja. Mas parece que estou só cumprindo alguma obrigação. Como vou encontrar uma pessoa que nem sei quem é?

O táxi freia, cantando pneu na pista de uma praia rústica. Pagamos o motorista e saímos para um mundo novo. A música vibra em alto-falantes enormes, e centenas de pessoas estão espalhadas pela areia. A julgar pelas imensas pilhas de sapatos na entrada da festa, estão todos descalços.

– Quem sabe você não encontra a garota pelo sapato? – brinca Cassandra. – Como o príncipe da Cinderela. Qual deles seria a versão moderna de um sapatinho de cristal? Talvez este aqui? – Ela pega um par de rasteirinhas cor de laranja. Experimenta. – Grandes demais – conclui, atirando-as de volta na pilha.

– A moça bonita quer dançar? – pergunta José a Cassandra.

– Claro – responde ela, sorrindo.

Os dois saem andando, José já com a mão no quadril dela.

Broodje parece desapontado.

– Acho que o taco dele parece mais gostoso que o meu sanduíche.

Vejo tantas garotas... Centenas, de todas as cores e tipos, todas perfumadas e prontas para a festa. Em qualquer outro Ano-Novo, esse seria um início de festa promissor.

A fila para o bar serpenteia ao redor das palmeiras e redes. Estamos abrindo caminho pela multidão quando uma garota usando apenas um sarongue e um sorriso, com praticamente mais nada, tropeça em mim.

– Opa, cuidado aí! – digo, erguendo-a pelo braço.

Ela pega uma garrafa de tequila já pela metade, faz uma reverência e dá um longo gole.

– É melhor você se cuidar – recomendo.

– Por que *você* não cuida de mim?

– Beleza.

Pego a garrafa da mão dela e dou um gole. Passo-a para Broodje, que repete o gesto e a devolve para a garota.

Ela pega a garrafa de volta e a sacode, fazendo a larva dentro dar cambalhotas.

– Você pode ficar com a minhoca, se quiser – oferece, com uma voz

103

pastosa. – Minhoca, minhoca, você deixa o gostosinho te comer? – Ela leva a garrafa até o ouvido. – Ela disse que deixa. – A garota se aproxima e confidencia, em um sussurro quente: – Eu também deixo.

– Tecnicamente, não é uma minhoca. É uma larva de agave – diz Broodje.

José é barman e nos explicou isso.

A garota revira os olhos lentamente, como se na verdade estivesse procurando um ponto para onde olhar.

– Qual a diferença? Minhoca, larva… Sabe o que dizem? Que o pássaro que acorda mais cedo come a minhoca.

Ela entrega a garrafa para Broodje, passa os braços ao redor do meu pescoço e me dá um beijo rápido, molhado e bêbado. Então recua e recupera a garrafa.

– E também fica com o beijo – completa, rindo. – Feliz Ano-Novo.

Broodje e eu assistimos enquanto ela segue cambaleando pela areia. Ele se vira para mim.

– Eu tinha me esquecido de como era sair com você. Como você é.

Há seis meses, eu teria correspondido ao beijo e garantido a noite. Broodje pode até saber como eu sou, mas *eu* já não sei.

Pegamos as bebidas, e Broodje vai abrindo caminho para a pista de dança. Digo que vou encontrá-lo depois. Na praia, longe do palco e da pista, vejo uma pequena fogueira com um grupo de pessoas em volta, tocando violão. Decido ir até eles, mas vejo alguém caminhando na minha direção. É Kayla, da locadora de carros, e ela acena, hesitante, como se não tivesse certeza de que sou eu.

Finjo que sou mesmo outra pessoa e vou até o mar. Por mais que a festa esteja lotada e caótica, a água está surpreendentemente calma. Meia dúzia de gatos pingados se refrescam na parte rasa, mas mais ao longe a água está vazia, preenchida apenas pelo reflexo da lua. Mesmo à noite, a água é mais azul do que eu imaginava; é a única parte da viagem que corresponde às minhas expectativas.

Fico só de cueca e mergulho, nadando para longe, até alcançar uma balsa flutuante. Agarro a madeira cheia de farpas. O som dos violões tocando "Stairway to Heaven" e os graves da banda de reggae reverberam pela água. É uma festa boa, em uma praia linda, em uma noite quente e tranquila. Isso costumava ser o suficiente.

Nado um pouco mais e afundo de novo. Peixinhos prateados passam por mim. Estendo a mão para tocá-los, mas o pequeno cardume se move tão rápido que é como se estivessem deixando apenas um rastro. Quando não consigo mais prender a respiração, volto à superfície e ouço o cantor de reggae anunciar:

– Meia hora para a virada. Quando tudo começa outra vez. Um ano novo. *Año Nuevo.* É uma tábula rasa.

Encho os pulmões e mergulho outra vez. Pego um punhado de areia e abro a mão, observando os grãos se dispersarem na água. Subo à superfície.

– Quando bater a meia-noite, antes de *besar* seu amor, guarde *un beso para tí.*

Um beijo para si mesmo.

Momentos antes de eu beijar Lulu pela primeira vez, ela disse uma de suas coisas estranhas: *eu escapei do perigo.* E foi bem enfática, com um fogo nos olhos, o mesmo de quando se meteu entre mim e os skinheads. Achei a frase peculiar, mas só até beijá-la. Porque então senti a mesma coisa, uma sensação tão visceral e grandiosa como o mar ao meu redor agora. Escapar do perigo. Não sei exatamente a que perigo ela se referia, só sei que beijá-la me fez sentir um alívio, como se eu estivesse pousando na terra depois de uma longa jornada.

Olho para trás, observando a pintura do céu estrelado.

– Tábula rasa… hora de *hacer borrón y cuenta nueva* – entoa o cantor. – Uma chance de apagar a lousa.

Apagar a lousa? Acho que a minha lousa já está apagada, eternamente apagada. O que eu quero é o oposto: um rabisco desordenado, uma infinidade de traços indeléveis, impossíveis de limpar.

Ela *tem* que estar aqui. Talvez não nesta festa, não nesta praia ou nos resorts que visitei, mas em *algum lugar* aqui. Nadando *nesta* água em que estou agora.

Mas é um vasto oceano, e um mundo ainda mais vasto. Talvez a gente já tenha chegado o mais perto que conseguiria.

Dezoito

JANEIRO
Cancún

Nosso ônibus tem formato de macaco e está cheio de idosos. Quero sair correndo, mas Broodje quer ficar, e, depois de arrastá-lo para metade dos resorts da Riviera Maya, acho que não tenho opção.

– Primeira parada: Coba. Depois vamos até uma aldeia maia. E então quero ir na tirolesa. Só não sei se é uma boa colocar essa galera em uma tirolesa... – comenta Broodje, indicando nossos colegas de tour grisalhos. – Daí nadamos no cenote, que é tipo um lago subterrâneo na caverna, e chegamos a Tulum... – Ele vira o folheto. – Este tour custa 155 dólares, e não vamos pagar nada.

– Hum.

– Não entendo. Você é holandês por parte de pai e israelense por parte de mãe. Devia ser o cara mais pão-duro da face da Terra.

– Aham.

– Está me ouvindo?

– Desculpa. Estou cansado.

– Está é de ressaca. Vamos tomar uma tequila na parada do almoço. T.J. disse que ajuda.

Improviso um travesseiro com a mochila e encosto a cabeça na janela. Broodje abre uma edição da *Voetbal International*. O ônibus avança devagar, o motor engasgando. Caio no sono e só acordo em Coba. O grupo se arrasta para fora do veículo e faz uma rodinha ao redor da guia, que fala mais sobre as ruínas maias ancestrais e uma série de templos e pirâmides isolados, cobertos em grande parte pelas árvores e trepadeiras da selva.

– É um lugar singular – diz ela. – Uma das únicas ruínas em que ainda se pode subir. E lá também ficam a lagoa, a La Iglesia, que significa "A Igreja", e, é claro, os campos de jogo de bola mesoamericano.

Atrás de nós, uma garota, a única da nossa idade, pergunta:

– Jogo de bola mesoamericano? Que jogo é esse?

– É parecido com basquete – simplifica a guia.

– Ah.

Ela parece desapontada.

– Você não gosta de basquete? – pergunta Broodje. – Achei que as americanas amassem basquete...

– Ela é jogadora de futebol – explica uma mulher mais velha. – Foi selecionada para representar nosso estado no ensino médio.

– Vó!

– Sério? Em que posição você joga? – continua Broodje.

– Atacante.

– Eu sou meio de campo. – Ele bate no peito. Os dois se entreolham.

– Quer dar um pulo nos campos? – convida ela.

– Vamos!

– Volte em meia hora, Candace – diz a senhora.

– Ok.

Broodje olha para mim, me chamando, mas gesticulo para ele ir sozinho. Quando o restante do grupo parte em direção à lagoa, vou direto à pirâmide Nohoch Mul e escalo os 120 degraus íngremes até o topo. É meio-dia, faz calor e não há quase ninguém aqui, só uma família tirando fotos. Está tão calmo que o silêncio faz barulho. Ouço o farfalhar das árvores na brisa, o chilreio dos pássaros tropicais, o cricrilar metálico dos grilos... Uma lufada de vento quente carrega uma folha seca sobre o dossel da floresta.

A tranquilidade é interrompida por duas crianças, que gritam o nome uma da outra, chilreando como as aves, ecoando na quietude.

– *Josh!* – grita a menina, arrancando uma risada do irmão.

– *Allie!* – retruca ele.

– Joshua, Allison, *shh* – repreende a mãe, apontando para mim. – Vocês não são os únicos aqui.

As crianças olham para mim, inclinando a cabeça como se me convidassem a dizer algum nome também. Levanto as mãos e dou de ombros, porque na verdade não sei o nome que quero chamar. Nem sei mais se quero chamá-lo.

De volta ao ônibus-macaco, encontro Broodje e Candace dividindo uma Coca-Cola; uma garrafa com dois canudos. Ao embarcarmos, sento-me ao lado de um senhor que viaja sozinho e deixo os dois ocuparem nosso banco. Sorrio quando os ouço discutir sobre quem é melhor atacante, Van Persie ou Messi, e meu companheiro de banco faz o mesmo.

Depois do almoço, paramos em uma tradicional aldeia maia, onde somos convidados a fazer uma limpeza espiritual com um sacerdote maia por 10 dólares. Fico observando enquanto os outros se revezam debaixo de um dossel. Então, somos levados de volta ao ônibus. As portas se abrem com um chiado. Broodje e Candace sobem, meu companheiro de meias com sandálias sobe. Todos sobem, menos eu.

– Willy, você não vem? – chama Broodje.

Ele me vê hesitar diante da porta e desce pelo corredor para falar comigo.

– Willy, está tudo bem? Você ficou chateado de eu sentar com a Candace?

– Claro que não. Achei ótimo.

– Vem.

Faço cálculos mentais. Candace disse que ficaria na cidade até o dia 8, o que é mais tempo do que temos aqui. Broodje vai ter companhia.

– Acho que vou ficar aqui.

Assim que digo isso, sinto um alívio familiar. Na estrada, há sempre a promessa de que a próxima parada vai ser melhor que a última. Broodje parece sério.

– Você decidiu ficar aqui porque eu reclamei que você pega todas as garotas? Não precisa. Na verdade, acho até que uma gostou de mim.

– Tenho certeza de que gostou, e acho que você tem que curtir muito essa garota. A gente se encontra no aeroporto, para pegar o voo de volta.

– *O quê?* Isso é daqui a quatro dias! E você está sem suas coisas!

– Tenho tudo de que preciso. Leve o restante para o aeroporto.

O motorista do ônibus liga o motor. A guia dá um tapinha no relógio, impaciente. Broodje parece apavorado.

– Está tudo bem – asseguro, ajustando as alças da mochila.

– Mas você não vai se perder?

Abro um sorriso tranquilizador, porque é claro que vou me perder. É exatamente o que eu quero.

Dezenove

Valladolid, México

Depois de pegar carona em dois caminhões, chego à periferia de Valladolid, uma pequena cidade colonial. Ando sem rumo pela praça central, repleta de prédios baixinhos em tons pastel, refletidos nas águas de uma fonte enorme. Não demoro muito a encontrar um hotel barato.

Este lugar é completamente diferente da Riviera Maya, e não apenas pela falta de resorts gigantescos ou de turistas farreando, mas pela forma como cheguei aqui. Não procurei nada, só fui seguindo o caminho.

Não tenho um plano. Durmo quando estou cansado, como quando estou com fome, escolhendo qualquer coisa quente e picante de uma das carrocinhas. Fico acordado até tarde. Não procuro ninguém, não falo com ninguém. Depois dos primeiros meses na Bloemstraat, com os caras ou Ana Lucia sempre por perto, desacostumei a ficar sozinho.

Sento à beira da fonte e observo as pessoas passarem. Por um tempo, me entrego à imaginação e finjo que Lulu é uma delas, que realmente fugimos juntos para a selva mexicana. Viríamos para cá? Sentaríamos em um café, entrelaçando os tornozelos por baixo da mesa, mantendo os rostos próximos, como aquele casal debaixo do guarda-sol? Caminharíamos a noite toda, escapando para os becos para roubar beijos um do outro? Acordaríamos na manhã seguinte e desencaixaríamos nossos corpos para pegar um mapa, fechar os olhos e decidir a próxima parada? Ou será que nunca sairíamos da cama?

Não! Chega! Isso é inútil. Não leva a lugar algum. Levanto, bato a poeira das calças e volto ao hotel. Deitado na cama, equilibro uma moeda de 20 pesos entre as juntas dos dedos e pondero o que fazer a seguir. A moeda cai, e me abaixo no chão para pegá-la. Então, paro. Cara, fico em Valladolid mais um dia. Coroa, vou para outro lugar. Coroa.

Não é como apontar para um mapa, mas serve.

<hr>

Na manhã seguinte, desço em busca de café. A sala de jantar antiga está praticamente vazia: uma família fala espanhol à mesa, e, no canto, perto da janela, vejo uma garota bonita da minha idade, com cabelo cor de ferrugem.

– Eu estava me perguntando sobre você! – grita para mim, em inglês. A menina tem sotaque americano.

Eu me sirvo de café do samovar.

– Eu também me pergunto, muitas vezes.

– Vi você ontem à noite nas carrocinhas. Estou tomando coragem para comer ali, mas não sabia o que serviam e se ia acabar matando uma gringa como eu.

– Acho que era porco. Não faço muitas perguntas.

– Bom, você está vivo. – Ela ri. – E o que não mata fortalece.

Ficamos ali por um segundo. Gesticulo, pedindo permissão para me juntar a ela ao mesmo tempo em que ela faz sinal para eu puxar uma cadeira. Sento de frente para a garota. Um garçom de smoking surrado deposita um prato de pães doces mexicanos sobre a mesa.

– Cuidado com isso – avisa ela, sacudindo o próprio pão velho com as unhas pintadas de turquesa. – Quase lasquei um dente.

Bato de leve no pãozinho com o punho cerrado. Ecoa como madeira oca.

– Já comi piores.

– Quem é você, algum especialista em comidas de viagem?

– Algo assim.

– De onde você é? – Ela levanta a mão. – Não, espera. Deixa eu adivinhar. Diz alguma coisa.

– Alguma coisa.

Ela dá uns tapinhas de leve nas têmporas, depois estala os dedos.

– Holandês!

– Bom ouvido.

– Você não tem muito sotaque.

– Excelente ouvido. Cresci falando inglês.

– E mora na Inglaterra?

– Não, mas a minha mãe não gostava de falar holandês, achava que soava muito alemão. Então, dentro de casa, a gente só falava inglês.

Ela olha de soslaio para o celular sobre a mesa.

– Bom, com certeza existe uma história fascinante por trás disso, mas infelizmente vai ter que continuar um mistério. – Ela faz uma pausa. – Já estou um dia atrasada.

– Atrasada para quê?

– Para ir a Mérida. Era para eu estar lá ontem, mas meu carro quebrou e… bem, tem sido uma comédia de erros. E você? Para onde vai?

Faço uma pausa.

– Para Mérida. Se você me der uma carona.

– Não sei o que deixaria David mais irritado: eu dirigir sozinha ou oferecer carona para um estranho.

– Willem. – Estendo a mão. – Agora já não sou mais um estranho.

Ela estreita os olhos para a minha mão estendida.

– Você vai ter que fazer melhor do que isso.

– Desculpa. Meu nome é Willem de Ruiter. – Alcanço a mochila, pego meu passaporte novinho em folha e o entrego a ela. – Aqui meu documento.

Ela folheia o passaporte.

– Bela foto, Willem. Meu nome é Kate. Kate Roebling. Mas não vou mostrar meu passaporte, porque a foto é uma tragédia. Você vai ter que acreditar em mim.

Ela sorri e desliza o documento de volta para mim na mesa.

– Ok. Bem, Willem de Ruiter, especialista em comidas de viagens, a oficina acabou de abrir, e eu vou lá buscar meu carro. Caso esteja pronto, estarei na estrada em meia hora. É tempo suficiente para você fazer as malas e se arrumar?

Aponto para a mochila no chão.

– Estou sempre de malas prontas e arrumado.

~

Kate chega em um jipe Volkswagen barulhento com bancos rasgados, o enchimento de espuma vazando do estofado.

– *Isto* está pronto? – pergunto, entrando no carro.

– É só um problema estético. Você precisava ver como estava antes. O silenciador caindo, literalmente se arrastando atrás do carro, soltando faísca... A floresta inteira podia ter pegado fogo por causa desta belezinha. Sem ofensa, claro. – Ela acaricia o painel, perguntando, com uma vozinha afetada: – Quem é o meu bebê? – Então sussurra para mim: – Tem que ser legal com ele. Se não, não arranca.

Tiro um chapéu imaginário para o veículo.

– Aceite minhas desculpas.

– Na verdade, é um carro incrível. Não se deixe enganar pelas aparências.

Ela liga o motor.

– Eu sei, eu notei.

– Graças a Deus, ou eu perderia meu emprego.

– Assaltante de banco?

– Rá! Sou atriz.

– *Jura?*

Ela me encara.

– Por quê? Você também é da tribo?

– Não exatamente.

Kate ergue a sobrancelha.

– Não exatamente? Isso é como estar "meio grávida". Ou você é ou não é.

– Eu era, mas nunca fui ator a sério. E agora não sou mais.

– Ah, então teve que arrumar um "trabalho de verdade"? – pergunta, solidária.

– Não, também não faço nada disso.

– Então você só viaja e faz refeições perigosas?

– Mais ou menos.

– Que vida boa.

– Mais ou menos.

O carro passa por um buraco, e meu estômago parece bater no teto para depois despencar no chão.

– Que tipo de trabalhos você faz como atriz? – pergunto, quando recupero o equilíbrio.

– Sou cofundadora e diretora artística de uma pequena companhia em Nova York chamada Balbúrdia. A gente monta peças, mas também tem programas de treinamento e ensino.

– Nossa, nada impressionante.

– Eu sei! Nunca tive toda essa ambição, mas, quando eu e os meus amigos nos mudamos para Nova York, não conseguíamos os papéis que queríamos, então fundamos a nossa própria companhia. E então ela começou a crescer... Produzimos nossas próprias peças e damos aulas, e agora estamos com um projeto fora do país. Por isso viemos para o México. Vamos ministrar uma oficina sobre Shakespeare em Mérida com a Universidad Autónoma de Yucatán.

– Você ensina Shakespeare em espanhol?

– Bom, *eu* não, porque não falo uma palavra de espanhol. Vou trabalhar com falantes de língua inglesa. David, meu noivo, é que fala espanhol, mas o mais engraçado é que, mesmo quando a gente encena Shakespeare em espanhol, eu sei exatamente em que pedaço do texto estamos. Deve ser porque conheço as peças de cor, ou talvez porque Shakespeare seja universal.

Eu aquiesço.

– Meu primeiro Shakespeare foi em francês.

Ela se vira para mim. Seus olhos são verdes, reluzentes como maçãs no outono, e tem um punhado de sardas na ponte do nariz.

– Você já atuou em uma peça de Shakespeare, então? E em francês?

– Atuei mais em inglês, é claro.

– Ah, é claro. – Ela faz uma pausa. – Muito bom para um ator não tão sério.

– Eu nunca disse que era bom.

Ela ri.

– Ah, eu sei que você era bom.

– É mesmo?

– É. Tenho um sexto sentido para essas coisas.

Ela pega um pacote daqueles chicletes compridos, puxa um e me oferece outro. O chiclete tem gosto de talco e coco e faz meu estômago ainda sensível se rebelar um pouco mais. Cuspo.

– Nojento, não é? Mas é incrivelmente viciante. – Ela pega outro chiclete. – Então, como um holandês acabou encenando Shakespeare em francês?

– Eu estava viajando e fiquei sem grana. Em Lyon, esbarrei em uma trupe shakespeariana chamada Arte de Guerrilha. As performances são basicamente em inglês, mas a diretora é um pouco… excêntrica, e achou que a melhor forma de desbancar os outros artistas de rua era fazer performances na língua local. Ela reuniu um grupo de atores que falavam francês para encenar *Muito barulho por nada* na França. Mas o cara que interpretava o Claudio foi embora com um norueguês; todo mundo já estava fazendo dois papéis, então precisavam de alguém que conseguisse se virar em francês, e eu conseguia.

– Você nunca tinha interpretado Shakespeare?

– Eu nunca tinha atuado. Estava viajando com uma trupe de acrobatas. Então, quando eu digo que foi tudo acidente, não estou exagerando.

– Mas você fez outras peças?

– Fiz *Muito barulho por nada*, que foi um desastre, mas a gente se apresentou por quatro noites antes que Tor reparasse que não estava dando certo. Daí a Arte de Guerrilha voltou a falar inglês, e eu fiquei. Era um dinheiro bom.

– Ah, você é uma *dessas pessoas* que fazem Shakespeare pela grana. Seu gigolô…

Dou uma risada.

– O que mais você fez? – pergunta ela.

– *Romeu e Julieta*, claro. *Sonho de uma noite de verão, Tudo bem quando termina bem, Noite de reis.* As mais pedidas.

– Eu amo *Noite de reis;* estamos pensando em montar no ano que vem, quando tivermos tempo. Acabamos de fazer uma temporada *off-Broadway* de dois anos com *Cimbelino* e agora estamos em turnê. Conhece essa?

– Já ouvi falar, mas nunca assisti.

– É uma peça deliciosa: engraçada, romântica e cheia de música. Pelo menos na nossa versão.

– Nas nossas também era assim. A gente usou um tambor em *Noite de reis.*

Ela me olha de soslaio, sem tirar a atenção da estrada.

– A gente?

– A Arte de Guerrilha.

– Parece que o gigolô se apaixonou pela cliente...

– Não. Sem isso de se apaixonar.

– Mas você sente falta?

Balanço a cabeça.

– Eu segui em frente.

– Estou vendo.

Ficamos um tempo em silêncio, até que ela pergunta:

– Você faz isso sempre? Isso de seguir em frente?

– Talvez. Mas só porque viajo muito.

Ela dá um tapinha quase inaudível no volante:

– Ou talvez você viaje muito exatamente para poder seguir em frente.

– Talvez.

Ela volta a ficar calada. Até que:

– E está seguindo em frente agora? Foi por isso que veio à grande metrópole de Valladolid?

– Não. Foi o vento que me trouxe.

– Como assim? Você é o quê, um saco plástico?

– Prefiro me imaginar como um barco. Um veleiro.

– Mas veleiros não são guiados pelo vento; são alimentados. É diferente.

Olho pela janela. Vejo mata por todos os lados. Eu me viro para ela.

– Acha que dá para seguir em frente mesmo sem saber o que está deixando para trás?

– Sempre é possível seguir em frente. Mas isso já está parecendo um pouquinho complicado.

– É, é bem complicado.

Kate não fala mais nada, e o silêncio se alarga, tremeluzindo como a estrada à frente.

– É uma longa história – explico.

– É uma longa viagem.

Tem uma coisa em Kate que me faz lembrar de Lulu. Talvez seja o fato de as duas serem americanas, ou a maneira como nos encontramos: no meio de uma viagem, falando de comida.

Ou talvez seja porque, dentro de algumas horas, nunca mais vou vê-la. Não tenho nada a perder. Então conto a história daquele dia, mas uma versão diferente da que contei para Broodje e os caras. Temos que levar em conta a plateia, era o que Tor sempre dizia. Talvez seja por isso que consigo contar as partes da história que não contei – que não tive como contar – para Broodje e os caras.

– Era como se ela me conhecesse – explico. – Logo de cara.

– Como assim?

Conto de quando Lulu pensou que eu a havia abandonado no trem, quando passei muito tempo no vagão-restaurante. Quando a encontrei, ela soltou uma gargalha histérica, então, do nada – o que me deu um vislumbre de sua estranha honestidade –, disse que achou que eu tinha ido embora.

– E você ia embora? – pergunta Kate, arregalando os olhos.

– Não, claro que não.

Eu não estava indo embora, mas essa lembrança ainda me envergonha pelo que eu estava pensando em fazer depois.

– Então como ela *viu* você, exatamente?

– Ela disse que não entendia como eu poderia ter feito aquele convite sem ter um motivo escuso.

Kate ri.

– Acho que querer transar com uma garota bonita não chega a configurar um motivo escuso.

Eu queria transar com ela, é claro.

– Mas não foi por isso. Eu fiz o convite porque não queria voltar para a Holanda naquele dia.

– E por quê?

Sinto o estômago se revirar outra vez. Bram deixara de existir. Yael já quase não existia na minha vida. E bastava uma assinatura para a casa flutuante também deixar de existir. Forço um sorriso.

– Essa é uma história ainda mais longa, e ainda não terminei a primeira.

Narro a parábola da dupla felicidade que Lulu me contou. O rapaz chinês que viaja para fazer uma prova importante, mas fica doente no caminho. O médico da montanha toma conta dele, e a filha do médico recita um verso estranho. Depois que o garoto se sai bem na prova, o imperador recita outro verso estranho, e o rapaz entende imediatamente que aquelas palavras são a outra metade do verso da garota e repete o que ouvira dela. O imperador fica impressionado, o rapaz consegue o emprego, volta e se casa com a garota. Dupla felicidade.

"*Verdes árvores na chuva, sob o céu de primavera, enquanto o céu cobre as árvores da primavera de escuridão. Flores vermelhas salpicam a terra no encalço da brisa, e a própria terra se cobre de vermelho, enrubescendo com o beijo.*" Era esse o dístico. Assim que Lulu o recitou, reconheci algo familiar, mesmo que nunca tivesse ouvido nem os versos, nem a história. Estranho e familiar. Àquela altura, era o que Lulu também parecia para mim.

Conto a Kate que Lulu me perguntou quem tomava conta de mim, mas que falou como se já soubesse a resposta, e depois ela mesma cuidou de mim, enfiando-se no meio da briga com os skinheads e atirando aquele livro, distraindo-os para que pudéssemos fugir sem nenhum ferimento. Mas ela se machucou. Até hoje, depois de meses, a lembrança do sangue escorrendo em seu pescoço por causa da garrafa que o skinhead jogou me deixa desesperado. E envergonhado. Não conto essa parte para Kate.

– Uma jovem cheia de bravura – comenta minha companheira de viagem.

Saba costumava dizer que existe uma diferença entre bravura e coragem. Bravura é fazer algo perigoso sem pensar; coragem é se colocar em uma situação perigosa, mesmo conhecendo os riscos.

– Não. Ela foi corajosa.

– Vocês dois foram corajosos.

Mas eu não fui. Eu tentei me livrar dela. Porque fui covarde. E não consegui. Porque fui covarde. Também não conto essa parte para Kate.

– Então você veio para o México resolver isso?

Penso nos caras, que acham que estou aqui para curtir, encontrar Lulu, transar mais algumas vezes e tocar o barco.

– Não sei… estou procurando por ela. Para, pelo menos, explicar as coisas.

– Que coisas? Você deixou um bilhete.

– Eu sei, mas…

– Mas o quê?

Kate me encara pelo que parece uma eternidade. O carro já está saindo da pista quando ela volta a se concentrar na estrada.

– Willem, caso você não tenha notado, Cancún fica para lá. – Ela aponta para a direção oposta.

Concordo com a cabeça.

– As chances de você encontrar essa garota já são bem pequenas ainda que esteja na mesma cidade.

– Não ia acontecer. Eu estava sentindo.

– Como é que você sabe?

– A gente não encontra as coisas quando está procurando por elas, só quando não está.

– Se isso fosse verdade, ninguém nunca ia achar as chaves.

– Não estou falando de chaves, estou falando de coisas maiores.

Ela suspira.

– Eu não entendo. Você aposta todas as suas fichas nesses acidentes, mas elimina completamente a chance de um deles acontecer.

– Eu não estou eliminando. Eu vim até Cancún.

– E agora está indo para Mérida.

– Eu não ia encontrar Lulu na rua. – Balanço a cabeça. É difícil explicar. – Não era para ser.

– Não era para ser... – zomba Kate. – Olha, me desculpa, mas está difícil embarcar nessa sua baboseira mística. – Kate sacode os braços, e tenho que agarrar o volante até que ela o pegue de volta. – Nada acontece quando não existe intenção, Willem. Nada. Será que essa sua teoria de que a vida é feita de acidentes não é só uma desculpa para viver passivamente?

Começo a discordar, mas de repente me lembro de Ana Lucia. No lugar certo, na hora certa. Na época, pareceu um acidente fortuito. Agora, parece mais uma rendição.

– E como você explica a gente? – Aponto para nós dois. – Aqui, agora, tendo essa conversa, se não foi por acidente? Se não tiver sido porque o silenciador do seu carro quebrou e você teve que parar em Valladolid, um lugar onde nem era para eu estar?

Não menciono a moeda como fator de decisão, embora ache que ela poderia ajudar na argumentação.

– Ai, pelo amor de Deus, não se apaixone por mim!

Ela ri, dando um tapinha na aliança em seu dedo.

– Olha, eu não descarto completamente a influência da mão mágica do destino. Afinal, eu sou atriz, e ainda por cima uma atriz shakespeariana. Mas isso não pode guiar sua vida. Você tem que estar no comando. E, a propósito, sim, estamos tendo essa conversa porque o meu carro, essa coisa linda – acrescenta, em tatibitate, acariciando o painel –, teve um probleminha mecânico, mas foi *você* quem *me* pediu carona e me convenceu a aceitar. Então você mesmo fez cair por terra a sua teoria. Aquilo foi puro desejo, Willem. Às vezes o destino, a vida ou como você quiser chamar, deixa a porta aberta, e nós entramos, mas às vezes ele fecha a porta, e temos que procurar a chave, chamar o chaveiro ou arrombar a droga da porta. E, às vezes, nem existe uma porta, nós é que precisamos construir uma passagem. Se ficar esperando que as portas apareçam... – Ela vai deixando a frase morrer.

– O quê?

– Acho que vai ter dificuldade de encontrar uma felicidade normal, que dirá essa dupla felicidade aí.

– Estou começando a duvidar que isso exista – comento, pensando em meus pais.

– É porque você está *procurando*. A dúvida é parte da procura. É como com a fé.

Isso me lembra de algo que Saba costumava dizer: *a verdade e seu oposto são dois lados da mesma moeda*. Isso nunca tinha feito sentido para mim.

– Willem, eu suspeito que, no fundo, você sabe *exatamente* por que está aqui e sabe *exatamente* o que quer, mas não está disposto a se comprometer, não está disposto nem a se comprometer com o ato de desejar, quanto mais com o ato de ter. Porque são coisas amedrontadoras.

Ela se vira e me encara com um olhar longo e abrasador. O carro começa a sair da pista, e agarro o volante mais uma vez. Kate não retoma a direção, e sou obrigado a segurar o volante com as duas mãos.

– Olha só, Willem. Você está no comando.

– Só para a gente não bater.

– Ou, poderíamos dizer, para a gente não sofrer um acidente.

Vinte

Mérida, México

Mérida é mais uma cidade colonial em tons pastel, como Valladolid, mas um pouco maior. Kate me deixa em frente a um prédio histórico cor de pêssego que ela ouviu falar que é um albergue decente. Peço um quarto com varanda virada para a praça e sento lá fora para observar as pessoas se abrigando do sol da tarde. As lojas estão fechando para a *siesta* e, embora eu tenha planejado dar uma olhada na área e comprar meu almoço, não estou com fome. Estou cansado da viagem, e meu estômago ainda não entendeu que já saiu da estrada esburacada. Decido também fazer a *siesta*.

Acordo encharcado de suor. Já está escuro, e o ar do quarto está parado e rançoso. Sento para abrir a janela ou a porta da varanda, mas meu estômago se contrai. Caio de volta na cama e fecho os olhos, tentando dormir. Às vezes consigo enganar o corpo, endireitá-lo antes que perceba que tem alguma coisa errada. Às vezes funciona.

Mas hoje, não. Penso no porco e no molho escuro que comi no jantar de ontem, e a lembrança faz meu estômago se revirar, como se um pequeno animal selvagem se debatesse dentro dele.

Intoxicação alimentar, só pode ser. Suspiro. Tudo bem. Algumas horas de desconforto, depois eu durmo. Vai passar. Só tenho que conseguir dormir.

Perco a noção do tempo e não sei quantas horas passam antes de o sol nascer, mas, quando clareia o dia, não dormi nada. Vomitei tanto que quase enchi a lixeira de plástico. Tentei engatinhar algumas vezes até o banheiro compartilhado do corredor, mas não passei da porta.

Agora que o sol nasceu, o quarto está ficando quente. Quase consigo ver a fumaça tóxica da lata de lixo se espalhando pelo ambiente, me envenenando de novo.

Continuo vomitando sem trégua. Boto tudo para fora, até que não sobra mais nada: nem comida nem bílis – basicamente não sobra nada de mim.

Então vem a sede. Já faz tempo que bebi o restante da água da garrafa e vomitei isso também. Começo a pensar em riachos nas montanhas, cachoeiras, pancadas de chuva e até nos canais holandeses; eu beberia toda a água deles, se pudesse. Dá para comprar garrafas de água lá embaixo, e tem uma pia no banheiro, mas não consigo nem sentar, quanto mais ficar de pé e ir buscar água.

– *Tem alguém aí?* – grito.

Em holandês. Em inglês. Tento gritar em espanhol, mas embaralho as palavras. Acho que estou falando, mas não tenho certeza. Além disso, ouço uma barulheira vindo da praça, e minha voz fraca não tem muita chance de se destacar.

Espero alguém bater à porta, rezando para me oferecerem água, lençóis limpos, uma compressa fria, uma mão macia na testa, mas ninguém aparece. É um albergue, aqui só tem o básico, não tem serviço de quarto, e paguei duas noites adiantadas.

Vomito de novo. Só saem lágrimas. Tenho 21 anos e ainda choro ao vomitar.

Finalmente, o sono vem me buscar. Quando acordo, vejo-a tão perto... E só consigo pensar que valeu a pena passar por tudo isso *para trazer você para mim.*

Quem é que cuida de você?, sussurra ela. Seu hálito parece uma brisa refrescante.

Você, sussurro de volta. *Você cuida de mim.*

Serei a sua garota da montanha.

Tento alcançá-la, mas Lulu foi embora, e as outras apareceram no quarto: Céline, Ana Lucia, Kayla, Sara, a garota da minhoca e mais… uma Franke em Riga, uma Gianna em Praga, uma Jossra em Túnis. Todas falam comigo.

Nós vamos cuidar de você.

Vão embora, quero a Lulu de volta. Peçam para ela voltar.

Tartarugas verdes, sangue vermelho, céu azul, dupla felicidade, lálálá, cantam.

Não! Não é assim. Não é assim que acontece a dupla felicidade.

Mas eu também não lembro como acontece.

Ela deixou você nesse estado.

Vou cuidar de você.

Aquela puta francesa.

Pode me ligar se precisar de alguma coisa.

Quer dividir?

Parem!, grito.

Pega o volante!, agora é Kate quem grita. Mas não vejo nenhum volante e tenho a sensação desesperadora, como sempre é nos sonhos, de que vou bater.

Não! Parem! Vão embora! Todas vocês! Vocês não são reais! Nem a Lulu. Fecho os olhos e tapo os ouvidos com o travesseiro molhado de suor, me enroscando em posição fetal. E, desse jeito, finalmente – finalmente – eu durmo.

Acordo. Minha pele está fria e o céu está púrpura. Não sei se é o nascer ou pôr do sol, nem sei quanto tempo fiquei apagado. Tenho presença de espírito suficiente para lembrar que combinei de encontrar Broodje em Cancún para voarmos de volta para a Holanda, mas preciso arrumar um jeito de explicar que ele vai ter que ir sem mim. Jogo as pernas para o lado da cama. O quarto todo se move diante dos meus olhos, mas acaba voltando para o lugar. Planto os pés no chão. Levanto. Desço até o saguão como uma criança – ou um velho –, degrau por degrau.

Na esquina, encontro um cibercafé que faz chamadas de longa distância. As luzes dos monitores machucam meus olhos, e é como se eu estivesse há meses no escuro. Entrego algum dinheiro, peço um telefone e sou conduzido a uma bancada com um aparelho, além de diversos computadores. Abro o caderno. O cartão de Kate, com BALBÚRDIA COMPANHIA DE TEATRO em letras vermelhas destacadas no topo, cai lá de dentro.

Começo a digitar. Os números dançam na página, e não tenho certeza se usei o código de área correto e se estou digitando direito.

Mas ouço um pequeno bip. E, então, uma voz distante, como em um túnel, mas que com certeza é dela. Assim que escuto, minha garganta se fecha.

– Alô. Alô? Quem é?

– Mãe? – consigo dizer.

Silêncio. E, quando ela diz meu nome, me dá vontade de chorar.

– Mãe – repito.

– Willem, onde você está?

A voz dela é nítida, oficial, formal como sempre.

– Eu estou perdido.

– *Perdido?*

Já me perdi antes em cidades desconhecidas sem pontos turísticos famosos para me guiar; acordei em camas estranhas, sem saber ao certo onde estava ou quem era a pessoa ao meu lado, mas agora entendo que *aquilo* não era estar perdido. Era outra coisa. Mas isto... Posso até saber exatamente onde estou – em um albergue na praça central de Mérida, no México –, mas nunca estive tão profundamente à deriva.

Faz-se um longo silêncio, e tenho medo de que a ligação caia. Até que Yael diz:

– Venha me encontrar. Eu envio a passagem. Venha me encontrar.

Não é o que quero ouvir. O que quero – o que preciso – é um *venha para casa*.

Mas ela não pode me chamar para um lugar que não existe mais, e eu também não tenho como ir até lá. No momento, isso é o máximo que nós dois podemos fazer.

Vinte e um

FEVEREIRO
Mumbai, Índia

Emirates 148
13 Fev: Embarque 14h40 Amsterdã – 00h10 Dubai
Emirates 504
14 Fev: Embarque 3h55 Dubai – 8h20 Mumbai
Tenha uma boa viagem.

Este e-mail, com apenas o itinerário, é um bom resumo da minha comunicação com Yael desde que saí do México, no mês passado. Quando voltei de Cancún, um simpático agente de viagem chamado Mukesh ligou pedindo uma cópia do meu passaporte. Uma semana depois, Yael me mandou o itinerário. Não houve muito contato depois disso.

Tento não fazer grandes conjecturas. É Yael. E sou eu. A explicação mais benevolente é que ela está acumulando conversa fiada para que tenhamos o que falar pelas próximas… duas semanas, um mês, seis semanas? Não sei. Não discutimos isso. Mukesh disse que a passagem é válida por três meses e que posso entrar em contato se quiser ajuda para reservar voos pela Índia ou fora dela. Tentei também não fazer grandes conjecturas sobre isso.

Na fila da imigração, estou à beira de um ataque de nervos. A barra de chocolate comprada no free shop – para Yael – que acabei comendo quando o avião desceu em Mumbai provavelmente não ajudou em nada. À medida que a fila avança, uma indiana impaciente me empurra com a barriga proeminente envolta em um sári, como se isso fosse fazer a gente andar mais rápido. Quase ofereço o meu lugar a ela, só para não me aborrecer. E para que a fila demore mais para mim.

Quando chego à área de desembarque, o cenário é ao mesmo tempo futurista e bíblico. O lugar é moderno, mas o saguão está repleto de gente que parece carregar a vida inteira naqueles carrinhos de metal. No instante em que saio da alfândega, sei que Yael não está ali. Não é que eu não a veja, embora isso também aconteça, é que me toco, com atraso, que ela não disse que iria me buscar. Eu que deduzi. Mas, quando se trata da minha mãe, é melhor não deduzir nada.

Só que já não nos vemos há quase três anos, e ela me chamou para cá. Ando de um lado para outro no corredor. A multidão se aglomera à minha volta, se esbarrando e se empurrando, como se todos corressem na direção de uma linha de chegada invisível. Mas não vejo Yael.

Sempre otimista, vou até a rua para ver se ela está esperando do lado de fora. A luz intensa da manhã incomoda os olhos. Espero dez minutos. Quinze. Nem sinal da minha mãe.

Motoristas de táxi e carregadores de malas disputam os passageiros como gladiadores em uma arena. *Psiu,* assobiam para mim. Olho para o itinerário amassado na minha mão, como se o papel pudesse me transmitir alguma informação nova e importante.

– Alguém vem buscar você? – indaga um homem parado na minha frente. Talvez seja um garoto. Algo entre os dois.

Ele parece ter a minha idade, exceto pelos olhos, que são ancestrais.

Examino os arredores.

– Parece que não.

– Para onde você vai?

Lembro-me do endereço que acabei de preencher nas três vias do formulário da imigração.

– Para o Bombay Royale, em Colaba. Você conhece?

Ele começa a fazer que sim com a cabeça, mas logo transforma o aceno em um balanço curioso que não me passa muita confiança.

– Eu levo você.

– Você é motorista?

Ele assente de novo.

– Cadê a mala?

Aponto para a pequena mochila nas minhas costas.

Ele ri.

– Igual ao Kurma.

– O prato?

– Não. O prato se chama korma. Kurma é uma das encarnações de Vishnu, uma tartaruga que carrega a casa nas costas. Mas, se você gosta de korma, posso mostrar um lugar que serve um ótimo.

O garoto se apresenta como Prateek e, confiante, me conduz pela multidão, passando direto pelo estacionamento do aeroporto para chegar a um outro, empoeirado. De um lado, vejo as pistas de pouso e decolagem; do outro, arranha-céus junto de guindastes ainda mais altos balançando ao vento. Prateek localiza o carro – que na Holanda seria chamado de vintage –, mas, quando elogio o veículo, ele faz careta e diz que é do tio e que um dia vai conseguir comprar o seu próprio, algo de qualidade, fabricado no exterior, como um Renault ou um Ford, não um Maruti ou um Tata. Ele dá algumas moedas para o menino magrelo e sujo que guarda o carro e abre a porta de trás. Jogo a mochila lá dentro e tento abrir a porta da frente. Prateek me pede para esperar e, com uma complexa sequência de batidas e giros, abre a porta por dentro. Ele afasta uma pilha de revistas do banco do passageiro.

O carro ganha vida, e a pequena estátua de metal presa ao painel – um minúsculo elefante com uma espécie de sorriso perpétuo, como se estivesse constantemente se divertindo – começa a dançar.

– Ganesha – diz Prateek. – Removedor de obstáculos.

– Onde você estava no mês passado? – pergunto à estátua.

– Ele estava bem aqui – responde Prateek, solene.

Saímos do complexo do aeroporto, passando por um monte de casas caindo aos pedaços antes de subir uma rodovia elevada. Coloco a cabeça para fora da janela. Faz um calor agradável, mas Prateek avisa que vai ficar mais quente. Ainda é inverno; e vai esquentar bastante até as monções, em junho.

Enquanto dirige, Prateek destaca os pontos turísticos. Um templo famoso. Uma ponte suspensa sobre a Mahim Bay, cujos cabos de sustentação parecem pernas de aranha.

– Muitos astros de Bollywood moram nesta área, porque é perto dos estúdios, que ficam na região do aeroporto. – Ele aponta para trás. – Mas tem alguns que moram em Juhu Beach e Malabar Hill. Ou até em Colaba, onde você vai ficar. O Taj Mahal Hotel é lá. Angelina Jolie, Brad Pitt, Roger Moore, 007 e todos os presidentes americanos se hospedaram lá.

O trânsito começa a ficar engarrafado. Diminuímos a velocidade, e Ganesha para de dançar.

– Qual é o seu filme preferido? – pergunta Prateek.

– É difícil escolher um só.

– Qual foi o último que você viu?

Passei por alguns filmes nos voos, mas estava ansioso demais para me concentrar em algum. Acho que o último a que assisti foi *A caixa de Pandora*. Foi o que deu início a tudo isso, que culminou naquela desastrosa viagem ao México e que, por sua vez, curiosamente me trouxe aqui. Lulu. Se ela já estava longe, agora está ainda mais distante. Não é só um oceano que nos separa agora; são dois.

– Nunca ouvi falar – diz Prateek, balançando a cabeça. – Ano passado para mim deu empate. *Gangues de Wasseypur*, um thriller, e *Londres, Paris, Nova York*. Sabe quantos filmes Hollywood produz por ano?

– Não faço ideia.

– Adivinha.

– Mil?

Ele franze a testa.

– Estou falando dos estúdios, não de um amador com uma câmera. Mil… ora, seria impossível.

– Cem?

Um sorriso ilumina o rosto dele, como se ligado por um interruptor.

– Errado! Quatrocentos! Agora, sabe quantos filmes *Bollywood* produz por ano? Não vou fazer você chutar, não tem como acertar. – Ele faz uma pausa para criar um efeito dramático. – Oitocentos!

– Oitocentos – repito, já que ele claramente acha que o número merece ser repetido.

– É! – Ele alarga o sorriso. – O dobro de Hollywood. E sabe quantas pessoas vão ao cinema todos os dias na Índia?

– Tenho impressão de que você vai me contar...

– Quatorze milhões. Vai me dizer que quatorze milhões de pessoas vão ao cinema todos os dias na Alemanha?

– Não faço ideia. Sou holandês. Mas, levando em conta que a população inteira do país não passa de uns dezesseis milhões, acho difícil.

Ele sorri, orgulhoso.

Saímos da rodovia e caímos nas ruas do que deve ser a Mumbai colonial, para depois chegar a uma área coberta por árvores, com uma fila de ônibus de dois andares estacionados, expelindo uma fumaça preta.

– Esse aqui é o Portal da Índia – afirma Prateek, apontando para um monumento em arco esculpido à beira do mar Arábico. – E esse é o Taj Mahal Hotel – diz, passando por uma gigantesca construção ornamentada com cúpulas e cornijas.

Um grupo de homens árabes com vestes brancas infladas pelo vento se divide entre várias SUVs de vidros escuros.

– Lá dentro tem uma Starbucks. – Ele baixa a voz, quase sussurrando. – Você já tomou café na Starbucks?

– Já.

– Meu primo disse que, nos Estados Unidos, o povo toma um a cada refeição.

Ele para em frente a outro prédio acinzentado, vitoriano, que quase parece suar com o calor. O letreiro, em letras cursivas falhadas, diz BO BAY RO AL.

– Pronto, chegamos. O Bombay Royale.

Sigo Prateek até um saguão escuro, fresco e silencioso, exceto pelo zumbido dos ventiladores de teto e do cricrilar dos grilos, aninhados em algum lugar das paredes. Atrás de uma mesa comprida de mogno, um homem tão velho que parece ter sido construído junto com o prédio tira uma soneca. Prateek toca a sineta estridente, e o sujeito acorda, assustado.

Os dois começam a discutir na hora, falando principalmente em híndi, mas com palavras em inglês aqui e ali.

– É o regulamento – repete o velho.

Até que Prateek se vira para mim.

– Ele está dizendo que você não pode ficar.

Balanço a cabeça. *Por que ela me trouxe aqui? Por que eu vim?*

– É um clube residencial privado, não um hotel – explica Prateek.

– Entendi. Já ouvi falar disso.

Prateek franze a testa.

– Tem outros hotéis em Colaba.

– Mas tenho certeza de que é aqui. – Este é o endereço que tenho usado para me comunicar com ela nos últimos três anos. – Procure o nome da minha mãe, por favor: Yael Shiloh.

Quando falo aquele nome, o velho levanta a cabeça.

– Willem saab?

– Willem. Isso, sou eu.

Ele estreita os olhos e agarra minhas mãos.

– O senhor não parece nada com a *memsahib* – diz, desconfiado.

Não preciso perguntar de quem ele está falando. É o que todo mundo diz.

– Mas onde ela está? – pergunta o porteiro.

Sinto uma pontinha de alívio. Não sou o único que não sabe.

– Ah, então o senhor conhece minha mãe.

– Sim, sim, sim – afirma, balançando a cabeça como Prateek.

– Então posso ir para o apartamento dela?

Ele pondera, coçando o queixo grisalho.

– O regulamento diz que apenas membros podem ficar. O senhor só será um membro quando *memsahib* fizer do senhor um membro.

– Mas ela não está aqui – argumenta Prateek, prestativo.

– É o regulamento – conclui o velho.

– Mas o senhor sabia que eu estava vindo.

– Mas o senhor não está com ela. E se for um impostor? Tem alguma prova da sua identidade?

Prova? Tipo o quê? Um sobrenome? O meu é diferente. Fotos?

– Aqui – digo, mostrando o e-mail que imprimi, o papel já úmido e amassado.

O porteiro estreita os olhos escuros, esbranquiçados pelo passar dos anos, para enxergar o papel. Acho que a prova foi suficiente, porque ele assente duas vezes com a cabeça, depressa, e diz:

– Bem-vindo, Willem saab.

– Finalmente – diz Prateek.

– Meu nome é Chaudhary – continua o velho, ignorando Prateek e me entregando uma pilha de papéis para preencher.

Quando termino, ele sai de trás da mesa, arfando, arrastando-se com dificuldade, fazendo o piso ranger. Depois, avança penosamente pelo corredor de madeira arranhada. Vou atrás dele. Prateek vem junto. Quando chegamos aos elevadores, Chaudhary estala a língua e faz um sinal de negativo para Prateek.

– Apenas membros nos elevadores – diz. – Você pode ir de escada.

– Mas ele está comigo – argumento.

– É o regulamento, Willem saab.

Prateek balança a cabeça, dizendo:

– É melhor eu devolver o carro para o meu tio.

– Ok, me deixe pagar. – Pego um maço de rupias imundas.

– Trezentas rupias sem ar-condicionado. Quatrocentas com ar – anuncia Chaudhary. – É a lei.

Entrego 500 rupias a Prateek, o preço de um sanduíche na Holanda. Ele vai se afastando.

– Ei, e aquele korma? – pergunto.

Prateek tem um sorriso bobo, um pouco como o de Broodje.

– Eu entro em contato – promete.

O elevador dá um solavanco e para no quinto andar. Chaudhary abre a porta e entramos em um corredor totalmente iluminado, cheirando a cera e incenso. Passamos por diversas portas de ripas de madeira e paramos na última. Ele pega uma chave-mestra.

No começo, acho que o velho se enganou de quarto. Yael morou neste endereço nos últimos dois anos, mas lá dentro só encontro ambientes sem personalidade, mobiliados com móveis de madeira volumosos e sem graça e enfeitados com pinturas genéricas de fortalezas desertas e tigres-de-bengala. Vejo uma pequena mesa redonda junto a um par de portas francesas.

Até que sinto o cheiro. Disputando espaço com os aromas de cebola, incenso, amônia e cera, vem o cheiro inegável de frutas cítricas e terra molhada. O perfume da minha mãe, percebo, com a clareza daquilo que eu sempre soube, mas nunca precisei reconhecer.

Dou um passo hesitante para dentro, e outra onda perfumada me atinge em cheio. De repente, não estou mais na Índia. Estou de volta a Amsterdã, em casa, diante de um longo crepúsculo de verão. Finalmente parou de chover, e Yael e Bram estão lá fora, comemorando o pequeno milagre do sol. Como eu estava morrendo de frio, fiquei em casa, enroscado em um cobertor de lã, observando-os através da ampla janela. Em um dos apartamentos do outro lado do canal, estudantes ouviam música alta. Uma canção começou, algo antigo e new wave, da época em que Yael e Bram eram mais jovens. Ele a puxou para perto, e os dois dançaram de rosto colado, mesmo que não fosse uma música lenta. Fingi que não estava olhando, mas fiquei hipnotizado pela visão emoldurada pelo vidro. Eu devia ter 11 ou 12 anos, idade em que ficamos envergonhados com esse tipo de coisa, mas não fiquei. Yael me viu e – o que me surpreendeu na época e ainda me surpreende hoje, quando eu me lembro – entrou em casa. Ela não me arrastou para fora de casa nem me chamou para dançar, como Bram teria feito. Apenas dobrou o cobertor e me puxou pelo cotovelo. Fui envolvido por aquele perfume de laranjas e folhas, pelo aroma constante e terroso das tinturas que ela usava e dos canais, com seus segredos obscuros. Tentei fingir que estava concordando, me deixando levar, não quis demonstrar o quanto estava feliz, mas acho que não consegui me conter, porque Yael sorriu de volta, dizendo:

– A gente tem que aproveitar o sol quando ele aparece, não é?

Minha mãe poderia ter sido sempre assim, mas seu calor era tão frequente quanto o do sol holandês. Exceto com Bram. Na verdade, talvez fosse um calor refletido – afinal, Bram era o sol dela.

Chaudhary vai embora, e eu me deito no sofá. Recosto a cabeça sobre o pesado braço de madeira; é bem desconfortável, mas fico ali, porque sinto a luz do sol e preciso desse calor, como um tipo de transfusão. *Eu devia entrar em contato com Yael*, penso, mas a sonolência, o jet lag e uma espécie de alívio me fazem afundar no sofá, e caio no sono sem nem tirar os sapatos.

Estou de volta a um avião, o que parece um erro, porque acabei de sair de um, mas é tudo tão nítido e real que levo um tempo a mais para reconhecer o sonho. Então, tudo se deforma, tornando-se brilhante e surreal, pesado e lento, como acontece nos sonhos quando a nossa mente resolve se rebelar contra um relógio biológico traído. Talvez seja por isso que não haja aterrissagem nesse sonho. Nenhuma iluminação do aviso de apertar cintos, nenhum anúncio inaudível do capitão. Só o zumbido dos motores, a sensação de estar no ar. Voando.

Mas tem alguém perto de mim. Eu me viro e tento perguntar *Aonde estamos indo?*, mas tudo é pesado e lúgubre, e eu não controlo minha própria a boca, que, em vez disso, acaba perguntando: *Quem é você?*

– Willem – chama uma voz distante.

A pessoa do sonho se vira. Ainda sem rosto, mas já familiar.

– Willem.

A voz de novo. Não respondo. Não quero sair do sonho, não ainda, não desta vez. Me viro de volta para a pessoa ao meu lado.

– Willem! – a voz vem mais alto, me arrancando do mel pegajoso do sono.

Abro os olhos. Eu me sento e, por um segundo, só nos encaramos, piscando.

– O que você está fazendo aqui? – pergunta ela.

Tenho me feito a mesma pergunta durante o último mês inteiro, assim que meu otimismo inicial em relação à viagem se tornou ambivalente, para então ir se encolhendo até virar pessimismo, e murchou de vez sob a forma de arrependimento. *O que eu estou fazendo aqui?*

– Você me deu uma passagem – respondo, tentando fazer uma piada, mas meus pensamentos estão turvos pelo sonho.

Yael franze o cenho.

– Estou perguntando o que você está fazendo *aqui*. A gente rodou o aeroporto inteiro atrás de você.

A gente?

– Não vi você lá.

– Fui chamada na clínica. Mandei um motorista, mas ele se atrasou um pouco. Ele disse que enviou um monte de mensagens para o seu celular.

Pego o celular e o ligo. Nada acontece.

– Acho que não funciona aqui.

Yael olha para o meu celular com desprezo, e de repente sinto uma lealdade feroz ao aparelho. Ela suspira.

– O que importa é que você chegou – diz, o que parece ao mesmo tempo óbvio e otimista.

Eu me sento. Estou com dor no pescoço, que estala tão alto quando o giro que Yael franze o cenho de novo. Eu me levanto, me espreguiço e olho em volta.

– Legal a sua casa – digo, dando continuidade à conversa fiada que sustentou nossa relação nos últimos três anos. – Gostei da decoração.

Tentar fazê-la sorrir é como um reflexo, mas nunca funcionou e não funciona agora. Yael se afasta e abre as portas francesas da varanda, que dá para o Portal com as águas atrás.

– Eu devia me mudar para perto do Andheri, mas acho que me acostumei a viver perto da água.

– Andheri?

– É onde fica a *clínica* – explica ela, como se eu devesse saber.

Mas como eu poderia saber? Ela nunca falou do trabalho nos nossos e-mails frívolos e casuais. Falava do tempo. Da comida. Dos inúmeros festivais indianos. Eram mensagens de cartão-postal, mas sem as fotos bonitas.

Sei que minha mãe veio à Índia para estudar medicina ayurvédica. Ela e Bram tinham esses planos para quando eu fosse para a faculdade. Iam viajar mais. Para Yael poder estudar os métodos curativos tradicionais. A Índia seria a primeira parada. As passagens foram compradas antes de Bram morrer.

Quando ele morreu, achei que Yael iria desmoronar, só que dessa vez eu estaria por perto. Deixaria meu luto de lado e a ajudaria. Finalmente, em vez de ser um intruso em seu grande caso de amor, eu seria o *produto* daquele relacionamento. Um conforto. O que Yael não era como mãe eu seria como filho.

Por duas semanas, ela se fechou no quarto do último andar, o que Bram construíra para ela, de persianas baixas e porta trancada, ignorando quase todas as visitas. Bram fora só dela durante a vida e na morte não seria diferente. Então, seis semanas depois, Yael viajou para a Índia como planejado, como se nada tivesse acontecido. Marjolein disse que ela estava apenas lambendo as feridas, que logo voltaria.

No entanto, dois meses depois, Yael mandou dizer que não ia mais voltar. Muitos anos atrás, antes de estudar medicina naturopática, ela se formara em enfermagem e estava decidida a trabalhar outra vez com isso, em uma clínica em Mumbai. Disse que ia fechar o barco; já tinha encaixotado todos os itens importantes, os demais seriam vendidos. Era para eu pegar o que quisesse. Encaixotei algumas coisas e as guardei no sótão do tio Daniel. Todo o resto, deixei lá. Pouco depois, fui jubilado do curso. Então, também fiz minha mala – ou mochila – e fui embora.

– Você é igualzinho à sua mãe – dissera Marjolein, meio triste, quando contei que estava partindo.

Mas nós dois sabíamos que isso não era verdade. Não tenho nada a ver com ela.

A mesma emergência que impediu Yael de ir até o aeroporto aparentemente a exige de volta na clínica após uma hora inteira na minha companhia. Ela me convida para ir junto, mas o convite parece mecânico e pouco animado – começo a suspeitar que o chamado para eu vir para a Índia também tenha sido assim. Declino educadamente, usando a desculpa do fuso.

– Você devia pegar um pouco de sol; é o melhor remédio. – Ela me encara. – Mas vê se protege isto. – Ela toca o local da minha cicatriz no próprio rosto, como em um espelho. – Parece recente.

Toco a cicatriz. Já faz seis meses. E, por um minuto, me imagino contando a Yael o que aconteceu. Ela ficaria furiosa se soubesse o que eu disse aos skinheads para desviar a atenção deles das garotas. *A-um-quatro-seis-zero-três*, a identificação que os nazistas tatuaram no pulso de Saba. Pelo menos eu arrancaria uma reação dela.

Mas não conto. Isso vai muito além da conversa fiada. Mexe em coisas dolorosas sobre as quais nunca conversamos: Saba. A guerra. A mãe de Yael. A infância dela inteira. Toco a cicatriz. Está quente, como se ficasse inflamada só de pensar naquele dia.

– Não é tão recente. Só não está cicatrizando direito.

– Posso fazer um emplastro.

Yael toca de leve a cicatriz. Seus dedos são ásperos e calejados. Mãos de quem trabalha, como Bram costumava dizer, embora ele é quem devesse ter as mãos mais grossas. Percebo que não nos abraçamos, não nos beijamos, nem nada dessas coisas que as pessoas costumam fazer em um reencontro.

Ainda assim, quando ela afasta a mão do meu rosto, desejo que permaneça por mais tempo. E, quando começa a enumerar promessas de coisas que vamos fazer quando ela estiver de folga, gostaria de ter contado sobre os skinheads, sobre Paris e Lulu. Mas, mesmo se eu tentasse, não saberia como. Minha mãe e eu falamos tanto inglês quanto holandês, mas parece que nunca conseguimos falar a mesma língua.

Vinte e dois

Acordo com um telefone tocando. Alcanço meu celular e lembro que ele não funciona aqui. O telefone continua tocando. É o fixo. Não para. Finalmente, atendo.

– Willem saab. Chaudhary falando. – Ele pigarreia. – Prateek Sanu está na linha – continua, com um tom formal. – O senhor gostaria que eu perguntasse a natureza do assunto?

– Não, tudo bem. Pode passar.

– Um momento.

Ouço uma série de cliques, e, depois, a voz de Prateek ecoando um alô e sendo interrompida pelo anúncio de Chaudhary:

– Prateek Sanu para Willem Shiloh.

É esquisito ser chamado pelo sobrenome de Yael e de Saba. Não o corrijo. Após um momento de silêncio, Chaudhary desliga.

– Willem! – exclama Prateek, como se já fizesse meses, e não horas, desde a última vez que nos falamos. – Tudo bem?

– Tudo.

– O que você está achando da Cidade Máxima?

– Ainda não vi muita coisa dela – admito. – Só dormi.

– Bom, mas agora está acordado. Quais são seus planos?

– Ainda não sei.

– Deixa eu fazer uma proposta: venha me visitar no Crawford Market.

– Parece uma boa.

Prateek me passa as coordenadas. Tomo um banho frio e saio. Chaudhary vem atrás de mim com avisos alarmantes sobre "batedores de carteira, ladrões, prostitutas e gangues". Após contabilizar as ameaças nos dedos grossos, me adverte:

– Vão atacar o senhor!

Garanto a ele que sei me virar. No fim das contas, só sou abordado por mães que se aglomeram nos canteiros centrais das ruas sombreadas, pedindo dinheiro para comprar fórmula infantil para os bebês adormecidos em seus braços.

Esta parte de Mumbai me lembra um pouco Londres, com seus prédios coloniais decadentes, a não ser pelas cores supersaturadas nos sáris das mulheres, nos templos adornados por calêndulas e nos ônibus com pinturas chamativas. É como se tudo absorvesse e refletisse o brilho do sol.

Do lado de fora, o Crawford Market parece mais um prédio arrancado da velha Inglaterra, mas por dentro é pura Índia: um agitado comércio cheio de cores ainda mais surrealmente vivas. Caminho por entre as barracas de frutas e de roupas, chegando até as de eletrônicos, onde Prateek marcou de encontrar comigo. Sinto um tapinha no ombro.

– Perdido? – indaga Prateek, com um sorriso enorme.

– Não de um jeito ruim.

Ele franze o cenho, confuso.

– Fiquei preocupado. Queria ligar, mas não tenho o seu número.

– Meu celular não funciona aqui.

O sorriso volta.

– Por acaso, temos vários celulares na barraca de eletrônicos do meu tio.

– Foi por isso que você me chamou aqui? – provoco.

Prateek se ofende.

– Claro que não. Como eu ia saber que você precisava de um telefone? – Ele faz um gesto largo, indicando todas as barracas ao redor. – Pode comprar de quem quiser.

– Estou brincando, Prateek.

– Ah.

Ele me leva à barraca do tio, abarrotada até o teto com celulares, rádios, computadores, imitações de iPads, televisões e outros eletrônicos. Prateek me apresenta ao tio e compra chá de um *chai-wallah*, um vendedor ambulante, para todos. Depois disso, me leva aos fundos da barraca, e nos sentamos em um par de banquinhos frágeis.

– Você trabalha aqui?

– Às segundas, terças e sextas.

– O que faz nos outros dias?

Ele balança a cabeça daquela forma engraçada.

– Estou estudando contabilidade e também trabalho com minha mãe alguns dias. E às vezes ajudo meu primo a encontrar *goreh* para os filmes.

– *Goreh?*

– Brancos, como você. Por isso que eu estava no aeroporto. Tive que levar meu primo.

– E por que não *me* chamou? – brinco.

– Ah, eu não sou diretor de elenco, não sou sequer assistente do assistente. Só levei o Rahul ao aeroporto para procurar mochileiros que precisam de dinheiro. Você precisa de dinheiro, Willem?

– Não.

– É, deduzi que não. Você está no Bombay Royale. Alto nível. E visitando a sua mãe. Onde está o seu pai?

Já faz um tempo que ninguém me pergunta isso.

– Ele morreu.

– Ah, o meu também – diz Prateek, quase com alegria. – Mas tenho vários tios e primos. E você?

Quase respondo que eu também. Tenho um tio, afinal. Mas como posso definir Daniel? Não tanto como uma ovelha negra, mais como uma ovelha invisível, eclipsada por Bram. E por Yael. Daniel, uma nota de rodapé na história de Yael e Bram, letrinhas miúdas que ninguém se dá ao trabalho de ler. Daniel, o irmão mais novo, mais magro, mais desorganizado, mais perdido e – não podemos esquecer – mais baixo.

Daniel, o que foi relegado ao banco de trás do Fiat e, consequentemente, ao que parece, ao banco de trás da vida.

– Não tenho muitos familiares – respondo simplesmente, por fim, coroando a imprecisão com um dar de ombros e minha própria versão do balançar de cabeça indiano.

Prateek me mostra vários telefones. Escolho um e compro um chip. Ele imediatamente registra o número dele no aparelho e, para garantir, o do tio também. Terminamos nossos chás, e Prateek determina:

– Agora, acho que você tem que ir ao cinema.

– Mas eu acabei de chegar.

– Por isso mesmo. O que poderia ser mais indiano? Quatorze milhões de pessoas...

– ... vão ao cinema por dia, aqui – interrompo. – Eu sei, ouvi falar.

Ele tira várias revistas da bolsa, as mesmas que estavam no carro. *Magna. Stardust.* Abre uma e me mostra páginas e páginas de pessoas bonitas, todas com dentes muito brancos. Ele recita um bando de nomes e fica chocado por eu não conhecer nenhum.

– Vamos agora mesmo – decide.

– Mas você não tem que trabalhar?

– Na Índia, o trabalho é o mestre, mas o convidado é um deus – explica Prateek. – Além disso, depois do celular e do táxi... – Sorri. – Meu tio não vai se opor.

Ele abre uma revista.

– Está passando *Dil Mera Golmaal*. E *Gangues de Wasseypur*. *Dhal Gaya Din* também. O que acha, Baba?

Prateek e o tio começam a debater animadamente os méritos e defeitos dos três filmes em uma mistura de híndi e inglês, até que, por fim, escolhem *Dil Mera Golmaal*.

O cinema é uma construção art déco com pintura branca descascada, não muito diferente dos cinemas antigos aonde Saba costumava me levar. Compro nossas entradas e sacos de pipoca. Prateek promete me pagar em tradução simultânea.

O filme – uma espécie de *Romeu e Julieta* meio complexa, envolvendo famílias em guerra, gângsteres, uma conspiração terrorista para roubar armas nucleares e incontáveis explosões e números de dança – não requer muita tradução. É ao mesmo tempo absurdo e autoexplicativo.

Ainda assim, Prateek faz a sua parte.

– Este cara é irmão daquele, mas não sabe – sussurra. – Um é mau, o outro é bom, e a garota está noiva do mau, mas ama o bom. A família dela odeia a dele, e a dele odeia a dela também, mas na verdade não é bem assim, porque a briga tem a ver com o pai do outro, que criou essa história toda quando roubou o bebê logo que ele nasceu. Entendeu? Ah, ele também é terrorista.

– Entendi.

Depois disso vem um número de dança, uma cena de luta e, de repente, somos transportados para o deserto.

– Dubai – sussurra Prateek.

– Mas por que Dubai?

Prateek explica que é lá que fica o consórcio petrolífero. E os terroristas.

Vemos várias cenas no deserto, incluindo um duelo entre caminhões monstro, que Henk teria curtido.

De repente o filme muda do nada para Paris. Aparece até uma filmagem panorâmica genérica do Sena, seguida de outra às margens do rio. Depois, vemos a heroína e o irmão bom que, Prateek explica, se casaram e fugiram juntos. Os dois começam a cantar, mas já não estão no Sena, e sim sobre uma das pontes em arco que atravessam os canais de Villete. Reconheço a construção. Eu e Lulu navegamos por baixo daquela ponte, sentados lado a lado, as pernas batendo contra o casco do barco. Às vezes, nossos tornozelos se esbarravam sem querer, e havia uma espécie de choque, uma excitação nesse leve contato.

E posso sentir isso agora, neste teatro mofado. Quase como um reflexo, esfrego o polegar no punho, mas o gesto não faz sentido aqui no escuro.

Logo a música acaba, e voltamos à Índia para o *grand finale*, quando as famílias se reúnem e se reconciliam, e há uma outra cerimônia de casamento, além de um grande número de dança. Neste *Romeu e Julieta*, os amantes têm um final feliz.

Depois do filme, caminhamos pelas ruas lotadas. Escureceu, e o calor deu uma trégua. Serpenteamos até uma ampla faixa de areia em meia-lua.

– Aqui é a Chowpatty Beach – anuncia Prateek, apontando para os arranha-céus de luxo ao longo da Marine Drive, a avenida da orla. Os prédios brilham como diamantes no pulso curvo e delgado da baía.

Há um clima de Carnaval no ar, com os vendedores de comida, os palhaços, os modeladores de balões e os amantes furtivos tirando vantagem da escuridão para roubar beijos atrás das palmeiras. Tento não olhar, não quero me lembrar de beijos roubados. Tento não pensar naquele primeiro beijo; não quando tocamos os lábios, e sim quando beijei sua marca de nascença. Eu tinha passado o dia desejando beijar o pulso de Lulu. De alguma forma, eu sabia exatamente como seria o gosto.

As ondas quebram na praia. O mar Arábico. Depois o oceano Atlântico. Dois oceanos entre nós. E ainda não é o bastante.

Vinte e três

Depois de quatro dias, Yael finalmente tira uma folga. Quando me levanto da cama de armar, não a vejo correndo porta afora, e sim parada, de pijama.

– Pedi café da manhã – anuncia, com aquela voz nítida, o sotaque israelense gutural apaziguado pelos vários anos falando inglês.

Alguém bate à porta. Chaudhary, que parece estar sempre trabalhando e ser responsável por absolutamente todas as tarefas do estabelecimento, entra empurrando um carrinho.

– Café da manhã, *memsahib*.

– Obrigada, Chaudhary.

O porteiro olha para nós, como se nos analisasse. Depois, balança a cabeça.

– Ele não parece com a senhora, *memsahib*.

– Ele parece com o baba – responde ela.

Eu sei que é verdade, mas é estranho ouvi-la dizer isso. Embora talvez não seja tão estranho quanto ter o rosto do seu marido morto olhando para você. Às vezes, quando me sinto generoso, uso isso como justificativa para a distância que ela impôs entre nós nos últimos três anos. Daí vem o meu lado menos generoso e se pergunta: *Mas e os dezoito anos anteriores?*

Com um floreio dramático, Chaudhary serve torradas, café, chá e suco. Então, sai pela porta.

– Esse homem para em algum momento?

– Na verdade, não. Os filhos moram fora, e a esposa morreu. Então, ele trabalha.

– Parece uma vida miserável.

Yael me encara com um daqueles olhares inescrutáveis.

– Pelo menos ele tem um propósito. – Ela abre o jornal. Até o jornal é colorido, em um tom salmão. Então, pergunta, enquanto lê as manchetes: – O que você fez nos últimos dias?

Fui até a Chowpatty Beach, passei pelos mercados perto de Colaba, fui ao Portal. Vi outro filme com Prateek. Passei quase o tempo todo vagando por aí, sem rumo.

– Várias coisas – digo.

– Então hoje vamos fazer diversas coisas – responde ela.

Na rua, somos cercados pela congregação habitual de mendigos.

– Dez rupias – pede uma mulher com um bebê adormecido no colo. – Para a fórmula do meu bebê. Você vem comigo e compra.

Faço menção de pegar dinheiro, mas Yael, irritada, me manda parar, então reclama com a mulher em híndi.

Não digo nada, mas minha expressão entrega o que estou pensando, porque Yael me explica exasperada:

– É um golpe, Willem. Os bebês são um artifício. Estas mulheres são parte dos círculos de mendicância, gerenciados pelo crime organizado.

Olho para a mulher, agora parada em frente ao Taj Hotel, e dou de ombros.

– E daí? Mesmo assim, ela precisa do dinheiro.

Yael assente e franze o cenho.

– É, *ela* precisa. E o *bebê* sem dúvida também precisa comer, mas nenhum deles vai conseguir o que quer. Se comprasse leite para aquela mulher, você ia pagar um preço inflacionado, sem falar que também inflaria seu ego. Teria ajudado uma mãe a alimentar seu bebê. O que poderia ser melhor?

Não digo nada, porque tenho dado dinheiro a elas todos os dias, e agora me sinto um idiota.

– Assim que você se afastar, o leite volta para a loja. E o seu dinheiro? O dono da loja fica com uma parte; os chefes da quadrilha ficam com outra. As mulheres... Bem, as mulheres são contratadas e não ficam com nada. Já os bebês... – ela interrompe a frase, como se fosse terrível demais para concluir.

– O que acontece com eles? – a pergunta escapa antes que eu perceba que não quero ouvir a resposta.

– Eles morrem. Às vezes de desnutrição; outras, de pneumonia. Quando a vida é tão frágil, qualquer coisinha pode acabar com ela.

– É, eu sei.

Às vezes mesmo quando a vida não é assim tão frágil, penso, e me pergunto se ela também está pensando isso.

– No dia em que você chegou, eu me atrasei por causa de uma emergência com uma destas crianças.

Ela não dá mais detalhes, me deixando juntar as peças.

A humildade de Yael me faz sentir retroativamente culpado por julgá-la, afinal, minha mãe tinha algo mais importante a fazer, mas também um pouco amargo, porque há sempre algo mais importante. Acima de tudo, me deixa cansado. Ela não poderia ter simplesmente contado antes e me poupado de toda a culpa e amargura?

Às vezes acho que esses sentimentos são nossa língua comum.

～

A primeira parada é o templo Shree Siddhivinayak, um bolo de noiva todo enfeitado sendo atacado por uma horda de formigas turísticas. Yael e eu nos juntamos à multidão e forçamos passagem por um abafado salão dourado, indo até uma estátua do deus-elefante coberta de flores. Ele é vermelho, como se estivesse envergonhado, mas talvez seja só o calor.

– Ganesha – explica Yael.

– O removedor de obstáculos.

Ela aquiesce.

As pessoas colocam guirlandas de flores ao redor do santuário, cantam e rezam.

– Tem que fazer uma oferenda? – pergunto. – Para remover os obstáculos?

– Pode ser. Ou basta entoar um mantra.

– Que mantra?

– Existem vários.

Yael fica quieta por um tempo. Então, com uma voz baixa e limpa, entoa:

– *Om gam ganapatayae namaha.*

Ao fim, olha para mim, como se tivesse dito tudo de que precisava.

– O que quer dizer?

Ela inclina a cabeça.

– Já ouvi uma tradução mais grosseira que dizia algo como: *desperte.*

– Desperte?

Ela me encara por um segundo; temos os mesmos olhos, mas não faço ideia do que os de Yael mostram para ela.

– Não é a tradução que importa em um mantra. É a intenção. E é isso que dizemos quando buscamos um recomeço.

～

Depois do templo, chamamos um riquixá.

– Para onde, agora? – pergunto.

– Vamos almoçar com Mukesh.

Mukesh? O agente de viagens que reservou meus voos?

Passamos a meia hora seguinte em silêncio, costurando o trânsito e desviando de vacas, até finalmente chegar a um shopping meio empoeirado. Quando estamos pagando o motorista, um homem alto, grande e sorridente, usando uma camisa branca volumosa, sai de uma loja chamada *Viagens Internacionais.*

– Willem! – exclama, me cumprimentando calorosamente e segurando as minhas mãos. – Seja bem-vindo!

– Obrigado – respondo, olhando dele para Yael, que claramente evita o contato visual com ele, e me pergunto o que está acontecendo.

Os dois estão juntos? Isso é a cara dela, dar a ideia de estar apresentando um namorado, mas sem apresentá-lo como namorado, me deixando deduzir.

Mukesh pede ao motorista que espere e volta à agência de viagens para pegar um saco plástico. Subimos de volta no riquixá e avançamos por mais quinze minutos até o restaurante.

– É especializado em culinária do Oriente Médio – diz Mukesh, orgulhoso. – Como a mamãe.

Mukesh deixa o cardápio de lado e chama o garçom. Pede homus, folhas de uva, babaganoush e tabule.

Quando chega o primeiro prato de homus, ele me pergunta o que estou achando da comida indiana.

Conto sobre as dosas e pakoras que tenho comido nas barracas.

– Ainda não comi um bom curry.

– Vamos providenciar. É por isso que estou aqui.

Ele pega o saco plástico, que está cheio de folhetos coloridos.

– Como você não tem muito tempo aqui, sugiro que escolha uma região para explorar. Pode ser Rajastão, Kerala ou Uttar Pradesh. Tomei a liberdade de trazer alguns exemplos de itinerários.

Ele me entrega uma página impressa. É um itinerário para o Rajastão, com todas as informações: voos de ida e volta para Jaipur, traslados para Jodhppur, Udaipur e Jaisalmer. Tem até um passeio de camelo. O pacote para Kerala é parecido: voos, traslados, cruzeiros fluviais.

Estou confuso.

– A gente vai viajar? – pergunto a Yael.

– Ah, não, não – Mukesh responde por ela. – A mamãe precisa trabalhar. Esta é uma viagem especial para você, para garantir que sua estadia na Índia seja excelente.

Então entendo o olhar culpado. Mukesh não é um namorado, é de fato o agente de viagens. O encarregado de me trazer aqui, e também de se livrar de mim.

Pelo menos sei por que estou aqui. Não é para um recomeço. Foi um convite impulsivo, uma tolice, tanto fazer quanto aceitar – e uma tolice ainda maior foi ter pedido ajuda.

– Qual das viagens você prefere? – pergunta Mukesh.

Ele parece não fazer ideia da dinâmica espinhosa na qual se envolveu.

Sinto uma raiva quente e biliosa, mas a mantenho guardada até que se volte contra mim mesmo. Não é essa a definição de insanidade: fazer a mesma coisa várias vezes e esperar resultados diferentes?

– Esta aqui – digo, jogando um folheto sobre a pilha.

Nem olho para onde é. Não parece ser mesmo o propósito da viagem.

Vinte e quatro

MARÇO
Jaisalmer, Índia

São dez da manhã em Jaisalmer, e as pedras cor de areia da cidade-fortaleza refletem o sol do deserto. Os becos estreitos e as escadarias exalam o calor e a fumaça da queima do estrume matinal, o que, junto com os onipresentes camelos e vacas, dão à cidade um aroma particular.

Passo por um grupo de mulheres com olhos baixos e delineados de kohl, aparentemente tímidas, embora flertem de outras maneiras, com o esvoaçar dos sáris de cores vibrantes e o tilintar das tornozeleiras.

No pé da montanha, passo por várias barracas vendendo tecidos tradicionais. Paro em uma delas para observar uma tapeçaria roxa e espelhada.

– Gosta do que vê? – pergunta o rapaz atrás do balcão, que não demonstra que me conhece, exceto pelo brilho nos olhos.

– Talvez – respondo, sem me comprometer.

– Gosta de algo em particular?

– Estou de olho em uma coisa.

Nawal assente solenemente, sem nenhuma sugestão de sorriso, nenhum sinal de que tivemos essa mesma conversa nos últimos quatro dias. É como um jogo. Ou uma peça em que começamos a atuar quando encontrei a tapeçaria que queria – ou melhor, a que Prateek queria.

Após dois dias de viagem no Rajastão, quando eu ainda estava cheio de raiva e amargura, pensando se não seria melhor voltar logo para

Amsterdã, Prateek me enviou uma mensagem de texto com uma "proposta incrível!!!!!!!!!!!" – que, no fim das contas, não era assim tão incrível. Ele queria que eu comprasse artesanato do Rajastão para revender em Mumbai por um preço mais alto, e me reembolsaria o valor, depois dividiríamos os lucros. No começo eu disse que não, principalmente depois que ele me enviou a lista de compras. Mas um dia estava passeando em Jaipur e acabei indo parar no Bapu Bazaar. Sem muito o que fazer, comecei a procurar o tipo de sandálias de couro que ele queria; desde então não parei mais. Vasculhar os mercados atrás de especiarias, pulseiras e um tipo muito especial de chinelo deu à viagem um propósito, me permitindo esquecer que aquilo na verdade era um exílio. Assim, pedi a Mukesh que estendesse o exílio em uma semana. Agora, já estou fora há três semanas e vou voltar a Mumbai apenas alguns dias antes do voo de volta para Amsterdã.

Em Jaisalmer, Prateek me instruiu a comprar um tipo específico de tapeçaria conhecida na área. Tem que ser de seda, e vou saber que é seda quando queimar um fio e sentir cheiro de cabelo tostado. Precisa ser bordada; costurada, não colada. E vou saber que é costurada quando olhar o avesso e puxar um fio – que também deve ser de seda e testado com o fósforo. Além disso, não pode custar mais de 2 mil rupias, e é preciso negociar bastante. Prateek tem sérias dúvidas sobre minha capacidade de negociação, porque diz que dei muito dinheiro a ele pela corrida de táxi, mas garanti que já vi meu avô pagar a metade do valor de uma roda de queijo no Albert Cuyp Market, então deve estar no meu sangue.

– Você quer um chá enquanto escolhe? – pergunta Nawal.

Olho para baixo do balcão e vejo que, assim como ontem, o chá já está pronto.

Nesse ponto, o roteiro termina, e a conversa começa. Horas de conversa. Sento na cadeira de lona ao lado da de Nawal, e, como nos últimos quatro dias, batemos papo. Vou embora quando fica muito quente ou quando Nawal tem um cliente real. Antes disso, ele baixa o preço da tapeçaria em 500 rupias, uma garantia de que vou voltar e ele vai fazer o mesmo no dia seguinte.

Nawal derrama o chá de especiarias na panela de metal enfeitada. O rádio está sempre tocando o mesmo pop híndi maluco que Prateek ama.

– Vai ter jogo de críquete mais tarde. Se quiser ouvir – informa ele.

Tomo um gole de chá.

– Críquete? Sério? A única coisa mais chata que assistir a um jogo de críquete é ouvir um.

– Você só diz isso porque não entende o jogo.

Nawal adora me instruir sobre as coisas que não conheço. Não sei nada sobre críquete, futebol, as questões políticas entre a Índia e o Paquistão e a verdade sobre o aquecimento global, e certamente não entendo por que os casamentos por amor são inferiores aos arranjados. Ontem, cometi o erro de perguntar o que havia de tão errado com os casamentos por amor e tive que ouvir uma baita palestra.

– O índice de divórcios na Índia é o menor do mundo. No Ocidente, é de 50%. Isso *quando* as pessoas se casam – completou Nawal, revoltado. – Aqui, posso contar que meus avós, minhas tias, meus tios, meus pais e meus irmãos tiveram casamentos arranjados. Felizes. Duradouros. Meu primo quis casar por amor; depois de dois anos, sem filhos, a mulher o desgraçou.

– O que aconteceu?

– Eles não eram compatíveis. Estavam dirigindo sem mapa. Não se pode fazer uma coisa dessas. Tem que preparar tudo direito. Amanhã eu mostro.

Hoje, Nawal trouxe a cópia do mapa astral que fizeram para decidir se ele e a noiva, Geeta, são compatíveis. Nawal insiste que o mapa mostra seu futuro feliz com a noiva, um futuro determinado pelos deuses.

– Em assuntos como esses, temos que contar com forças mais poderosas que o coração humano – diz.

O mapa não é muito diferente das equações matemáticas de W. O papel está dividido em seções, cada uma com símbolos diferentes. Sei que W acredita que todas as questões da vida podem ser resolvidas por meio dos princípios matemáticos, mas até ele acharia isso um exagero.

– Você não acredita? Então cite um único casamento por amor que tenha durado.

Lulu me fez um desafio parecido. Quando estávamos sentados naquele café, discutindo sobre amor, ela me pediu para citar um casal que tivesse permanecido apaixonado, manchado. Eu respondi *Yael e Bram*. Os nomes simplesmente escaparam. E foi muito estranho, porque, em dois anos na estrada, eu nunca falara deles para ninguém, nem mesmo para as pessoas com quem viajara por bastante tempo. Assim que disse isso, quis contar *tudo* sobre eles, a história de como se conheceram, como pareciam peças de um quebra-cabeça encaixadas e como às vezes eu parecia não fazer parte daquela equação. Mas já fazia tanto tempo que não falava dos dois que eu não saberia mais como começar. Era estranho, mas pareceu outra coisa não dita que ela já sabia. Mesmo assim, queria ter contado tudo. Mais um arrependimento para a lista.

Estou prestes a falar deles para Nawal, dos meus pais, que tiveram um casamento espetacular cheio de amor. Mas, vai ver, estava no mapa como tudo acabaria. Eu me pergunto: se soubesse que esses 25 anos de amor acabariam com seu coração completamente destruído, você arriscaria? Não seria inevitável? Uma retirada tão grande de felicidade em algum momento vai exigir um depósito de igual valor. É a lei do equilíbrio universal.

– Acho toda essa coisa de amar um erro – continua Nawal. Então completa, quase como uma acusação: – Olha só para *você*.

– Qual é o *meu* problema?

– Você tem 21 anos e está sozinho.

– Não estou sozinho. Estou aqui com você.

Nawal me olha com pena, o que me lembra de que, por mais agradáveis que tenham sido os últimos dias, ele está aqui para vender, e eu, para comprar.

– Você não tem esposa. E aposto que já se apaixonou, aposto que já se apaixonou muitas vezes, como nos filmes ocidentais.

– Na verdade, eu nunca amei ninguém.

Nawal fica surpreso, e estou prestes a explicar que, embora eu nunca tenha amado, já me apaixonei várias vezes, que são entidades e sentimentos completamente distintos.

Mas então paro, porque, de novo, sou transportado dos desertos do Rajastão para aquele café em Paris. Quase posso ouvir o ceticismo na voz de Lulu quando digo a ela: *existe um abismo enorme entre* paixão *e* amor. Coloquei um pouco de Nutella no punho dela, supostamente para demonstrar meu argumento, mas, na verdade, era mais uma desculpa para sentir o gosto dela.

Lulu riu. Disse que era uma distinção falsa. *Você gosta mesmo é de vadiar. Não tem problema, mas pelo menos assuma.*

Sorrio ao me lembrar disso, embora Lulu, que acertara tanto a meu respeito, estivesse errada sobre isso. Yael, que tinha sido treinada como paraquedista nas Forças de Defesa de Israel, certa vez descreveu a sensação de pular do avião da seguinte forma: um arremesso violento pelo ar, vento por todos os lados, o corpo cheio de euforia, a velocidade, o estômago na garganta… e depois vem o pouso forçado. Sempre me pareceu a analogia perfeita para as garotas: o vento e a euforia, o arremesso veloz, o desejo, a queda livre. O fim abrupto.

Curiosamente, no entanto, aquele dia com Lulu não se pareceu com uma queda. Foi mais como uma chegada.

Nawal e eu bebemos chá, ouvimos música e conversamos sobre as eleições indianas e os torneios de futebol que estão por vir. O sol brilha através do teto de dossel, e ficamos quietos no calor. Nenhum cliente aparece a esta hora.

Meu celular interrompe o devaneio. É Mukesh. Ele é o único que me liga aqui na Índia. Prateek manda mensagens. Yael não entra em contato.

– Willem, está tudo excelente?

– Tudo uma maravilha – respondo.

Na hierarquia de Mukesh, maravilha está um nível acima de excelente.

– Ótimo. Não é para você se preocupar, mas estou ligando porque houve uma mudança de planos. O passeio de camelo foi cancelado.

– Cancelado? Por quê?

– Os camelos estão doentes.

– Doentes?

– Sim, sim, vomitando, com diarreia, um horror, um horror.

– Não tem como agendar outro passeio?

O passeio de camelo por três noites no deserto era a única parte do itinerário que eu de fato queria que acontecesse. Quando estendi minha viagem por uma semana, pedi a Mukesh que reagendasse a excursão.

– Eu tentei, mas, infelizmente, o próximo passeio só vai acontecer daqui a uma semana, o que faria você perder o voo para Dubai, na próxima segunda.

– Algum problema? – pergunta Nawal.

– Meu passeio de camelo foi cancelado. Os camelos estão doentes.

– Meu primo faz uma excursão. – Nawal já está pegando o celular. – Eu posso providenciar isso.

– Mukesh, acho que meu amigo vai agendar um outro passeio para mim.

– Ah, não! Willem! Isso é inaceitável! – O tom dele, sempre amigável, de repente fica brusco. Então, com uma voz mais suave, completa: – Eu já agendei o trem de volta para Jaipur hoje à noite e um voo para Mumbai amanhã.

– Hoje à noite? Por que a pressa? Eu ainda tenho uma semana.

Quando pedi a Mukesh para estender minha viagem ao Rajastão em uma semana, também pedi que agendasse o voo de volta a Amsterdã para alguns dias depois da data em que eu chegaria em Mumbai. Eu tinha cronometrado tudo para só ter que passar mais dois dias com Yael.

– Talvez eu possa ficar mais uns dias por aqui?

Mukesh estala a língua, o que, em seu dialeto particular, é exatamente o oposto de "maravilha". Ele começa a tagarelar sobre horários de voos e taxas de reagendamento, me alertando sobre o risco de eu ficar preso na Índia, caso não volte agora para Mumbai. Não há nada a fazer, a não ser concordar.

– Ótimo, ótimo. Vou enviar um e-mail com o itinerário – conclui ele.

– Meu e-mail não está funcionando direito. Fui bloqueado e tive que redefinir a senha, por isso várias mensagens recentes desapareceram. Parece que é um vírus que está rolando por aí.

– É, é o vírus Jagdish. – Ele estala a língua. – Você vai ter que criar uma conta nova. Enquanto isso, vou mandar uma mensagem de texto com o itinerário.

Desligo o telefone e pego a carteira dentro da mochila. Conto 3 mil rupias, a última oferta de Nawal. Ele fica boquiaberto.

– Tenho que ir – explico. – Esta noite.

Nawal vai para trás do balcão e pega um quadrado grosso embrulhado em papel pardo.

– Deixei reservado no primeiro dia, para ninguém comprar.

Ele rasga o papel e me mostra a tapeçaria.

– Botei uma coisinha extra aqui para você.

Nós nos despedimos. Desejo boa sorte no casamento.

– Eu não preciso de sorte; está escrito nas estrelas. Acho que quem precisa de sorte é você.

Isso me lembra de algo que Kate disse quando nos separamos, em Mérida: *Eu te desejaria sorte, Willem, mas acho que você precisa parar de contar com isso.*

Não sei qual dos dois está certo.

Arrumo minhas coisas e ando até a estação de trem sentindo o calor da tarde. A cidade está dourada no alto das colinas, e as dunas de areia ondulam atrás dela. Tudo isso me faz sentir melancólico, precocemente nostálgico.

O trem me deixa em Jaipur às seis da manhã do dia seguinte. Meu voo para Mumbai é às dez. Não tive tempo de criar uma nova conta de e-mail, e Mukesh não me mandou nenhuma mensagem sobre o aeroporto. Mando uma mensagem para Prateek, mas já faz dois dias que ele não me responde. Tento ligar.

Ele atende, distraído.

– Prateek, oi, é o Willem.

– Willem, cadê você?

– Em um trem. Estou com a sua tapeçaria.

Chacoalho o pacote.

– Ah, legal.

Para quem estava tão animado com o último empreendimento, ele parece estranhamente blasé.

– Está tudo bem?

– Mais que bem. Muito bem. Meu primo Rahul está gripado.

– Ah, que pena. Como ele está?

– Ele vai ficar bem, mas está de cama – explica Prateek, se animando. – Eu o estou ajudando. – Ele fala mais baixo, quase sussurrando: – Com os filmes.

– Os filmes?

– É! Eu procuro os *goreh* para atuar. Se eu conseguir dez, vão colocar meu nome nos créditos. Assistente do assistente do diretor de elenco.

– Parabéns!

– Obrigado – responde, formal. – Mas só se eu achar outros quatro. Amanhã, vou passar de novo no Exército da Salvação e talvez no aeroporto.

– Bom, se você estiver no aeroporto vai ser perfeito. Preciso de carona.

– Achei que você só voltasse no sábado.

– Mudança de planos. Volto amanhã.

Ficamos um tempo em silêncio, e Prateek e eu temos a mesma ideia.

– Você quer? – pergunta ele, no exato instante em que eu também pergunto:

– Você quer me chamar?...

Nossas risadas ecoam na linha. Passo os detalhes do voo e desligo. Lá fora, o sol está se pondo; uma chama brilha atrás do trem, e a escuridão se estende à frente. Pouco depois, já não há mais luz.

Mukesh reservou um assento-cama em um vagão com ar-condicionado, que a India Rail gela como se fosse um frigorífico. A cama não tem nada além de um lençol. Tremo de frio e me lembro da tapeçaria, grossa e quente. Desdobro o papel; algo pequeno e pesado cai dele.

É uma pequena estátua de Ganesha segurando seu machado e sua flor de lótus, com aquele seu sorriso, como se soubesse de algo que o restante de nós ainda não descobriu.

Vinte e cinco

Mumbai

O filme se chama *Heera Ki Tamanna*; a tradução aproximada é *Desejando um diamante*. É um romance com Billy Devali – um grande astro – e Amisha Rai – uma superestrela –, dirigido por Faruk Khan, que aparentemente é tão grande que dispensa apresentações. Prateek me conta tudo isso em um monólogo ofegante; ele não parou de falar desde que me arrancou da área de desembarque e me enfiou no carro, mal olhando para os vários produtos do Rajastão que comprei e pelos quais barganhei com tanto esmero nas últimas três semanas.

– Ah, Willem, esse era o plano antigo – diz, balançando a cabeça, consternado por precisar explicar esse tipo de coisa. – Agora estou trabalhando em Bollywood.

E conta que, ontem, Amisha Rai passou tão perto dele que seu braço roçou no sári dela.

– Sabe qual foi a sensação? – pergunta. Sem esperar resposta, responde:
– Foi como uma carícia dos deuses. Sabe qual era o cheiro?

Ele fecha os olhos e inspira. Ao que parece, o cheiro dela não precisa ser descrito em palavras.

– O que eu vou ter que fazer, exatamente?

– Você se lembra da cena depois do tiroteio no *Dil Mera Golmaal*?

Concordo com a cabeça. Era tipo *Cães de aluguel*, mas em um navio. Com gente dançando.

– De onde você acha que todas essas pessoas saíram?

– Da terra mágica dos *go-go dancers*?

– De diretores de elenco como eu. – Ele bate no peito.

– Diretor de elenco? Então é oficial! Você conseguiu as dez pessoas?

– Com você, são oito, mas eu chego lá. Você é tão alto, bonito e... branco.

– Talvez eu conte por dois? – debocho.

Prateek me encara como se eu fosse idiota.

– Não, você só conta como um, mesmo. Você é um homem só.

~

Chegamos à Film City, o subúrbio onde fica grande parte dos estúdios, e entramos em um complexo e depois no que parece um hangar enorme.

– Ah, a propósito, o pagamento – diz Prateek, com indiferença. – Tenho que dizer antes: são dez dólares por dia.

Não respondo. Eu não tinha planejado receber nada. Ele interpreta mal meu silêncio.

– Sei que não é muito para os ocidentais, mas você também vai comer de graça e ganhar alojamento, para não precisar ficar indo e voltando de Colaba toda noite. Por favor, por favor, diz que aceita.

– Claro. Não estou nessa pelo dinheiro.

Era exatamente isso que Tor costumava dizer sobre a Arte de Guerrilha. *Nós não estamos nessa pelo dinheiro*, mas quase sempre falava isso enquanto contava os ganhos da noite ou conferia a previsão do tempo no *International Herald Tribune*, tentando descobrir os lugares mais ensolarados – e lucrativos – para as apresentações.

Naquela época, eu estava ali pelo dinheiro, sim. Mesmo o pouco que ganhava com a Arte de Guerrilha me mantinha longe da minha casa nada acolhedora.

Engraçado como pouca coisa mudou.

~

No set, Prateek me apresenta a Arun, o assistente de diretor de elenco, que para de olhar para o celular por um instante a fim de me avaliar. Ele diz algo para Prateek em híndi, aquiesce e grita:

– Figurino!

Prateek me puxa pelo braço até a sala do figurino, que é basicamente uma série de araras cheias de ternos e vestidos, organizadas por uma mulher de óculos estressada.

– Encontre alguma coisa que sirva – ordena ela.

Não há nada que não seja pelo menos um palmo menor que o meu tamanho, o que é basicamente a minha diferença de altura em relação à maioria dos indianos. Prateek parece preocupado.

– Você tem terno? – pergunta.

A última vez que usei um terno foi no enterro de Bram. Não, não tenho.

– Qual é o problema? – indaga Neema, a figurinista, com irritação.

Prateek, submisso, pede desculpas pela minha altura, como se fosse uma falha de caráter.

Neema suspira, impaciente.

– Espere aqui.

Prateek olha para mim, alarmado.

– Espero que não mandem você embora. Arun acabou de dizer que uma das pessoas do ashram foi embora hoje de manhã, então voltei a sete.

Eu me curvo, me forçando a ficar mais baixo.

– Isso ajuda?

– Mesmo assim, o terno não vai caber – retruca ele, balançando a cabeça, como se eu fosse imbecil.

Neema volta com uma sacola de roupas. Dentro, há um terno azul intenso e reluzente, recém-passado.

– Isso é do guarda-roupa dos atores, trate de não estragar – adverte ela, me empurrando para uma área com cortinas para experimentá-lo.

O terno fica bom. Quando Prateek me vê, sorri.

– Você está tão chique – diz, admirado. – Vem, passa pelo Arun. Natural, natural. Ah, ele viu. Muito bom. Acho que o meu lugar nos créditos está quase garantido. E pensar que um dia serei como Arun.

– Sonhar não custa nada.

Foi uma brincadeira, mas sempre esqueço que Prateek interpreta tudo ao pé da letra.

– Ah, é mesmo. Não se paga nada pelos sonhos.

⌒

O cenário do filme é um falso bar de hotel com um piano de cauda bem no meio. Os astros indianos circulam na área onde são servidos os drinques, e, no fundo, se aglomeram os cerca de cinquenta figurantes. A maioria é de indianos, mas há uns quinze ou vinte ocidentais. Eu me posiciono ao lado de um indiano de smoking, mas ele estreita os olhos para mim e se afasta.

– São uns esnobes! – comenta, aos risos, uma garota ocidental magrinha e bronzeada de vestido azul brilhante. – Nem falam com a gente.

– É verdade – concorda um cara com dreadlocks amarrados em um elástico. – Sou Nash – se apresenta, estendendo a mão.

– Sou Tasha – completa a garota.

– Willem.

– Willem – repetem os dois, com uma voz sonhadora. – Você está no ashram?

– Não.

– Ah, imaginamos. Teríamos reconhecido alguém como *você* – afirma Tasha. – Você é tão alto. Tipo a Jules.

Nash assente. Eu também. Todos assentimos em relação à altura de Jules.

– O que vocês estão fazendo na Índia? – pergunto, retomando o idioma dos cartões-postais.

– Somos refugiados – explica Tasha. – Fugimos do materialista mundo da fama e das celebridades, os Estados Unidos. Estamos aqui para fazer uma limpeza espiritual.

– Aqui? – Indico o set, agitando os braços.

Nash ri.

– A iluminação não vem de graça. Na verdade, é bem cara. Estamos tentando ficar mais tempo. E você, cara? O que o traz a Bollywood?

– A busca pela fama, é claro.

Os dois riem.

– Quer ficar chapado? – pergunta Nash, pegando um baseado gordo.
– Aqui, a gente só espera. E eu espero muito melhor chapado.

Dou de ombros.

– Por que não?

Escapamos até o lado de fora, onde metade dos figurantes fuma seus cigarros à sombra. Nash acende o baseado, dá um tapa e passa para Tasha, que dá uma longa e profunda tragada antes de entregá-lo a mim. O haxixe é forte, e já faz um tempo que não fumo, então a onda bate imediatamente. Compartilhamos o baseado durante um tempo.

– Você é mesmo... alto, Willem – diz Tasha.

– É, acho que você já disse isso.

– Ah, você precisa conhecer a Jules – continua, com a fala arrastada. – Ela é alta. E canadense.

– Com certeza – responde Nash. – Genial essa ideia.

O mundo ficou um pouco desbotado, ultraluminoso e não para de girar.

– Quem é Jules? – pergunto.

– É uma garota – responde Nash. – Gatinha. Ruiva. Está no ashram, mas deve sair de lá em um ou dois dias. É alta. Ah, a Tasha já disse isso. Droga, lá vem o assistente de direção. Esconde o baseado.

Tasha segura o baseado entre os dedos quando um homem com cara de pássaro se aproxima e nos encara. Tasha é que está com a ponta, mas é para mim que ele olha. O homem pega o celular e tira uma foto minha. Depois, desaparece sem dar uma palavra.

– Ai, droga – comenta Tasha, rindo. – Fomos pegos.

– *Ele* foi pego – responde Nash. Então completa, parecendo ofendido: – Só tiraram foto dele.

– Quando tem haxixe, a culpa é sempre do holandês – explico.

– Ah, é verdade – aquiesce Nash.

– Agora estou paranoica – diz Tasha.

– Vamos voltar. Guarda o resto para mais tarde – sugere Nash.

Com um zumbido na minha cabeça, a espera do set parece ainda mais longa. Tento correr uma moeda de rupia pela mão durante alguns minutos, mas só consigo deixá-la cair. Pego o celular para jogar paciência, mas, em um estranho e chapado capricho, uso o aparelho da forma tradicional. Faço uma ligação.

– Alô... é o Willem – digo quando ela atende.

– Eu sei quem é – responde ela, a voz cheia de fúria. Até quando ligo me dou mal?

– Estou em um set de filmagem. Vou participar de um filme de Bollywood.

Silêncio. Yael nunca teve muita paciência para a "baixa cultura", com exceção do pop israelense brega ao qual não consegue resistir. Ela não gosta de filmes ou programas de TV. Com certeza acha as filmagens uma perda de tempo.

– E quando foi que você decidiu isso? – A voz dela é explosiva o suficiente para começar um incêndio.

– Ontem. Oficialmente, hoje de manhã.

– E nem pensou em avisar?

Talvez seja por causa do haxixe, mas rio alto. Porque é muito engraçado. Do jeito que as coisas absurdas são engraçadas.

Yael não concorda.

– O que é tão engraçado?

– O que é tão engraçado? Você querendo saber de mim, isso é bem engraçado. Depois de não dar a mínima sobre onde eu andava e se estava bem nos últimos três dias; depois de me trazer para a Índia e, após uma semana, se livrar de mim e não se dar ao trabalho de ligar nem uma vez. Não foi nem me buscar no aeroporto. Ah, eu sei que você teve uma emergência, algo mais importante, mas sempre tem alguma coisa mais importante, não tem? Então por que *agora* você precisa saber que estou fazendo um filme de Bollywood?

Paro. E é como se o efeito do haxixe tivesse passado, levando consigo a raiva – ou a coragem.

– Eu precisava saber – retruca Yael, com a voz controlada e furiosa –, para evitar ir até o aeroporto buscar você desta vez.

Quando ela desliga, olho para o celular. Há meia dúzia de chamadas não atendidas e mensagens de texto perguntando *Cadê você?*.

Mais uma chamada perdida. O resumo da minha vida.

Vinte e seis

Terminamos às oito e nos amontoamos em um ônibus precário por uma hora até um hotel com fachada de concreto, onde somos alojados em quartos para quatro pessoas. Acabo ficando com Nash, Tasha e Argin, outro acólito do ashram. Os três dividem um baseado e contam histórias repetidas sobre a tentativa de alcançar a iluminação. Eles me oferecem um trago, mas, depois do fiasco da discussão com Yael, não confio em mim mesmo. Acabo caindo no sono, mas sou acordado no meio da noite com o ranger entusiasmado do estrado da cama. Nash e Tasha. Ou talvez Argin também. É bem desagradável, mas também um pouco patético, porque não consigo pensar em nenhum outro lugar melhor para ir.

<hr>

O dia seguinte, no set, é mais do mesmo. Depois que visto o terno, falo com Prateek por meio segundo antes de ele sair correndo.

– Tenho que encontrar mais gente! – grita, de longe. – Ontem três foram embora. Hoje, preciso de quatro!

Neema me encara com um olhar vil. O assistente de direção me fotografa mais uma vez. Devem estar realmente preocupados com o terno.

Mais tarde, Prateek volta com os novatos, entre eles uma mulher de pernas longas e cabelos avermelhados com mechas cor-de-rosa.

– Jules! – gritam Nash e Tasha quando a veem.

Os três se abraçam e dançam em um pequeno círculo, e Tasha acena para mim.

– Jules, este é o Willem. A gente acha que ele é perfeito para você.

– Ah, é? – Ela revira os olhos de leve. É alta, não tanto quanto eu, mas quase. – Oi, eu sou a Jules, mas acho que você já sabe disso.

– Willem.

– Gostei do seu terno, Willem.

– Que bom. É um terno muito especial. Tão especial que não param de me fotografar para garantir que não vou estragá-lo.

– Dá para ver que você entende de roupas. Tenho que encontrar a sala do figurino. Você me mostra onde é?

– Com prazer.

Ela me dá o braço enquanto caminhamos até as araras.

– Então você já conhece o Nash e a Tasha...

– Tive o prazer de passar a noite com eles.

Ela faz uma careta.

– Eles transaram, não transaram?

Aquiesço. Ela balança a cabeça.

– Meus sentimentos.

Eu rio.

– Bom, vou ficar no seu quarto esta noite. Vou tentar consertar isso. – Ela me olha de cima a baixo. – Mas não desse jeito, se é o que você está pensando.

– Só estou pensando em arranjar umas roupas para você vestir – respondo.

– Sério? Me *vestir*?

Dou outra risada. Jules continua com o braço no meu, uma distração agradável da ressaca moral que estou sentindo desde a briga com Yael. Garotas sempre foram as melhores distrações.

Até uma delas se tornar a coisa da qual eu precisava me distrair.

Vinte e sete

Já passa das cinco da tarde quando finalmente começamos a filmar. A cena é um número musical, o momento em que o personagem de Billy Devali vê a de Amisha Rai pela primeira vez e fica tão apaixonado que começa a cantar e tocar piano. Nossa função é assistir, hipnotizados por essa autêntica demonstração de amor à primeira vista. No final, batemos palmas.

Passamos o restante do dia filmando. Quando terminamos, o assistente de direção nos pede para trabalhar por pelo menos mais dois dias. Prateek me puxa de lado para dizer que provavelmente vai ser mais do que isso e me pergunta se eu me importaria em ficar. Não me importo. Por mim, ficaria aqui até a hora de voltar para a Holanda.

Estamos de volta à fila do ônibus quando o assistente de direção me fotografa mais uma vez.

– Cara, eles estão realmente reunindo provas contra você – comenta Nash.

– Desta vez, não entendi. Não estou nem usando o terno.

Nesta noite, somos cinco no hotel: Nash, Tasha, Argin, Jules e eu. Divido um colchão no chão com Jules. Não rola nada. Pelo menos, não entre a gente, porque a presença dela não impede a ginástica noturna de Nash e Tasha. Mas, quando começa, ela morre de rir, e eu acabo rindo também.

Ela se vira para me encarar e sussurra:

– A desgraça é melhor quando compartilhada.

❦

No dia seguinte, estou na fila do almoço para pegar um pouco de dal e arroz quando o assistente de direção me dá um tapinha nas costas. Até me antecipo e poso para a foto, mas ele não está com a câmera. Em vez disso, me pede para acompanhá-lo.

– Você manchou o terno? – grita Jules.

Arun vem atrás, assim como Prateek, que parece aflito. Quanto pode valer esse terno?

– O que está acontecendo? – pergunto a Prateek, enquanto andamos pelo set em direção à fila de trailers.

– Faruk! Khan! – responde ele, disfarçadamente, soltando o nome como se fosse uma tosse.

– O que tem o Faruk Khan?

Antes que Prateek possa responder, sou puxado escada acima e enfiado em um dos trailers. Lá dentro, Faruk Khan, Amisha Rai e Billy Devali estão sentados em roda. Todos me olham pelo que parece uma eternidade, até que Billy finalmente diz, como em uma explosão:

– Viu? Eu não falei?

Amisha acende outro cigarro e levanta os pés descalços, cobertos por tatuagens de hena com desenhos de heras.

– Você está coberto de razão – diz ela, com um sotaque melódico. – Ele parece um ator de cinema americano.

– Ele parece aquele... – Billy estala os dedos – Heath Ledger.

– Só que vivo – completa Faruk.

Todos riem, concordando.

– Acho que o Heath Ledger era australiano – afirmo.

– Não importa – continua Faruk. – Você é de onde? Estados Unidos? Reino Unido?

– Holanda.

Billy faz careta.

– Você não tem sotaque.

– Fala quase igual a um britânico – diz Amisha. – Ou um sul-africano.

– Sul-africano seria mais assim – corrijo, demonstrando o sotaque seco.

Amisha junta as mãos.

– Ele sabe fazer sotaques!

– O africâner parece um pouco o holandês – explico.

– Você já trabalhou como ator?

– Não exatamente.

– Não exatamente? – pergunta Amisha, arqueando a sobrancelha.

– Fiz um pouco de Shakespeare.

– Você não pode falar "não exatamente" e depois contar que fez Shakespeare – diz Faruk, com desdém. – Qual o seu nome? Ou quer ser chamado de Sr. Não Exatamente?

– Eu prefiro Willem. Willem de Ruiter.

– Meio complicado – diz Billy.

– Não é um nome artístico muito bom – concorda Amisha.

– Pode mudar. Os americanos fazem isso.

– Como se os indianos não fizessem – retruca Amisha. – Não é, *Billy*.

– Eu não sou americano – interrompo. – Sou holandês.

– Ah, sim. Sr. De Ru… Willem – segue Faruk. – Não importa. A gente está com um problema. Um dos nossos atores ocidentais, um americano chamado Dirk Digby… ele mora em Dubai, não sei se você já ouviu falar dele…

Balanço a cabeça.

– Não importa. Parece que o Sr. Digby teve uns problemas de última hora com o contrato e precisou mudar de planos, o que nos deixou com uma oportunidade para um pequeno papel. É um personagem bem sombrio, um traficante de diamantes sul-africano que tenta cortejar nossa Srta. Rai, além de roubar os diamantes Shakti da família dela. Não é um papel grande, mas é importante, e estamos um pouco perdidos. Estamos atrás de alguém que possa interpretar esse papel, além de dizer algumas poucas falas em híndi e em inglês. Você tem facilidade com línguas?

– Tenho, sim, cresci falando várias.

– Ok, tente esta – pede Faruk, e lê uma fala para mim.

– Pode me dizer o que significa?

– Viu só? – diz Amisha. – Um bom ator sempre demonstra curiosidade. Acho que o Dirk nunca faz ideia do que está dizendo.

Faruk faz sinal para que ela não interfira e se vira para mim.

– Você está tentando impedir que a personagem de Amisha, Heera, se case com o Billy aqui, mas, no fundo, só quer os diamantes da família dela. A fala está em inglês, mas tem um pouco de híndi. Nessa parte, você diz a Heera que sabe quem ela é e que o nome dela significa diamante. Posso ler o texto para você repetir?

– Pode.

– *Main jaanta hoon tum kaun ho*, Heera Gopal. Heera significa diamante, não é? – diz Faruk.

– *Main jaanta hoon tum kaun ho*, Heera Gopal. Heera significa diamante, não é? – repito.

Eles me olham.

– Como você fez isso? – pergunta Amisha.

– Fiz o quê?

– Parece que você fala híndi fluentemente – explica Billy.

– Não sei. Sempre tive ouvido bom para línguas.

– É impressionante. – Amisha se vira para Faruk. – Você não precisaria cortar o diálogo.

Faruk me encara.

– São três dias de filmagens. Começa semana que vem aqui em Mumbai. Você vai ter que decorar as falas. Posso colocar alguém para te ajudar com a pronúncia do híndi e com as traduções, mas boa parte do texto está em inglês. – Ele acaricia a barba. – Posso pagar 30 mil rupias.

Paro para fazer a conversão.

Faruk interpreta meu silêncio como barganha.

– Ok, 40 mil rupias.

– Por quanto tempo eu teria que ficar?

– A filmagem começa na segunda e dura três dias – responde Faruk.

Tenho um voo para Amsterdã na segunda-feira. Será que eu quero ficar mais três dias? Mas Faruk continua:

– Vamos colocar você no hotel do elenco. Fica em Juhu Beach.

– Juhu Beach é ótimo – explica Billy.

– Eu vou embora na segunda. Tenho um voo marcado.

– Não pode remarcar o voo? – pergunta Faruk.

Tenho certeza de que Mukesh pode. E, se vão me colocar em um hotel, não preciso voltar ao Bombay Royale.

– Cinquenta mil – insiste Faruk –, mas é a minha oferta final.

– São mais de mil dólares, Sr. De Ruiter – informa Amisha, com uma risada rouca e uma baforada de cigarro. – Acho que é bom demais para recusar.

Vinte e oito

A produção me transfere imediatamente para um hotel luxuoso em Juhu Beach. A primeira coisa que faço é tomar um banho. Depois, conecto o celular, que está descarregado há um dia. Parte de mim espera ver uma mensagem de Yael, mas não recebi nenhuma. Penso em avisar que vou ficar mais tempo aqui, mas, depois da nossa última conversa, depois das últimas três semanas – ou dos últimos três anos –, sinto que essa informação não diz respeito a ela. Em vez disso, mando uma mensagem para Mukesh, pedindo a ele que prorrogue minha estadia por mais três dias.

Assim que envio a mensagem, ele me liga.

– Decidiu ficar mais tempo com a gente! – diz, parecendo satisfeito.

– Só alguns dias.

Explico que estava trabalhando como figurante e que ganhei um pequeno papel.

– Ah, isso é tão emocionante! A mamãe deve estar felicíssima.

– Na verdade, a *mamãe* não sabe.

– Não sabe?

– Não encontrei com ela. Eu estava hospedado nos estúdios, e agora estou em um hotel em Juhu Beach.

– Juhu Beach. Que chique. Mas você não encontrou a mamãe desde que voltou do Rajastão? Achei que iam se encontrar no aeroporto.

– Mudança de planos.

– Ah, entendo. – Ele faz uma pausa. – Quando você pretende ir?

– Começo na segunda, e as filmagens devem durar três dias.

– Por segurança, vamos considerar o dobro do tempo – afirma Mukesh. – Vou ver o que posso fazer.

Quando desligamos, pego o roteiro. Faruk escreveu traduções em inglês acima das falas em híndi, e alguém fez uma gravação da pronúncia para mim. Passo a tarde decorando o texto.

Quando termino, caminho pelo quarto. O ambiente é moderno e elegante, com banheira, chuveiro e uma cama de casal. Não durmo em um lugar assim há milênios, e me parece um pouco calmo demais, perfeito demais. Sento na cama e ligo a Hindi TV só para ter companhia. Peço jantar no quarto. À noite, não consigo dormir. A cama parece grande e macia demais, depois de tantos anos dormindo em trens, beliches, sofás, futons e na cama apertada de Ana Lucia. Sou como um daqueles náufragos que, resgatados e de volta à civilização, só conseguem dormir no chão.

Na sexta-feira, acordo e estudo as falas de novo. As filmagens só começam em três dias e parecem se estender à frente, infinitas como o mar azul--acinzentado que vejo pela janela. Fico até constrangido por me sentir tão aliviado quando meu celular toca.

– Willem, aqui é o Mukesh. Tenho notícias sobre os voos.

– Ótimo.

– Não consigo tirar você daqui antes de abril.

Ele enumera algumas datas.

– *O quê?* Por que vai demorar tanto?

– Bom, o que posso dizer? Todos os voos estão reservados por causa da Páscoa.

Páscoa? Em um país hinduísta e muçulmano? Solto um suspiro.

– Tem certeza de que não tem nada antes? Não me importo de pagar um pouco mais.

– Não tem mais nada. Esse é o melhor que posso fazer. – Ele parece ofendido.

– E se você comprasse uma nova passagem?

– Willem, são só algumas semanas, e os voos são caros nessa época do ano, sem contar que estão todos lotados – diz, em tom de reprimenda.

– São só alguns dias.

– Você pode continuar procurando? Para ver se vaga algum lugar?

– Claro, vou fazer isso.

Desligo e tento combater a sensação de desgraça iminente. Pensei que o filme me manteria aqui por apenas mais alguns dias, todos passados em um hotel. Agora, estou preso. Mas lembro que não preciso ficar aqui depois das filmagens. Nash, Tasha e Jules vão passar alguns dias em Goa, se conseguirem juntar dinheiro. Talvez eu vá junto. Talvez eu até pague a viagem.

Mando uma mensagem de texto para Jules: *Vocês ainda querem ir para Goa?*

Ela escreve de volta: *Só se eu não matar N&T até lá. Ontem à noite fizeram um barulho insuportável. Você é um traidor, um desertor.*

Olho para meu quarto de hotel, onde na noite anterior estava uma quietude insuportável. Tiro uma foto da vista da varanda e envio para Jules. *Aqui está bem calmo. E tem lugar para dois, se quiser desertar também*, escrevo.

Quero desertar. Diga onde está.

Algumas horas depois, alguém bate à porta. Abro, e Jules entra. Ela admira a vista e pula na cama. Pega o roteiro da mesa de centro.

– Quer me ajudar a ensaiar? – pergunto. – Está traduzido para o inglês.

Ela sorri.

– Claro.

Mostro onde começar. Ela pigarreia e muda de expressão.

– E quem você pensa que é? – pergunta Jules, arrogante, imagino que em uma tentativa de imitar Amisha.

– Eu às vezes me pergunto – respondo. – Na minha certidão de nascimento está escrito Lars von Gelder. Mas eu sei quem você é, Heera Gopal. Heera quer dizer diamante, não é? E você brilha tanto quanto seu nome.

– Eu não quero ficar discutindo meu nome, Sr. Von Gelder.

– Ah, então você sabe quem eu sou?

– Eu sei tudo o que me interessa.

– Então sabe que eu sou o maior exportador de diamantes da África do Sul e que entendo um pouquinho dessas pedras preciosas. Vejo mais a olho nu do que a maioria dos joalheiros enxerga com uma lupa. E, só de olhar, sei que você é um diamante perfeito, de muitos quilates.

– Dizem que o senhor está interessado no diamante da minha família, Sr. Von Gelder.

– Ah, estou, Srta. Gopal, estou. – Pauso por um segundo. – Mas não no diamante Shakti.

Ao fim do trecho, Jules larga o roteiro.

– Isto é bem brega, Sr. Gelder.

– É Von Gelder.

– Ah, desculpa, Sr. *Von* Gelder.

– Isso é muito importante, sabe? Os nomes – digo.

– Ah, é? E Jules é apelido de quê?

– Juliana? Como a rainha holandesa?

– Não.

Ela se levanta da cadeira e avança em minha direção, sorrindo enquanto senta em meu colo. Então me beija.

– Julieta?

Ela balança a cabeça, desabotoando a blusa.

– Não, não sou Julieta, mas posso deixar você ser o meu Romeu esta noite.

Vinte e nove

Jules vai embora na manhã seguinte, de volta a Pune e ao ashram com Nash e Tasha. Fazemos alguns planos vagos de nos encontrarmos em Goa na semana seguinte. Não chego a descobrir de que Jules é apelido.

Parece que estou de ressaca mesmo sem ter bebido, e me sinto solitário mesmo acostumado a ficar sozinho. Ligo para Prateek para saber o que ele vai fazer no fim de semana, mas ele diz que hoje vai ajudar a mãe em casa e amanhã tem um grande jantar em família com o tio. Passo o dia andando pela praia de Juhu Beach. Vejo um grupo de homens jogando futebol na areia e sinto saudade dos caras de Utrecht. Até que a saudade cessa, e é de Lulu que sinto falta. Minha solidão é um míssil à procura de calor, e ela é o calor. Sei que preciso desviar esse míssil, mas não consigo encontrar um novo alvo. Não sinto nem um pouquinho a falta de Jules.

No domingo, já estou ficando doido, me sentindo uma fera enjaulada. Decido pegar um trem para fora da cidade, passar o dia em algum outro lugar. Assim que abro o guia para procurar um destino, o celular toca. Praticamente salto para cima dele.

– Willem!

A voz jovial de Mukesh ecoa do outro lado da linha. Acho que nunca fiquei tão feliz de falar com ele.

– O que você vai fazer hoje?

– Eu estava tentando descobrir. Pensei em fazer um bate e volta em Khandala.

– Khandala é muito legal, mas fica difícil ir e voltar no mesmo dia. Só saindo bem cedo. Se quiser, posso mandar um motorista para voltar no dia seguinte. Tenho uma proposta diferente. E se formos dar uma volta?

– Sério?

– Claro. Mumbai tem vários templos lindos, lugares menores que os turistas quase não visitam. Minha esposa e os meus filhos estão fora, então tenho o dia livre.

Aceito de bom grado; ao meio-dia, Mukesh passa para me pegar em um Ford pequeno e velho para rodarmos por Mumbai. Paramos em três templos diferentes, onde vemos rapazes fazendo ioga e velhos sadhus meditando em oração. A terceira parada é um templo jainista, onde os acólitos varrem o chão à frente dos próprios pés enquanto caminham.

– Eles fazem isso para afastar os seres vivos da frente e não tirar nenhuma vida sem querer – explica Mukesh. – Tão cuidadosos com a vida quanto a mamãe.

– Claro. Mamãe é praticamente jainista – respondo. – Ou talvez ela queira se tornar a nova Madre Teresa.

O olhar de compaixão de Mukesh me dá tanta raiva que tenho vontade de quebrar alguma coisa.

– Você sabe como eu conheci a mamãe, não sabe? – pergunta ele enquanto caminhamos por uma passagem do templo.

– Imagino que tenha algo a ver com o fascinante mundo das viagens aéreas.

Estou sendo injusto com Mukesh, mas esse é o preço que ele paga por bancar o mensageiro dela.

Ele balança a cabeça.

– Isso veio depois. Eu estava com minha própria mamãe, que tinha câncer. – Mukesh estala a língua. – Ela estava fazendo todos os tratamentos com um médico de primeira, mas a doença estava nos pulmões, não tinha muito que o doutor pudesse fazer. Estávamos voltando do especialista, um dia, esperando um táxi, mas Amma, minha mamãe, estava muito fraca e tonta e acabou caindo na rua. A sua mamãe estava perto e correu para ajudar. Contei a ela sobre a doença de Amma, que era terminal – ele abaixa a voz quase em um sussurro –, mas sua mamãe me falou sobre várias coisas que poderiam ajudar. Não a curar, mas a diminuir as tonturas e fraquezas. E ela foi até minha casa todas as semanas, com suas agulhas e massagens, e ajudou muito. Quando chegou a hora da minha Amma, a passagem para a outra vida foi muito mais tranquila, graças à sua mamãe.

Eu sei o que Mukesh está fazendo. Está tentando me explicar como é minha mãe, assim como Bram fazia, quando queria justificar o fato de ela parecer tão fria e distante. Era ele quem me contava, baixinho, as histórias de Saba, que ficou devastado depois da morte da mãe de Yael, Naomi. Dizia que Saba se tornou superprotetor, paranoico – ou talvez superprotetor *e* paranoico –, e não deixava Yael fazer as coisas mais simples, como nadar em uma piscina pública ou levar uma amiga em casa, forçando a filha a fazer checklists para todos os tipos de emergências.

– Yael jurou que seria diferente – explicava Bram. – Que as coisas seriam diferentes para você. Não seriam opressivas.

―❧―

Depois da visita aos templos, vamos almoçar. Eu me sinto mal pela forma como tratei Mukesh, então quando ele diz que tem uma coisa extra e especial para me mostrar – algo que os turistas quase não veem –, colo um sorriso no rosto e exagero na animação. Vamos cruzando Mumbai, e as ruas ficam mais cheias. Bicicletas, riquixás, carroças puxadas por burros, vacas e mulheres com trouxas na cabeça convergem para as ruas asfixiadas que não parecem ter sido construídas para todo esse tráfego. Os prédios sofrem da mesma síndrome; uma mistura de arranha-céus e casebres transbordam com rios de pessoas, que dormem sobre tapetes, penduram roupas no varal e cozinham em pequenas fogueiras fora de casa.

Descemos por um beco estreito e úmido, que de alguma forma

consegue se esconder da reluzente luz do sol. Mukesh aponta para a fila de jovens mulheres de pé, com sáris esfarrapados.

– Prostitutas – diz.

Paramos no fim do beco. Eu me volto para as prostitutas. Algumas são mais novas que eu. Todas têm olhos vazios, que por algum motivo me deixam constrangido. Mukesh aponta para um prédio baixo e largo de concreto com o nome escrito tanto na sinuosa caligrafia híndi quanto nas sisudas letras de forma do inglês e anuncia:

– Chegamos.

Olho a placa. MITALI. Soa vagamente familiar.

– Que lugar é este?

– A clínica da mamãe, claro.

– A clínica de Yael? – pergunto, alarmado.

– É, achei que a gente podia fazer uma visita.

– Mas, mas... – repito, procurando alguma desculpa. – É domingo – digo, finalmente, como se o problema fosse o dia da semana.

– As doenças não tiram folga. – Mukesh aponta para uma pequena casa de chá na esquina. – Eu espero ali. – E, então, desaparece.

Fico parado um tempo em frente à clínica. Uma das prostitutas, que não parece ter mais de 13 anos, vem andando na minha direção. Como não posso suportar a ideia de ser confundido com um cliente, abro a porta da clínica com força. Entro e dou de cara com uma velha agachada. Há gente por todos os lados, muitas pessoas com ataduras improvisadas e bebês apáticos, algumas cochilando em estrados no chão. As pessoas também aguardam, acampadas, nas escadas de cimento e do lado de fora da sala de espera, dando um novo sentido ao nome do cômodo.

– Você é o Willem?

De trás da divisória de vidro, uma indiana de jaleco me encara, muito séria. Dois segundos depois, abre a porta da sala de espera. Todos os olhos se voltam para mim. A mulher diz algo em híndi ou marata, e vejo as pessoas assentindo com a cabeça, o que também dá um novo sentido à palavra *paciente*.

– Eu sou a Dra. Gupta – diz, com uma voz enérgica e eficiente, mas amistosa. – Trabalho com a sua mãe. Vou chamá-la. Você quer um chá?

– Não, obrigado.

Tenho a sensação nauseante de que tudo isso é uma grande piada, e eu sou o único que ainda não entendeu.

– Ok, ok. Espere aqui.

Ela me leva até uma pequena sala sem janelas com uma maca rasgada, e sou atropelado por lembranças. A última vez que estive em um hospital, em Paris. Antes disso, em Amsterdã. Yael ligou para o alojamento estudantil de manhã bem cedo, me pedindo para voltar para casa. Bram estava doente.

Não entendi a urgência. Tinha visto meu pai uma semana antes. Estava um pouco abatido, com dor de garganta, mas Yael estava cuidando dele com os chás e as tinturas de sempre. Eu tinha prova naquele dia. Perguntei se poderia ir depois.

– Venha agora – dissera ela.

No hospital, Yael ficou em um canto enquanto três médicos – do tipo tradicional, com estetoscópios e expressões cautelosas – me cercavam em um pequeno círculo sombrio para explicar que Bram contraíra um tipo raro de bactéria e entrara em choque séptico. Os rins tinham parado de funcionar e o fígado também estava falhando. Estavam fazendo o possível; Bram estava em diálise, e o corpo era bombeado com os mais poderosos antibióticos, mas até agora nada adiantara. Eu precisava me preparar para o pior.

– Eu não entendo... – respondi.

Na verdade, nem eles entendiam. Só conseguiam dizer que era um daqueles casos de um em um milhão.

Uma probabilidade reconfortante, a não ser quando você é justamente esse um.

Foi como descobrir que o mundo era feito da mesma seda pegajosa das teias de aranha e poderia ser destruído a qualquer momento. Como se estivéssemos à mercê do destino. O que parecia inconcebível, mesmo quando Bram falava de acidentes.

Lembro-me de olhar para minha mãe, a poderosa Yael, implorando para ela intervir, se meter, tomar conta de Bram do jeito que sempre fizera, mas ela se encolheu naquele canto sem dizer uma palavra.

– *Faça alguma coisa, droga!* – lembro-me de gritar. – *Você tem que fazer alguma coisa!*

Mas ela não fez nada. Nem tinha como. Dois dias depois, Bram se foi.

~

– Willem.

Eu me viro e a vejo. Sempre a achei tão assustadora, mas agora noto que, na verdade, é pequena, não bate nem no meu ombro.

– Você está chorando – observa.

Toco meu rosto e percebo que está banhado em lágrimas. Fico mortificado. E ainda por cima na frente dela! Eu me afasto. Quero sair correndo. Sair desta clínica. Sair da Índia. Esquecer as filmagens, o atraso do voo. Vou comprar outra passagem. Não precisa ser para Amsterdã. Quero ir para qualquer lugar que não seja aqui.

Sinto o toque de suas mãos, que me viram para ela.

– Willem. Por que você está perdido?

É chocante ouvir estas palavras, as minhas palavras. Ela lembra.

Mas como posso responder? Como posso responder, se passei os últimos três anos perdido? Muito mais do que jamais pensei que pudesse ficar. Eu me lembro de uma das histórias que Bram contava; na verdade era uma história de terror, de quando Yael era criança. Tinha 10 anos, e Saba a levara para acampar no deserto. Só os dois. Quando o sol começou a deitar, Saba disse que voltava logo e a deixou com um daqueles checklists para emergências. Yael estava apavorada, mas sabia fazer uma fogueira, preparar o jantar, montar o acampamento e se defender. Quando Saba voltou no dia seguinte, Yael gritou com ele: *Como pôde me deixar aqui sozinha?* E Saba respondera: *Você não ficou sozinha. Eu estava observando o tempo todo. Só queria ver se estava preparada.*

Por que ela não me preparou? Por que não me contou da lei do equilíbrio universal antes que eu descobrisse sozinho? Se ela tivesse feito isso, talvez eu não sentisse tanta falta de tudo.

– Eu sinto falta… – começo, mas não consigo organizar as palavras.

– Você sente falta de Bram.

É claro que sinto. Sinto falta do meu pai. Do meu avô. Da minha casa.

E sinto falta da minha mãe. Mas o fato é que, por quase três anos, consegui não sentir falta de nenhum deles. Até passar um dia com aquela garota. Apenas um dia. Um dia observando a respiração dela debaixo das nuvens que se movimentavam sobre aquele parque, me sentindo tão calmo que também acabei caindo no sono. Um dia sob a proteção dela – ainda posso sentir sua mão na minha enquanto corríamos pelas ruas, depois que ela jogou o livro nos skinheads, me segurando tão forte que parecia que éramos uma só pessoa. Um dia sendo o beneficiário da estranha generosidade de Lulu, com o passeio de barca, o relógio, a franqueza, sua disposição em demonstrar medo, coragem... Era como se ela se entregasse completamente a mim; como resultado, dei a ela mais de mim do que pensei ser possível. Até que ela se foi. E só depois de me ver todo preenchido por ela, naquele dia, entendi o quanto estava vazio.

Yael me observa por um longo momento.

– De quem mais você sente falta? – pergunta, como se já soubesse a resposta.

– Não sei – digo.

Ela parece frustrada, como se eu estivesse escondendo alguma coisa, mas não é isso, e eu não quero esconder mais nada. Então explico:

– Eu não sei o nome dela.

Yael me olha, por um lado surpresa, por outro, não.

– O nome de quem?

– De Lulu.

– Mas *isso* não é um nome?

Então conto a história toda. Sobre como encontrei essa garota, essa estranha sem nome, para quem eu não mostrei nada, mas que viu tudo. Digo que, desde que a perdi, me sinto desamparado. O alívio de contar isso para minha mãe é quase tão grande quanto o alívio que senti ao conhecer Lulu.

Quando termino, olho para Yael e fico chocado de novo, porque ela está fazendo uma coisa que só a vi fazer na cozinha, enquanto picava cebolas.

Minha mãe está chorando.

– Por que *você* está chorando? – pergunto, deixando escorrer novas lágrimas.

– Porque lembra o dia em que conheci Bram – responde ela, rindo entre os soluços.

Claro que parece. Pensei nisso todos os dias desde que conheci Lulu. Até me perguntei se não era por isso que não conseguia esquecê-la. Porque essa história é como a de Yael e Bram.

– Só tem uma diferença.

– O quê? – pergunta ela, enxugando os olhos.

O detalhe mais importante. Eu deveria ter me precavido, depois de ouvir Bram contar a história deles tantas vezes.

– Era para eu ter dado o meu endereço.

Trinta

ABRIL
Mumbai

Como Mukesh previra, as filmagens levam o dobro do tempo planejado, então passo seis dias vivendo o prazer de me tornar Lars von Gelder. E, para minha surpresa, é isso mesmo: um prazer. No set, já de figurino, com Amisha e os outros atores na minha frente, as falas bregas em híndi de Lars von Gelder já não parecem tão bregas. Nem soam mais como uma língua estrangeira. Elas deslizam da boca como se eu de fato fosse esse homem calculista e manipulador que diz uma coisa, mas na verdade quer dizer outra.

Entre as tomadas, descanso no trailer de Amisha, ouvindo elogios dela e de Billy.

– Estamos todos muito impressionados com a sua habilidade – comenta Amisha. – Até Faruk, mas ele nunca vai admitir.

E não admite mesmo. Pelo menos, não desse jeito direto. Mas, no fim de cada dia de filmagens, me dá um tapinha nas costas e fala:

– Nada mau, Sr. Não Exatamente.

Eu me encho de orgulho. Chega o último dia, e sei que acabou quando em vez de dizer "nada mau", ele diz "bom trabalho" e me agradece.

E é isso. Na semana que vem, Amisha e os atores principais vão para Abu Dhabi rodar as cenas finais. E eu? Ontem, recebi uma mensagem de texto de Tasha. Ela, Nash e Jules estão em Goa, e me chamaram para ir. Mas não vou.

Tenho mais algumas semanas aqui e quero passar esse tempo com minha mãe.

Na primeira noite de volta ao Bombay Royale, chego tarde. Chaudhary está roncando atrás da mesa, e subo direto as escadas até o quinto andar, em vez de acordá-lo. Yael também está dormindo, mas deixou a porta aberta para mim. Sinto uma mistura de alívio e decepção. Não nos falamos direito depois daquele dia na clínica, e não sei o que esperar desse convívio. As coisas mudaram? Passamos a falar a mesma língua?

Na manhã seguinte, ela me acorda com uma leve sacudida.

– Oi – digo, piscando os olhos.

– Oi – responde ela, quase tímida. – Queria saber, antes de sair para o trabalho, se você quer me encontrar hoje à noite para um Seder. É a primeira noite do Pessach.

Por um segundo, acho que ela está brincando. Quando eu era criança, só comemorávamos os feriados seculares: Ano-Novo, Dia da Rainha. Nunca tivemos um Seder. Eu nem sabia o que era isso antes de Saba começar a nos visitar e me falar sobre todos os feriados que ele comemorava e que Yael também celebrava, quando criança.

– Desde quando você vai ao Seder?

Minha pergunta é hesitante, porque sei que toca em uma parte sensível da infância dela.

– Já faz dois anos. Uma família americana abriu uma escola perto da clínica, e queriam fazer um Seder, ano passado. Eu era a única judia que conheciam, então me imploraram para ir, dizendo que se sentiriam desconfortáveis de fazer uma cerimônia dessas sem nenhum judeu presente.

– Eles não são judeus?

– Não. São cristãos. Missionários, inclusive.

– Sério?

Ela balança a cabeça, sorrindo.

– Descobri que ninguém gosta tanto de um feriado judeu quanto um fundamentalista cristão.

Ela ri, e não consigo me lembrar da última vez que a vi fazendo isso.

– Acho que vai ter uma freira também.

– Uma freira? Isso parece uma piada do tio Daniel. Uma freira e um missionário estão em um Seder...

– Teriam que ser três pessoas. Uma freira, um missionário e um imame estão em um Seder...

Imame. Lembro-me de uma das garotas muçulmanas de Paris e, de novo, de Lulu.

– Ela também era judia – conto. – A minha garota americana.

Yael ergue a sobrancelha.

– É mesmo? – Ela levanta as mãos para o alto. – Bom, talvez ela também participe de um Seder hoje à noite.

Eu não tinha pensado nisso, mas, assim que ouço aquilo, tenho a estranha sensação de que aquelas palavras fazem sentido. E, por um instante, mesmo com estes dois oceanos e tudo o mais entre nós, Lulu já não me parece tão distante.

Trinta e um

Os Donnelly, a família que está oferecendo o Seder, moram em uma ampla casa de estuque branco com um campo de futebol improvisado na frente. Quando chegamos, um monte de gente loira sai porta afora, entre eles três garotos que Yael já havia me advertido serem impossíveis de distinguir. Entendo de cara o motivo: fora a altura, são idênticos, todos os três despenteados, compridos e desajeitados, com pomos-de-adão protuberantes.

– Um deles é Declan, o outro é Matthew, e acho que o menor é Lucas – diz Yael, mas isso não ajuda muito.

O mais alto quica uma bola de futebol.

– Está a fim de um joguinho?

– Não vá ficar imundo, Dec – diz a loura.

Ela sorri.

– Oi, Willem. Meu nome é Kelsey. Esta é a irmã Karenna – diz, apontando para a senhora sorridente usando um hábito católico.

– Bem-vindo, bem-vindo – cumprimenta a freira.

– Eu sou Paul – diz um homem de bigode e camisa com estampa havaiana, me puxando para um abraço. – Você é a cara da sua mãe.

Yael e eu nos entreolhamos. Ninguém nunca disse isso.

– São os olhos – explica Paul e se vira para Yael. – Ficou sabendo do surto de cólera na favela de Dharavi?

Os dois enveredam pelo assunto, e eu vou jogar bola com os irmãos. Eles contam que têm discutido o Pessach e o Êxodo durante toda a semana, como parte dos estudos. Eles estudam em casa.

– A gente até fez matzá em uma fogueira – conta Lucas, o menor.

– Então vocês sabem mais do que eu – digo.

Os garotos riem, como se eu estivesse brincando.

Depois de um tempo, Kelsey nos chama para entrar. A casa lembra um mercado de pulgas, com um pouquinho disso, um tantinho daquilo. Uma mesa de jantar em um canto, um quadro-negro em outro... Listas de tarefas nas paredes, junto com imagens de Jesus, Gandhi e Ganesha. Um aroma de carne assada enche a casa.

– O cheiro está maravilhoso – comenta Yael.

Kelsey sorri.

– É perna de cordeiro assada, recheada com maçãs e nozes. – Ela se vira para mim. – A gente tentou encontrar peito bovino, mas aqui é impossível.

– Por causa da história da vaca ser sagrada e tal – explica Paul.

– Então escolhemos esta receita israelense – continua Kelsey. – Quer dizer, pelo menos segundo o site onde a achamos.

Yael fica um tempo quieta.

– É o que a minha mãe teria feito.

A mãe de Yael, Naomi. Ela escapou dos horrores que Saba viveu para ser atropelada por um caminhão de entregas, depois de deixar Yael na escola. É a lei do equilíbrio universal. Você escapa de um horror, mas é atropelado por outro.

– Do que mais você se lembra? – pergunto, hesitante. – Sobre Naomi.

Outro nome que não podia ser mencionado quando eu era criança.

– Ela cantava – responde Yael, em voz baixa. – O tempo todo. E no Seder também. Antigamente, tinha muita música no Seder. E muita gente. Quando eu era criança, a casa ficava cheia, mas parou de ser assim. Depois éramos só nós... – Ela hesita. – Já não era tão animado.

– Então hoje à noite vamos cantar – decide Paul. – Alguém pega meu violão?

– Ah, não! O violão, não – brinca Matthew.

– Eu gosto do violão – intervém Lucas.

– Eu também – concorda Kelsey. – Lembra quando a gente se conheceu.

Os olhos dela e de Paul se encontram, contando uma história silenciosa, da mesma forma que os de Yael e Bram costumavam fazer, e sinto o chamado da nostalgia.

– Vamos sentar? – convida Kelsey, gesticulando para a mesa.

Ocupamos nossos lugares.

– Sei que enfiei você em outra cilada, mas, Yael, você se importa de conduzir? – pergunta Paul. – Estou estudando desde o ano passado, mas acho que você é a mais indicada. Ou então a irmã Karenna.

– O quê? Vocês querem que eu conduza? – pergunta a irmã Karenna, se levantando de repente.

– Ela é meio surda – explica Declan, com um sussurro.

– Você não tem que fazer nada a não ser relaxar, irmã! – diz Kelsey, quase gritando.

– Eu conduzo – fala Yael. – Se você me ajudar, Paul.

– Vamos trabalhar em equipe – concorda Paul, piscando para mim.

Mas Yael parece não precisar de ajuda. Ela recita uma oração de abertura sobre o vinho com uma voz clara e forte, como se fizesse isso todos os anos. Então se vira para Paul.

– Quer explicar por que comemoramos o Seder?

– Claro.

Paul pigarreia e inicia uma longa e elaborada explicação sobre como o Seder foi criado para comemorar o êxodo dos judeus do Egito, a fuga da escravidão, o retorno à Terra Prometida e os milagres que tornaram isso tudo possível.

– Ainda que isso tenha acontecido há milênios, até hoje os judeus recontam essa história todos os anos e se regozijam com esse triunfo. Por isso eu quis me envolver nessa celebração, porque não apenas celebramos a história, mas também lembramos o preço e o privilégio da libertação. – Ele se vira para Yael. – Falei certo?

Ela assente, então completa:

– É uma história que repetimos porque queremos ver repetida.

O Seder continua. Proferimos bênçãos sobre o matzá, comemos

legumes mergulhados em água salgada e depois ervas amargas. Kelsey serve a sopa.

– Não é kneidlach, é mulligatawny – explica. – Espero que a lentilha esteja boa.

Enquanto tomamos a sopa, Paul sugere que, como o objetivo do Seder é recontar uma história de libertação, todos falemos sobre um momento de nossa vida em que escapamos de algum tipo de opressão.

– Ou escapamos de qualquer coisa, na verdade.

Ele começa narrando sua antiga vida, com bebida, drogas, triste e sem rumo, até aceitar Deus. Depois, conheceu Kelsey, e tudo ganhou um novo sentido.

Irmã Karenna fala em seguida, contando como escapou da brutalidade da pobreza, sendo acolhida por uma escola da igreja, e que depois se tornou freira para servir ao próximo.

Chega a minha vez. Faço uma pausa. Meu primeiro instinto é contar a história de Lulu, porque, de verdade, naquele dia senti que tinha escapado do perigo.

Mas decido contar outra história. Em parte porque não acho que tenha sido contada em voz alta desde que ele morreu. A história de uma garota pegando carona com dois irmãos e 3 centímetros que selaram nossos destinos. Não fui eu quem escapou, foi ela, mas é a minha história. É o conto de fundação da nossa família. Como Yael falou sobre o Seder, é uma história que eu repito porque quero ver repetida.

Trinta e dois

Na noite anterior à volta a Amsterdã, Mukesh me liga para repassar todos os detalhes do voo.

– Coloquei você perto de uma saída de emergência. Vai ser mais confortável, já que você é tão alto. Se bem que, se contar para eles que é um astro de Bollywood, é capaz de ser transferido para a classe executiva.

Eu rio.

– Vou tentar.

– Quando o filme sai?

– Não sei direito. Acabaram de filmar agora.

– Engraçado como isso tudo aconteceu.

– Eu estava no lugar certo, na hora certa.

– É, mas você não estaria no lugar certo e na hora certa se não tivéssemos cancelado seu passeio de camelo.

– Mas você disse que foram eles que cancelaram, que os camelos estavam doentes.

– Ah, não, os camelos estavam ótimos. A mamãe me pediu para trazer você de volta mais cedo. – Ele baixa o tom: – Também tinha um monte de voos para Amsterdã antes de amanhã, mas, como você desapareceu para fazer o filme, a mamãe me pediu para segurar você aqui mais um pouquinho. – Ele ri entre dentes. – Para estar no lugar certo, na hora certa.

190

Na manhã seguinte, Prateek aparece para nos levar ao aeroporto. Chaudhary arrasta os pés até o meio-fio para nos ver partir, sacudindo um dedo enquanto nos lembra das tarifas de táxi estipuladas por lei.

Sento no banco de trás desta vez, porque Yael está conosco. Ela fica em silêncio durante o trajeto, e eu também. Não sei bem o que dizer. Fiquei abalado com a confissão de Mukesh, na noite passada, e quero falar sobre isso, mas não sei se devo. Se ela quisesse que eu soubesse, teria contado.

– O que você vai fazer quando chegar lá? – pergunta ela, depois de um tempo.

– Não sei.

Eu realmente não faço ideia. Ao mesmo tempo, estou pronto para voltar.

– Onde vai ficar?

Dou de ombros.

– Posso ficar umas semanas no sofá do Broodje.

– No sofá? Achei que você estivesse morando lá.

– Eles alugaram meu quarto.

Mesmo que não tivessem alugado, todo mundo vai se mudar no fim do verão. W vai morar com Lien em Amsterdã. Henk e Broodje vão dividir um novo apartamento. *É o fim de uma era, Willy*, escreveu Broodje em um e-mail.

– Por que não fica em Amsterdã?

– Porque eu não tenho onde ficar lá.

Nós nos encaramos e é como se estivéssemos reconhecendo esse fato. Até que ela ergue a sobrancelha.

– Nunca se sabe.

– Não se preocupe. Eu vou arrumar algum lugar.

Olho pela janela. O carro está subindo a rodovia. Sinto que Mumbai está ficando para trás.

– Você vai continuar procurando por ela? Pela garota?

Ela diz *continuar procurando*, como se eu não tivesse parado, e percebo que, de alguma forma, não parei. Talvez seja esse o problema.

– Que garota é essa? – pergunta Prateek, surpreso.

Nunca falei de Lulu para ele.

Olho para o painel, onde Ganesha dança sem parar, como fez quando vim do aeroporto pela primeira vez.

– Ei, mãe. Como era mesmo o mantra? O do templo do Ganesha?

– *Om gam ganapatayae namaha?*

– Este mesmo.

Prateek o entoa do banco da frente.

– *Om gam ganapatayae namaha.*

Eu repito:

– *Om gam ganapatayae namaha.*

Faço uma pausa; o som flutua pelo carro.

– É isso que eu estou procurando. Novos começos.

Yael se aproxima para tocar minha cicatriz, que está mais clara graças aos emplastros que fez. Ela sorri. De repente, me ocorre que eu posso já ter conseguido o que pedi.

Trinta e três

MAIO

Amsterdã

Uma semana depois de voltar da Índia, enquanto ainda estou acampado no sofá da Bloemstraat, tentando me adaptar ao novo fuso e decidir qual vai ser meu próximo passo, recebo uma ligação improvável.

– Ei, garotinho. Quando você vem tirar estas tralhas do meu sótão?

Isso sem nenhuma introdução ou prelúdio. Não que eu precise. Não nos falamos há anos, mas conheço esta voz. É muito parecida com a do irmão dele.

– Tio Daniel! Oi. Onde você está?

– Onde eu estou? Na minha casa. No meu sótão. Onde você deixou suas tralhas.

Isso é uma surpresa. Durante toda a minha infância, nunca vi Daniel no apartamento. É no prédio da Ceintuurbaan onde ele morou com Bram. Na época, era uma ocupação. Era lá que viviam quando Yael bateu à porta, e tudo mudou.

Seis meses depois, Bram e Yael se casaram e se mudaram para outro apartamento. Passaram um ano juntando dinheiro para comprar um barco velho e quebrado no Nieuwe Prinsengracht. Daniel ficou na ocupação. Acabou conseguindo um contrato de arrendamento e depois comprou o imóvel da prefeitura por uma ninharia. Ao contrário de Bram, que consertou o barco tábua por tábua até que o lugar se tornasse "a

193

Bauhaus dos canais", Daniel manteve o apartamento em seu estado bruto de ruína anarquista e o alugou. Não conseguiu quase nada pelo aluguel.

– Mas quase nada já é o suficiente para viver como um rei no sudeste da Ásia – dizia Bram.

E assim foi vivendo, cavalgando os altos e baixos da economia asiática com seus negócios que quase nunca levavam a lugar algum.

– A sua mãe ligou – continua Daniel – e falou que você estava de volta, que talvez precisasse de um lugar para ficar. Eu disse que você tinha que vir tirar as suas tralhas do sótão.

– Então eu tenho tralhas no sótão? – pergunto, me espreguiçando enquanto levanto do sofá pequeno e tento digerir a surpresa.

Yael ligou para Daniel? Para falar sobre mim?

– *Todo mundo* tem tralhas no sótão – responde meu tio, rindo uma versão rouca e fumante da risada de Bram. – Quando você vem?

Combinamos no dia seguinte. Daniel manda o endereço por mensagem, embora isso não seja necessário. Conheço aquele apartamento mais do que o meu próprio tio. Lembro-me dos móveis fora de moda, da poltrona *egg* de zebra e as lâmpadas dos anos 1950 que Bram garimpava nos mercados de pulga para consertar. Ainda sinto aquela mistura de patchuli e haxixe no ar.

– Este lugar tem o mesmo cheiro há vinte anos – dizia Bram, quando íamos lá consertar uma torneira ou entregar as chaves a um novo inquilino.

Quando eu era mais novo, a animada área multiétnica onde Daniel morava, bem na frente dos tesouros do mercado de rua da Albert Cuyp, parecia outro país, comparada ao nosso calmo canal.

Ao longo dos anos, o bairro mudou. Antigos cafés modestos ao redor do mercado hoje servem pratos com trufas, e lojas de grife se espalham ao lado das barracas de peixes e queijos. As casas também ficaram mais chiques. Pelas janelas panorâmicas, dá para ver cozinhas brilhantes e móveis minimalistas caros.

Mas não no apartamento de Daniel. Enquanto os vizinhos faziam reformas e modernizavam os imóveis, a casa dele ia ficando cada vez mais parada no tempo. Suspeito que ainda seja o caso, ainda mais depois que ele diz que a campainha não está funcionando e me instrui a ligar quando chegar, para que possa jogar as chaves para mim. Por isso, sou pego de surpresa quando ele abre a porta e sou conduzido a um salão com um piso de largas tábuas de bambu, paredes verde-sálvia e sofás baixos e modernos. O lugar está irreconhecível, exceto pela poltrona *egg*, embora até ela tenha sido reestofada.

– Garotinho! – cumprimenta Daniel, embora eu não seja mais garoto e esteja alguns dedos mais alto que ele.

Seu cabelo avermelhado está ficando grisalho, e as linhas do sorriso estão um pouco mais profundas, mas, fora isso, é o mesmo de sempre.

– Tiozinho! – brinco de volta, dando um tapinha na cabeça dele enquanto devolvo as chaves. – Acho que você fez algumas mudanças por aqui... – comento, coçando o queixo.

Daniel ri.

– Ah. Ainda estou no meio do processo, mas já é alguma coisa.

– Verdade.

– Tenho grandes planos. Planos de verdade. Onde estão meus planos?

Pela janela entra o rugido de um avião, que ressoa através das nuvens. Daniel observa a aeronave, depois volta à busca, andando de um lado para o outro e vasculhando as estantes apinhadas de livros.

– Tem demorado um pouco porque estou fazendo tudo sozinho. Eu podia contratar alguém, mas achei melhor fazer assim.

Contratar alguém? Daniel sempre foi duro... Bram que sempre ajudava com as coisas, mas Bram não está mais aqui. Talvez um dos negócios asiáticos tenha vingado. Vejo Daniel percorrer o lugar à procura de alguma coisa, até finalmente localizar um conjunto de plantas baixas enfiadas debaixo da mesa de centro.

– Queria que ele estivesse aqui para ajudar – comenta meu tio. – Acho que ficaria feliz por eu estar finalmente transformando isto aqui em algo meu, mas, de certa forma, sinto que ele está aqui. Fora que é ele quem está pagando a conta.

Demoro um minuto para entender de quem e do que Daniel está falando.

– O barco? – pergunto.

Ele faz que sim.

Na Índia, Yael quase não tocou no nome de Daniel. Achei que os dois não estavam se falando. E por que estariam sem Bram aqui? Eles nunca gostaram um do outro. Pelo menos era o que eu achava. Daniel era imprevisível, desorganizado e gastador – tudo o que Yael amava em Bram, porque vinha em doses homeopáticas. E minha mãe foi a pessoa que invadiu a vida dele e a virou de cabeça para baixo. Se não havia muito espaço para mim, não consigo nem imaginar como tenha sido para meu tio. Fazia sentido que Daniel tivesse se mudado para o outro lado do mundo depois de alguns anos que Yael apareceu.

– Ele não deixou testamento – disse Daniel. – Sua mãe não precisava fazer isso, mas é claro que fez. É típico dela.

É? Penso na viagem para o Rajastão, um exílio que, no fim das contas, era justamente do que eu precisava. E penso em Mukesh, que não apenas cancelou o passeio de camelo, mas também atrasou meu voo de volta a pedido dela e me levou até a clínica naquele dia, onde todos pareciam estar esperando por mim. Sempre achei que minha mãe não se importava, cuidava de todos menos de mim, mas estou começando a me perguntar se não interpretei errado a forma dela de cuidar.

– Estou começando a entender isso.

– Em boa hora – diz Daniel, coçando a barba. – Não ofereci café. Quer?

– Não dá para recusar um café.

Sigo Daniel até a cozinha, que ainda é a velha cozinha, com armários lascados, azulejos quebrados, um fogão a gás minúsculo e ancestral e uma pia sem água quente.

– A cozinha é a próxima. Depois, os quartos. Talvez metade do processo tenha sido um pouco otimista. É melhor eu me apressar. Você devia morar comigo, para ajudar – sugere, espalmando as mãos no ar. – Seu pai sempre disse que você era útil.

– Não sei se sou útil, mas Bram sempre me arrastava para ajudar nas obras.

Ele liga a cafeteira.

– Tenho que botar a mão na massa. Faltam só dois meses, tique-taque, tique-taque.

– Dois meses para quê?

– Ih, cacete. Não contei, não é? Só contei para a sua mãe.

Ele abre um sorriso que parece tanto o de Bram que dói.

– O que você contou para ela?

– Bom, Willem, eu vou ser pai.

～

Enquanto tomamos café, Daniel fala mais sobre a grande notícia. Aos 47 anos, o solteirão convicto finalmente encontrou o amor, mas, como parece que os homens da família não gostam de coisas simples, a mãe do filho de Daniel é brasileira. O nome dela é Fabíola, e os dois se conheceram em Bali. Fabíola mora na Bahia. Ele me mostra a foto de uma mulher com olhos de corça e um sorriso iluminado, então abre uma pasta sanfonada enorme, cheia da correspondência que trocou com várias agências governamentais para provar a legitimidade do relacionamento e conseguir um visto de casamento para ela. Em julho, meu tio vai ao Brasil para a preparação do nascimento, que vai ser em setembro, e os dois se casam logo depois. Se tudo der certo, estarão em Amsterdã no outono, e voltarão para o Brasil no inverno.

– Passaremos os invernos lá e os verões aqui. Quando ele estiver na idade escolar, invertemos.

– Ele?

Daniel sorri.

– É um menino. A gente já sabe. E também já tem nome: Abraão.

– Abraão – repito, enrolando a língua.

Daniel aquiesce.

– É Abraham em português.

Ficamos um tempo em silêncio. Abraham, o nome de Bram.

– Você vai se mudar para cá e ajudar, não vai?

Ele aponta para as plantas baixas, que indicam um quarto a ser dividido em dois. Aquele apartamento que antes abrigava dois irmãos, mas que em um passe de mágica passou a abrigar três pessoas, antes de Daniel ficar sozinho. E, depois, nem mesmo ele ficou.

Mas agora estamos aqui, e tem alguém para chegar. Depois de tanto encolher, nossa família voltou a crescer.

Trinta e quatro

JUNHO
Amsterdã

Daniel e eu estamos a caminho da loja de material de encanamento para comprar um chuveiro, quando o pneu da bicicleta dele fura.

Paramos para inspecionar o estrago e encontramos um prego alojado no fundo da câmara de ar. São quatro e meia da tarde e a loja fecha às cinco, e vai ficar fechada o fim de semana inteiro. Daniel franze o cenho e levanta os braços, como uma criança frustrada.

– Droga! O encanador vem amanhã!

Primeiro, reformamos os quartos. Foi um caos de parafusos, *drywall* e gesso, já que não sabíamos exatamente o que estávamos fazendo, mas, com a ajuda de livros e alguns amigos de Bram, conseguimos terminar um minúsculo quarto principal com cama elevada e um quarto de bebê menor ainda, que é onde estou dormindo.

Nossa curva de aprendizagem foi mais lenta do que o esperado, e o banheiro, que Daniel pensou ser simples – trocar as instalações de setenta anos por outras mais modernas –, acabou sendo tudo menos simples. Todos os canos tiveram que ser substituídos. Coordenar a chegada da banheira e da pia com o horário do encanador – outro amigo de Bram, que está nos fazendo um desconto, mas também trabalhando em seu tempo livre, à noite e nos fins de semana – foi um desafio para as já limitadas habilidades logísticas de Daniel. Mesmo assim, ele se manteve firme. E vive dizendo que, se Bram construiu um *barco* para a família, então, cacete, ele vai fazer um apartamento. Isso é uma coisa bem estranha de se ouvir, porque sempre achei que Bram tinha construído o barco para Yael.

O encanador veio ontem à noite. Achamos que iria terminar as instalações da banheira e do chuveiro, mas ele disse que não dava para instalar a banheira nova, que finalmente tinha chegado, antes de ter as peças do chuveiro. E não podemos terminar de ladrilhar o banheiro e passar para a cozinha – que o encanador disse que provavelmente vai precisar de canos novos – sem o banheiro pronto.

Na maior parte do tempo, Daniel encarou a reforma com puro entusiasmo, como uma criança que constrói um castelo de areia. Noite sim, noite não, quando ele e Fabíola se falam por Skype, meu tio carrega o notebook velho pelo apartamento, mostrando todas as mudanças, discutindo o melhor lugar para a mobília (Fabíola adora feng shui) e as cores (azul-claro para o quarto do casal; amarelo-manteiga para o do bebê).

Durante essas chamadas noturnas, dá para ver que a barriga dela está crescendo. Depois que o encanador foi embora, Daniel admitiu que ele quase pôde ouvir o bebê lá dentro, tiquetaqueando como um daqueles despertadores antigos.

– Ele vai chegar, com a casa concluída ou não – diz, balançando a cabeça. – Quarenta e sete anos e você acha que vai estar pronto...

– Talvez você nunca se sinta pronto até ele estar no seu colo – respondi.

– Muito sábio, garotinho. Mas, cacete, se *eu* não estou pronto, o *apartamento* pelo menos vai ter que ficar.

– Vai lá, usa a minha – digo a Daniel, entregando minha bicicleta.

Ainda é a mesma velha de guerra que comprei de um viciado quando cheguei em Amsterdã, no ano passado. Ficou estacionada na entrada da Bloemstraat durante todos esses meses que eu estava na Índia, mas aguentou bem. Quando comecei a trabalhar no apartamento, trouxe-a de volta, junto com o restante das minhas coisas, que cabem nas duas prateleiras inferiores da estante do quarto do bebê. Não tenho muito: algumas roupas, uns poucos livros, a estátua de Ganesha que Nawal me deu e o relógio de Lulu, que ainda funciona. Às vezes, posso escutá-lo no meio da noite.

Problema resolvido, e Daniel volta a ficar todo serelepe. Ele abre um sorriso com seus dentes separados, monta na bicicleta e começa a pedalar, acenando para mim e quase dando de cara numa moto. Empurro a bicicleta dele pelo beco estreito e viro no largo canal Kloveniersburgwal. A área fica espremida entre a faculdade e o Distrito da Luz Vermelha, cada vez menor. Ando na direção da faculdade, já que há mais chances de eu encontrar um lugar para consertar a bicicleta por lá. Passo por uma livraria de obras em inglês que sempre me deixou curioso quando andava por aqui. Na escadinha da entrada, vejo uma caixa com livros por 1 euro. Espio: quase todos são livros americanos de capa mole, do tipo que eu lia em um dia e depois trocava nas viagens, mas, no fundo da caixa, deslocado, como um refugiado, está um exemplar de *Noite de reis*.

Sei que provavelmente não vou ler, mas é a primeira vez desde a faculdade que tenho uma estante de livros, mesmo que temporária.

Entro para pagar.

– Conhece alguma oficina de bicicletas aqui perto? – pergunto ao homem atrás do balcão.

– A dois quarteirões daqui, na Boerensteeg – diz ele, sem levantar os olhos de um livro.

– Obrigado.

Entrego meu Shakespeare. Ele olha para a capa, depois para mim.

– Você vai comprar isto? – pergunta, desconfiado.

– Vou – respondo, e, mesmo que não lhe deva explicações, conto que atuei na peça no ano passado. – Eu fiz o Sebastian.

– Em inglês? – pergunta, nessa mesma língua, com um estranho sotaque híbrido de quem vive no exterior há muito tempo.

– Isso.

– Ah.

Ele volta ao livro. Eu pago.

Estou quase saindo da loja quando ele me chama.

– Se você encena Shakespeare, devia dar uma olhada no teatro aqui perto. Fazem umas montagens em inglês bem legais no Vondelpark durante o verão. Vi que estão com audições para a peça do ano.

Ele diz isso em um tom casual, lançando a sugestão no ar, como se arremessasse um papel na lixeira. Pondero a situação ali mesmo. Talvez não valha a pena, talvez valha. Não vou saber se não tentar.

Trinta e cinco

– Nome.

– Willem. De Ruiter. – Minha voz é quase um sussurro.

– Pode repetir?

Limpo a garganta. Tento outra vez.

– Willem de Ruiter.

Silêncio. Sinto meu coração bater no peito, nas têmporas, na garganta. Não me lembro de já ter me sentido nervoso desse jeito e não entendo muito bem o que está acontecendo. Nunca tive medo do palco. Nem mesmo na primeira vez, com os acrobatas, e muito menos com a Arte de Guerrilha, atuando em francês. Nem na primeira vez que Faruk gritou ação, as câmeras rodaram, e eu tive que dizer as falas de Lars von Gelder em híndi.

Mas, agora, mal consigo dizer meu próprio nome em voz alta. É como se eu tivesse um botão de volume alheio à minha vontade e alguém o tivesse abaixado até o fim. Estreito os olhos e tento ver quem está na plateia, mas as luzes brilhantes tornam invisível quem quer que seja.

Eu me pergunto o que estão fazendo. Será que estão olhando para a foto de rosto ridícula que eu me atrapalhei tanto para arranjar? Daniel me fotografou no Sarphatipark. Atrás da foto, imprimimos meus créditos com a Arte de Guerrilha. Não parece tão ruim. Tenho várias peças no currículo, todas de Shakespeare. Mas, a uma inspeção atenta, dá para ver que a imagem é péssima, que foi tirada com um celular, impressa em casa, e está toda pixelada. Quanto à minha experiência como ator... bom, não se pode dizer que a Arte de Guerrilha seja um teatro de repertório. Dei uma olhada nas fotos dos outros atores; todos vêm de diferentes partes da Europa – República Tcheca, Alemanha, França, Reino Unido e até mesmo daqui – e têm peças de verdade no currículo, além de fotos melhores.

Respiro fundo. Pelo menos *tenho* uma foto. Graças a Kate Roebling. Liguei para ela no último minuto para pedir conselhos, já que nunca tinha participado de um teste. Na Arte de Guerrilha, era Tor quem decidia que papel iríamos interpretar. Essa era uma prática um pouco criticada, mas nunca liguei. O dinheiro era dividido de forma igualitária, não importava quantas falas a pessoa tivesse.

– Ah, sim, Willem – diz uma voz sem corpo, que parece entediada antes mesmo de eu começar. – O que você vai ler para a gente hoje?

A peça que vão montar este ano é *Como gostais*, que nunca vi e sobre a qual não ouvi falar muito. Quando vim até o teatro, na semana passada, disseram que eu poderia apresentar qualquer monólogo de Shakespeare. Em inglês, claro. Kate me aconselhou a dar uma olhada em *Como gostais*. Disse que era cheia de trechos bem interessantes.

– Sebastian, de *Noite de reis*.

Decidi que seria mais fácil juntar três trechos curtos de Sebastian. Foi a última peça que fiz, e ainda me lembro de quase todas as falas.

– Quando você quiser.

Tento me lembrar das sugestões de Kate, mas as palavras rodopiam na minha cabeça como uma língua estrangeira que não entendo bem. *Escolha algo de que gosta? Seja você mesmo, não quem eles querem que seja? Se não for para arrasar, vá para casa?* E tinha também uma outra coisa, algo que ela falou antes de desligar. Era importante. Mas não lembro. A esta altura, já vai ser ótimo se eu me lembrar do texto.

Alguém pigarreia.

– Quando você quiser.

Desta vez é uma voz feminina e parece dizer *Vai logo*.

Respire. Kate me disse para respirar. Disso eu me lembro. Então respiro. E começo:

– Não, tenha paciência. As estrelas brilham sobre minha cabeça, funestas. Meu destino é tão horrível que acabaria, quem sabe, por prejudicar o seu.

As primeiras palavras vêm à tona. Nada mau. Continuo.

– Sendo assim, devo exigir que se retire e me deixe carregar sozinho o fardo dos meus males.

As palavras começam a fluir. Não como no último verão, naquela variedade infinita de parques e praças. Não hesitantes, como no banheiro de Daniel, onde ensaiei durante todo o fim de semana, encarando o espelho, os azulejos e, vez ou outra, o próprio Daniel.

– Se os céus tivessem sido apaziguados, teríamos conseguido morrer juntos.

As falas vêm de um jeito diferente, com uma nova compreensão brotando em mim. Sebastian não é apenas um vagabundo sem rumo, que vai aonde o vento o leva. Ele é alguém que está se recuperando, que se tornou duro e inseguro depois de uma onda de má sorte, causada pela perversidade do destino.

– Possuía tamanha inteligência que até mesmo as mentes invejosas não podiam deixar de considerar brilhante – digo, e é Lulu que vejo, naquela noite inglesa quente, quando disse essas palavras pela última vez diante de uma plateia. Vejo o leve sorriso dos lábios dela.

– Mas morreu afogada em água salgada, meu caro senhor, e agora aqui estou, afogando em mais água salgada a memória dela.

Chego ao fim. Não há aplausos, apenas um silêncio imenso. Ouço minha respiração e meu coração batendo, martelando. Não era para o nervosismo ir embora quando eu estivesse no palco? Quando eu terminasse?

– Obrigada – diz a mulher.

As palavras são genéricas, não parecem um agradecimento real. Por um segundo, penso que talvez eu também deva agradecer.

Mas não o faço. Deixo o palco meio atordoado, tentando entender o que acabou de acontecer. Seguindo pelo corredor, vejo a diretora, o produtor e o diretor cenográfico – Kate me contou quem estaria ali –, já examinando a foto de outro ator. Protejo os olhos da luz brilhante do saguão. Esfrego o rosto. Não sei o que fazer agora.

– Aliviado que acabou? – pergunta um cara magro, em inglês.

– É – respondo, pensativo.

Só que não é verdade. Já começo a sentir uma melancolia, como no primeiro dia frio de outono depois de um verão quente.

– O que fez você mudar de ideia? – perguntara Kate, ao telefone.

A gente não se falava desde o México, e, quando compartilhei meus planos, Kate pareceu surpresa.

– Ah, não sei.

Contei sobre quando encontrei *Noite de reis* e ouvi falar dos testes, sobre estar no lugar certo e na hora certa.

– E então, como foi? – pergunta o cara magro.

Ele está carregando um exemplar de *Como gostais*, e seus joelhos estão tremendo, subindo e descendo, subindo e descendo.

Dou de ombros. Não faço ideia. De verdade. Não faço.

– Quero pegar o Jaques, e você?

Olho para a peça, que sequer li. Imaginei que escolheriam o papel para mim, como Tor sempre fazia. Apreensivo, começo a suspeitar que esse não era o melhor caminho.

Então me lembro do que Kate disse ao telefone, depois que expliquei a série de coincidências que tinham me levado ao teste.

– Willem, *se comprometa*. Você precisa *se comprometer*. Com *alguma coisa*.

Como muitas das coisas importantes dos últimos tempos, essa lembrança chega tarde demais.

Trinta e seis

Uma semana se passa e nada. O cara magro com quem conversei, Vincent, disse que entrariam em contato com várias pessoas antes de bater o martelo sobre o elenco final. Ninguém me liga. Tento não pensar no assunto e retomo o trabalho no apartamento de Daniel, concentrando tanta energia nos azulejos que terminamos o banheiro dois dias antes do programado e começamos a cozinha. Pegamos o metrô até a IKEA para comprar armários. Estamos em um mostruário de cozinha com armários que parecem de verniz vermelho quando meu telefone toca.

– Willem, aqui é Linus Felder, do Allerzielentheater.

Meu coração dispara como se eu estivesse de volta ao palco.

– Quero que você decore a fala de abertura de Orlando e esteja aqui amanhã de manhã às nove. Consegue?

Claro que consigo. Tenho vontade de dizer que consigo fazer muito mais do que isso.

– Sem problemas – respondo.

E, antes que eu tenha a chance de entrar em detalhes, Linus desliga.

– Quem era? – pergunta Daniel.

– O diretor cenográfico. Ele quer que eu volte para fazer uma leitura de Orlando, o personagem principal.

Daniel pula como uma criança feliz, derrubando a batedeira do mostruário.

– Ah, cacete!

Ele me puxa e sai andando, assobiando inocentemente.

Deixo Daniel na IKEA e passo o restante do dia debaixo da garoa do Sarphatipark, decorando o texto. Quando já é uma hora razoável em Nova York, ligo para Kate, querendo mais conselhos. Só que acabo acordando a coitada, que agora está na Califórnia. A Balbúrdia está prestes a começar uma turnê de seis semanas de *Cimbelino* na Costa Oeste antes de ir para o Reino Unido, em agosto, para participar de diversos festivais. Quando ouço isso, fico envergonhado de pedir ajuda, mas, generosa como sempre, Kate dedica alguns minutos para me dizer o que esperar desse novo teste. Pode ser que eu tenha que ler várias cenas ou partes de cenas diante de diversos atores, e, mesmo que tenham me pedido para fazer a leitura de Orlando, pode ser que esse não seja o meu papel, no fim das contas.

– Mas é um bom sinal terem pedido para você estudar esse personagem. É um papel e tanto para você.

– Como assim?

Ela suspira ruidosamente.

– Você *ainda* não leu a peça?

Fico com vergonha.

– Vou ler, prometo. Hoje, mais tarde.

Conversamos um pouco mais. Ela diz que está planejando aproveitar os fins de semana para passear fora do Reino Unido e que talvez visite Amsterdã. Digo que ela é sempre bem-vinda. E Kate me lembra outra vez de ler a peça.

Tarde da noite, depois de ter lido o monólogo de abertura tantas vezes que poderia recitá-lo em meus sonhos, começo a ler o restante da peça. Já estou batendo cabeça, e é um pouco difícil me concentrar. Tento entender o que Kate quis dizer sobre Orlando. Acho que tem a ver com o fato de ele encontrar uma garota, se apaixonar e depois encontrá-la de novo, só que disfarçada. A diferença é que a empreitada tem um final feliz.

Quando chego ao teatro, na manhã seguinte, o lugar está quase vazio e bem escuro, a não ser por um único refletor aceso no palco. Sento-me na última poltrona, e, logo depois, as luzes do ambiente se acendem. Linus entra de prancheta na mão; atrás dele vem Petra, a diretora diminuta.

Os dois não perdem tempo.

– Quando você quiser – diz Linus.

Desta vez, estou pronto. Estou determinado.

Só que não. Recito as falas direito, mas quando as digo, uma depois da outra, presto atenção à minha própria voz e me pergunto como as palavras soaram, se estão no tom certo. Quanto mais as analiso, mas estranhas as palavras parecem, a ponto de uma palavra completamente normal não fazer mais sentido algum. Tento me concentrar, mas, quanto mais tento, mais difícil parece, até que escuto um grilo cantando em algum lugar nos bastidores e me lembro do saguão do Bombay Royale, de Chaudhary, com sua cama de armar, de Yael e de Prateek, e estou em todos os lugares do mundo, exceto no teatro.

Quanto termino, estou furioso comigo mesmo. Todo aquele ensaio para nada. O monólogo de Sebastian, com o qual eu nem me importava, foi infinitamente melhor.

– Posso tentar de novo? – pergunto.

– Não precisa – responde Petra.

Ela e Linus cochicham alguma coisa.

– Sério. Eu sei que posso fazer melhor.

Abro um sorriso alegre, que talvez seja minha melhor interpretação do dia, porque a verdade é que não sei se posso fazer melhor. Isso já era eu tentando.

– Foi bom! – grita Petra. – Volte na segunda às nove. Linus vai entregar a papelada antes de você sair.

É só isso? Acabei de conseguir o papel de Orlando?

Talvez eu não devesse estar surpreso. Afinal, também foi fácil com os acrobatas, com a Arte de Guerrilha e até mesmo com Lars von Gelder. Eu deveria estar eufórico. Aliviado. Mas, estranhamente, só estou decepcionado, porque agora isso importa para mim.

Alguma coisa me diz que, se importa, não deveria ser tão fácil.

Trinta e sete

JULHO
Amsterdã

– Oi, Willem, como está se sentindo hoje?

– Estou bem, Jeroen. E você?

– Ah, você sabe, a gota não me deixa em paz.

Jeroen bate no peito várias vezes e solta uma tosse, com dificuldade.

– Gota é na perna, idiota – diz Max, escorregando para o assento ao meu lado.

– Ah, ok.

Jeroen abre seu melhor sorriso e se afasta, mancando e rindo.

– Que babaca! – diz minha colega de peça, Max, deixando a bolsa cair ao meu lado. – Se eu tiver que beijar esse cara, juro que vou acabar vomitando no palco.

– Reze pela saúde da Marina, então.

– Ela, eu não me importaria de beijar. – Max abre um sorriso malicioso, voltando o olhar para Marina, a atriz que interpreta Rosalinda com o Orlando de Jeroen. – Ah, a adorável Marina... por mais que seja do meu interesse, não quero que fique doente. Ela é tão linda. E, se ficar doente, eu é que vou ter que beijar este boçal. Por mim, *ele* é que ficaria doente.

– Mas ele não fica – digo, como se Max precisasse ser lembrada.

Desde que fui escolhido como substituto dele, ouvi incessante e incansavelmente como, em doze anos de carreira, Jeroen Gosslers nunca, nunca perdeu uma só performance, nem mesmo quando estava gripado e vomitando, nem mesmo quando perdeu a voz, nem mesmo quando a namorada entrou em trabalho de parto horas antes de as cortinas se abrirem. Na verdade, o histórico impecável de Jeroen parece ser o motivo pelo qual consegui esse papel. O substituto original resolveu faltar três ensaios para fazer um trabalho de publicidade da Mentos. Três ausências nos ensaios de um substituto que nunca subiria ao palco... Petra exige tudo de seus substitutos, mas ao mesmo tempo não pede nada deles.

Como combinado, estive no teatro todos os dias desde aquela primeira leitura, quando o elenco sentou ao redor de uma mesa longa de madeira arranhada em cima do palco, passando o texto fala por fala, analisando os significados, desconstruindo o sentido de cada palavra, discutindo como cada fala deveria ser interpretada. Petra é surpreendentemente generosa, aberta a diferentes opiniões sobre a menção à modéstia de Lucrécia ou por que Rosalinda insistiu em ficar disfarçada por tanto tempo. Se um dos homens do Duque Frederico quisesse interpretar uma discussão entre Célia e Rosalinda, Petra não se oporia.

– Se você está nesta mesa, tem o direito de ser ouvido – dizia ela, magnânima.

Max e eu, no entanto, estamos visivelmente fora da mesa, sentados a alguns passos de distância; perto o suficiente para ouvir, mas longe demais para participar da discussão, o que nos faz sentir como intrusos. No início, achei que não era intencional, mas, depois de escutar Petra repetir diversas vezes que "atuar é muito mais do que ler as falas; é se comunicar com a plateia por meio de cada gesto, de cada palavra não dita", entendi que era de propósito.

Agora me parece quase bobo como me preocupei por ter sido *fácil demais*. Até que é fácil, mas não do jeito que pensei. Max e eu somos os únicos substitutos sem papéis na peça, e ocupamos uma estranha posição. Somos uma espécie de semielenco. Um elenco-sombra. Somos aquecedores de banco. Pouquíssimas pessoas falam conosco. Vincent fala. No fim das contas, ele conseguiu o papel de Jaques. Marina, que faz Rosalinda, também fala conosco, porque é um poço de gentileza. E, claro, Jeroen faz questão de me dirigir a palavra todos os dias, embora eu preferisse que ele não o fizesse.

– Então, o que temos para hoje? – pergunta Max, com seu sotaque *cockney* londrino.

Ela é uma mistura como eu: o pai é holandês do Suriname e a mãe é de Londres. O sotaque ganha força quando ela bebe um pouco além da conta, embora sua Rosalinda tenha um inglês tão casto quanto o da rainha da Inglaterra.

– Estão analisando a coreografia da cena da luta – explico.

– Ah, legal. Tomara que esse mauricinho se quebre de verdade. – Ela ri, passando a mão no cabelo espetado. – Quer bater o texto mais tarde? Não vamos ter mais tempo de fazer isso, depois que começarem os ensaios técnicos.

Em breve moveremos o cenário e os objetos para o anfiteatro do Vondelpark, onde faremos cinco dias de ensaios técnicos com figurino antes de estrear por seis fins de semana. Daqui a duas sextas, teremos uma pré-estreia, e, no sábado, a estreia. Para o restante do elenco, essa é a recompensa por tanto esforço. Para mim e para Max, é quando nosso trabalho termina, quando qualquer sensação de fazer parte do elenco desaparece. Linus nos instruiu a decorar a peça toda e a aprender a marcação de cena, e seguiremos Jeroen e Marina ao longo do primeiro ensaio técnico. Isso é o mais perto que chegaremos de atuar. Linus e Petra nunca nos deram uma única instrução, nunca nos pediram para bater o texto nem repassaram qualquer outro aspecto da peça conosco. Max e eu ensaiamos o tempo todo, só nós dois. Acho que fazemos isso para, de alguma forma, nos sentirmos parte da produção.

– Vamos fazer as partes com o Ganimedes? Você sabe como eu gosto delas… – pede Max.

– Só porque você pode fazer papel de homem.

– Lógico. Gosto mais da Rosalinda como homem. Ela é tão boboca no início.

– Ela não é boboca. Está apaixonada.

– À primeira vista. – Max revira os olhos. – Uma boboca. Ela fica mais ousada quando finge que tem bolas.

– Às vezes as coisas ficam mais fáceis quando fingimos que somos outra pessoa.

– Claro que ficam. Foi por isso que eu me tornei atriz.

Ela olha para mim e cai na risada. Podemos decorar as falas, saber a marcação de cena e dar as caras aqui todos os dias, mas nenhum dos dois é intérprete. Somos só reservas.

Max suspira e coloca os pés na cadeira, se arriscando a receber uma advertência muda de Petra, seguida por uma bronca de Linus – que Max chama de Capataz.

No palco, Jeroen discute com o coreógrafo.

– Isso não está funcionando para mim. Não parece autêntico – diz.

Max revira os olhos de novo, mas eu fico prestando atenção. Isso aconteceu quase todos os dias durante a marcação de cena: Jeroen não conseguia "sentir" os movimentos, e Petra os modificava. Depois ele não conseguia sentir os novos movimentos, e a cena quase sempre voltava à marcação inicial. Meu roteiro é uma mistura de rabiscos e rasuras, um guia da busca de Jeroen por autenticidade.

Marina está sentada nos suportes de cimento do palco ao lado de Nikki, a atriz que interpreta Célia. As duas parecem entediadas enquanto assistem à coreografia. Por um segundo, os olhos de Marina encontram os meus, e trocamos sorrisos solidários.

– Eu vi isso – provoca Max.

– Viu o quê?

– A Marina. Ela quer seu corpo.

– Ela nem me conhece.

– Pode até ser, mas estava lançando uns olhares sedutores para você no bar ontem à noite.

Todas as noites, depois do ensaio, grande parte do elenco vai para o bar da esquina. Não sei se somos provocadores ou masoquistas, mas eu e Max sempre os acompanhamos. Em geral acabamos sentados sozinhos no longo bar de madeira ou em uma mesa com Vincent. Nunca tem lugar para nós dois na mesa grande.

– Ela não estava lançando olhares sedutores coisa nenhuma.

– Bom, estava lançando esses olhares para *um* de nós dois. Nunca senti vibrações sáficas vindo dali, mas, com as holandesas, nunca se sabe.

Olho para Marina, que está rindo de alguma coisa que Nikki falou, enquanto Jeroen e o ator que faz o lutador Carlos aprimoram uns socos falsos com o coreógrafo.

– A não ser que você não goste de mulher – continua Max –, mas eu também nunca senti essa vibração vindo daí.

– Eu gosto muito de mulher.

– Então por que vai embora do bar todas as noites comigo?

– E você não é mulher?

Max revira os olhos.

– Sinto muito, Willem, mas, por mais charmoso que você seja, não vai rolar.

Solto uma gargalhada e dou um beijo molhado na bochecha dela, que limpa o rosto com um nojinho exagerado. No palco, Jeroen ensaia um soco falso em Carlos e tropeça nas próprias pernas. Max bate palmas, gritando:

– Ei, cuidado com a gota!

Petra se vira para nós, lançando um olhar afiado e carregado de reprovação. Max finge estar concentrada no roteiro.

– Dane-se o texto de hoje – sussurra, quando Petra volta a atenção para o palco. – Vamos encher a cara.

~

Naquela noite, tomando uns drinques no bar, Max pergunta:

– Mas então, por que não?

– Por que não o quê?

– Por que você não arruma uma garota? Mesmo que não seja a Marina, pode ser uma civil qualquer aqui do bar.

– E por que *você* não arranja uma?

– Quem disse que eu não arranjo?

– Você vai embora comigo todas as noites, Max.

Ela solta um longo e profundo suspiro, soando muito mais velha do que a idade que tem – apenas um ano a mais que eu. Ela diz que é por isso que não se importa muito de ficar esquentando o banco: *minha hora vai chegar*. Max gesticula, como se abrisse um rasgo invisível no peito.

– Coração partido – diz. – Nós, lésbicas, levamos milênios para sarar.

Balanço a cabeça.

– E você? Também teve o coração partido?

Já pensei muitas vezes que fosse esse o caso – afinal, eu nunca tinha ficado tão obcecado por uma garota. Mas é engraçado que, desde aquele dia com Lulu em Paris, eu tenha reencontrado Broodje e os caras, visitado minha mãe e retomado nosso contato e agora esteja morando com o tio Daniel. E atuando. Ok, talvez não atuando, mas também não estou levando a vida de acidente em acidente. No geral, estou bem melhor, melhor do que estava antes de Bram morrer, e, em alguns aspectos, o melhor que já estive na vida. Não, Lulu não partiu meu coração. Estou começando a achar que, mesmo que tenha sido de um jeito nada convencional, ela o consertou.

Balanço a cabeça.

– Então, o que está esperando? – indaga minha companheira de elenco.

– Não sei.

Mas sei de uma coisa: da próxima vez, vou saber quando encontrar.

Trinta e oito

Penduramos o último armário na cozinha pouco antes de Daniel sair. Está quase pronta. O encanador vem instalar a máquina de lavar louça, depois vamos colocar o revestimento entre os armários e a bancada da pia, e é isso.

– Estamos quase lá – comento.

– Só temos que consertar a campainha e tirar suas tralhas do sótão.

– Beleza. E essas tralhas do sótão, tem muita coisa?

Não me lembro de ter tantas caixas, mas meu tio e eu encontramos pelo menos dez com meu nome.

– A gente devia jogar tudo fora – sugiro. – Eu sobrevivi até hoje sem isso.

Ele dá de ombros.

– Você que sabe.

Bate uma curiosidade. Abro uma caixa com papéis e roupas do alojamento estudantil, e não sei direito por que guardei isso. É lixo. Exploro outra caixa, que acaba tendo o mesmo destino. Então, abro a terceira. Dentro encontro pastas coloridas, do tipo que Yael usava para guardar o histórico dos pacientes, e imagino que o nome na etiqueta esteja errado. Vejo uma folha de papel saindo de uma das pastas e pego.

O vento no meu cabelo
Rodas saltam sobre paralelepípedos
São tão grandes quanto o céu

Uma lembrança chega num ímpeto:

– Não rima – disse Bram quando mostrei o papel, todo orgulhoso porque a professora me pedira para ler o poema na frente da sala inteira.

– Não tem que rimar. É um haicai – explicou Yael, revirando os olhos para ele e abrindo um raro sorriso conspiratório para mim.

Abro a pasta. Acho antigas tarefas escolares, as primeiras coisas que escrevi e meus testes de matemática. Pego outra; tem desenhos de um navio e de uma estrela de Davi que Saba me ensinou a fazer com dois triângulos. Folhas e mais folhas disso. Como Yael não é nada sentimental e Bram tinha mania de organização, nunca tinham me mostrado estes papéis. Achei que tinham jogado fora.

Em outra caixa, encontro uma lata cheia de bilhetes de avião e de trem, além de entradas para shows. Um antigo passaporte israelense de Yael, todo carimbado. Embaixo, fotos velhas em preto e branco. Levo um tempo para reconhecer Saba nas imagens. Eu nunca o tinha visto tão jovem, não sabia que essas fotos tinham sobrevivido à guerra. Mas com certeza é ele. Os olhos são iguais aos de Yael – e aos meus. Em uma das fotos, Saba está abraçado a uma mulher bonita, de cabelo escuro e olhar misterioso, e a admira com adoração. A mulher me parece vagamente familiar, mas não pode ser Naomi, já que os dois só se conheceram depois da guerra.

Procuro mais fotos de Saba com a moça, mas só a encontro em um estranho recorte de jornal protegido por um plástico. Olho de perto. A mulher está com um vestido elegante, junto de dois homens de smoking. Levo a imagem até a luz. O texto meio apagado está em húngaro, mas consigo ler a legenda: Peter Lorre, Fritz Lang – nomes de Hollywood que reconheço – e Olga Szabo, que não sei quem é.

Deixo as fotos de lado e continuo explorando. Em outra caixa, encontro um sem-número de objetos. Mais papéis. E então mais uma caixa, e dentro vejo um grande envelope de papel pardo. Abro, e um monte de fotos cai no chão: eu, Yael e Bram de férias na Croácia. Lembro-me de como eu e Bram descíamos as docas todas as manhãs para comprar peixes frescos que nenhum de nós sabia muito bem como cozinhar. Outra foto: nós três indo patinar, naquele ano em que os canais congelaram. E outra: a festança dos 40 anos de Bram, que começou no barco, se expandiu para o píer e foi até a rua, até que os vizinhos chegaram, e a farra tomou o quarteirão inteiro. Encontro também as fotos da revista de arquitetura, inclusive a tal de nós três antes de eu ter sido cortado na edição. Quando chego ao fim da pilha, sobra apenas uma foto, presa ao envelope. Tenho que puxá-la com cuidado.

O ar escapa de meus lábios, mas não em um suspiro, um soluço ou um arquejo. É uma coisa viva, como um pássaro batendo as asas, alçando voo. E vai embora, desaparecendo na tarde tranquila.

– Tudo bem aí? – pergunta Daniel.

Encaro a foto. Nós três, no meu aniversário de 18 anos. Não a foto que perdi, mas uma diferente, tirada de outro ângulo, com outra câmera. Outra foto espontânea.

– Achei que tinha perdido isso – digo, agarrando a imagem.

Daniel inclina a cabeça para o lado e coça a têmpora.

– Eu sempre perco tudo, depois encontro as coisas nos lugares mais inusitados.

Trinta e nove

Alguns dias depois, saio para ensaiar, e Daniel vai para o aeroporto. É estranho pensar que, quando eu voltar, hoje à noite, ele não vai estar aqui, mas não vou ficar com o apartamento só para mim por muito tempo. Broodje passou grande parte do verão fazendo estágio em Haia e agora está na Turquia, visitando Candace, que foi passar duas semanas com os avós. Quando ele voltar, vai ficar aqui comigo até se mudar com Henk para o novo apartamento de Utrecht, no outono.

O ensaio de hoje é corrido e agitado. O cenário foi desmontado e levado ao parque para o ensaio técnico de amanhã, e a falta de referência parece ter deixado todo mundo perdido. Petra está uma pilha de nervos, gritando com os atores, com os técnicos e com Linus, que parece querer se esconder debaixo da prancheta.

– Coitado do Capataz – comenta Max. – Petra já deve estar na menopausa, mas hoje parece que está de TPM. Ela chegou a quebrar o celular da Nikki.

– Sério? – pergunto, indo com Max para nossos lugares de sempre.

– Bom, você sabe como ela fica quando ligam o celular na "sala sagrada dos ensaios". Mas ouvi dizer que Petra está especialmente espinhenta porque o Geert disse "Mackers" no teatro, mais cedo.

– Mackers?

– "A peça escocesa" – explica ela. Quando mesmo assim não entendo, Max pronuncia *Macbeth*, enunciando as sílabas sem produzir nenhum som. – Dá muito azar dizer isso em um teatro.

– E você acredita nisso?

– Eu acredito que não se brinca com a Petra na véspera do primeiro dia de ensaio técnico.

Jeroen passa por nós. Ele olha para mim e força uma tosse.

– Isso é o melhor que você pode fazer? – grita Max para ele, depois se vira para mim. – E o cara diz que é ator.

Linus reúne o elenco para repassar o texto inteiro. É uma zona. Alguns esquecem as falas, outros esquecem as deixas. A marcação de cena sai toda errada.

– *A maldição do Mackers* – sussurra Max.

~

Às seis da tarde, Petra está tão abalada que Linus nos manda para casa mais cedo.

– Descansem. Amanhã será um longo dia. A chamada é às dez.

– Está cedo demais para ir ao bar – reclama Max. – Vamos comer e sair para dançar ou assistir a um show. Podemos ver quem está tocando na Paradiso ou na Melkweg.

Vamos até a Leidseplein. Max está eufórica porque um músico que era parte de uma banda famosa vai se apresentar sozinho hoje à noite na Paradiso e ainda há ingressos à venda. Compramos dois, depois vagamos pela praça, que fica cheia de turistas nesta época do ano. Vejo um grupo cercando um artista de rua.

– Devem ser um músico peruano – diz Max. – Sabia que, quando eu era criança, achava que eram os mesmos artistas me seguindo? Levei anos para entender que eram apenas parecidos. – Ela ri e bate de leve com os nós dos dedos na cabeça. – Eu sou meio lentinha às vezes.

Não são peruanos, são malabaristas. Habilidosos nas acrobacias com os típicos objetos afiados e flamejantes. Observamos o grupo por um tempo e, quando o chapéu passa, atiro um punhado de moedas.

Estamos indo embora, quando Max me cutuca.

– Agora é que o show começou.

Eu me viro e entendo o que ela quer dizer: uma mulher está com as pernas em volta dos quadris de um dos malabaristas, os braços emaranhados nos cabelos dele.

– Vão para um motel! – sacaneia Max.

Eu os encaro por mais tempo do que deveria, até que a garota desce do colo do cara e se vira. Ela me vê, eu a vejo e nós dois paramos para uma olhada mais atenta.

– Wills?

– Bex?

– *Wills?* – repete Max.

Bex vem até mim, arrastando o malabarista atrás de si, e me dá um beijo e um abraço teatrais. É uma grande mudança em relação à última vez que a vi, quando mal apertou minha mão. Ela me apresenta Matthias. Eu apresento Max.

– Sua namorada? – pergunta, arrancando protestos exaltados de Max.

O assunto acaba depois de um pouco de conversa fiada, já que nunca tivemos muito o que dizer um ao outro, nem mesmo quando dormíamos juntos.

– Temos que ir. Matthias precisa *descansar* muito para a *performance*. – Bex dá uma piscadela tosca, para o caso de alguém ainda não ter entendido a que tipo de descanso e de performance ela se referia.

～

– Ok, então.

Nós nos despedimos com beijos, beijos e mais beijos. Já estamos nos afastando quando ela grita:

– Ei, a Tor conseguiu falar com você?

Paro.

– Ela estava me procurando?

– Estava. Acho que chegou uma carta para você em Headingley.

Meu corpo se sobressalta, erguendo-se de repente, como se tivesse sido ligado num interruptor.

– Em Headingley?

– Na casa da Tor em Leeds.

Eu sei onde fica Headingley, mas nunca dou meu endereço para ninguém, quanto mais o endereço da casa da Tor, que servia de base ocasional para a Arte de Guerrilha, onde vira e mexe ensaiávamos e descansávamos. Não existe razão no mundo para eu achar que ela enviaria uma carta para lá no meu nome, que ela teria como fazer isso. Mesmo assim, corro atrás de Bex.

– Uma carta? De quem?

– Sei lá. Mas a Tor estava louca atrás de você. Disse que mandou um e-mail, mas você não respondeu. Estranho, né?

Ignoro o sarcasmo.

– Quando?

Ela coça a sobrancelha, tentando puxar na memória.

– Não lembro. Já faz um tempo. Espera, quando a gente foi para Belfast? – pergunta a Matthias.

Ele dá de ombros antes de responder:

– Não foi perto da Páscoa?

– Não… Acho que foi antes – diz Bex. – Era fevereiro. Ou março. Talvez abril. Tor disse que você não respondeu ao e-mail e queria saber se *eu* sabia onde te encontrar.

Ela arregala os olhos, enfatizando o quanto a ideia era absurda.

Março. Abril. Eu estava na Índia, viajando, e meu e-mail foi infectado por aquele vírus. Tive que criar um novo e não olho a conta antiga há meses. Talvez a mensagem esteja lá esse tempo todo.

– Você não sabe de quem era a carta, né?

Bex parece irritada, o que traz várias lembranças à tona. Quando nosso lance acabou, ela me tratou mal pelo resto da temporada. Skev tinha até debochado, perguntando se eu não sabia que onde se ganha o pão não se come a carne.

– Não faço ideia – responde Bex, com uma voz entediada que parece meio forçada, o que me deixa em dúvida se ela não sabe mesmo ou não quer falar. – Se está tão interessado, pergunte à Tor. – Ela ri, mas não é uma risada amistosa. – Boa sorte. Vai precisar, se quiser falar com ela antes do outono.

Parte do método de Tor consistia em tentar viver da forma mais shakespeariana possível na estrada. Ela se recusava a usar o computador e o celular, embora pegasse os aparelhos de outras pessoas emprestados, caso precisasse enviar e-mails ou fazer ligações importantes. Além disso, não via TV. E, apesar da obsessão com a previsão do tempo, um costume bastante moderno, ela só consultava os jornais. Dizia que era justo, porque já havia periódicos em circulação na Inglaterra do século XVII.

– E você sabe o que ela fez com a carta?

Estou completamente sem fôlego, meu coração acelerado como se eu tivesse corrido uma maratona, mas me forço a soar tão entediado quanto Bex, por medo de que ela esconda alguma informação ao perceber a importância que a carta tem para mim.

– Talvez tenha enviado para o barco.

– Para o barco?

– Onde você morava...

– Como ela sabia do barco?

– Meu Deus, Wills, como eu vou saber? Você deve ter contado para alguém. Você passou quase um ano morando com a gente.

Só contei a uma pessoa sobre o barco: Skev. Ele estava indo para Amsterdã e perguntou se eu sabia de algum lugar gratuito onde pudesse ficar. Falei de algumas ocupações, mas também disse que, se a chave ainda estivesse no esconderijo e não tivesse ninguém no barco, ele poderia ficar lá.

– Eu sei, mas já não moro nesse barco há anos.

– Bom, obviamente essa carta não era importante. Caso contrário, a pessoa que escreveu saberia para onde enviar.

Bex está errada, mas também está certa. Porque Lulu sabia onde me encontrar. Então faço uma pausa. Lulu. Depois de todo esse tempo? É mais fácil ser alguma cobrança.

~

– O que foi isso? – pergunta Max, depois que Bex e Matthias vão embora.

Balanço a cabeça.

– Não sei direito. – Dou uma olhada na praça. – Você se importa se eu der um pulo em um cibercafé?

– Ok, eu aproveito e tomo um café.

Entro na minha antiga conta de e-mail. Só tem spam. Confiro as mensagens da primavera, época em que o endereço eletrônico foi infectado pelo tal vírus, mas não há nada. Quatro semanas de mensagens simplesmente desapareceram. Verifico a caixa de spam. Nada. Pela força do hábito, rolo para baixo e vejo os e-mails de Bram e Saba, aliviado por ainda estarem ali. Amanhã, vou imprimir todos e, por precaução, também vou encaminhá-los para a conta nova. Enquanto isso, mudo as configurações da conta antiga para encaminhar todos os e-mails que chegarem ao endereço atual.

Olho também a conta atual, mesmo sabendo que não dei o endereço novo a Tor, só a um pequeno grupo de pessoas. Vasculho a caixa de entrada e a de spam. Nada.

Envio uma mensagem rápida a Skev, pedindo a ele que me ligue. Depois, a Tor, perguntando o que a carta dizia e para onde ela a enviou. Conhecendo Tor, sei que não vou receber resposta antes do outono. À essa altura, terá se passado um ano desde que conheci Lulu. Qualquer pessoa com um mínimo de bom senso diria que é tarde demais, mas já parecia tarde demais naquele primeiro dia, quando acordei no hospital e, mesmo assim, não parei de procurar.

Ainda estou procurando.

Quarenta

O ensaio técnico é um pandemônio. Além do texto, que foi quase todo esquecido com a mudança para o novo ambiente, tudo tem que ser reaprendido e remarcado no palco do anfiteatro. Passo o dia atrás de Jeroen, vendo Max atrás de Marina, enquanto os atores principais tentam se entender com suas várias cenas. Mais uma vez, agimos como sombras dos dois – só que ninguém está fazendo sombra, já que o sol não apareceu, substituído por uma chuva fininha e constante que deixa todo mundo de mau humor. Jeroen nem fez piada sobre a doença do dia.

– Eu me pergunto de quem foi essa ideia brilhante – reclama Max. – Shakespeare ao ar livre! Ainda por cima na Holanda, onde a língua oficial não é o inglês e chove o tempo todo.

– Você esquece que os holandeses são eternos otimistas – respondo.

– É sério? Achei que vocês fossem eternos pragmáticos.

Não sei. Talvez *eu* seja otimista. Conferi os e-mails quando voltei da Paradiso, na noite passada, e acessei a caixa de entrada hoje de manhã de novo, antes de sair para o ensaio. Tinha uma mensagem de Yael, uma piada encaminhada por Henk e o spam de sempre, mas nada de Skev ou Tor. Bem, o que eu estava esperando, exatamente?

Nem sei direito por que estou tão otimista. Mesmo que a carta seja dela, quem garante que não é um "vai se catar" à distância? Seria compreensível.

Paramos para o almoço e dou uma olhada no celular. Broodje mandou uma mensagem para dizer que vai embarcar em um veleiro de madeira qualquer, portanto ficará incomunicável por alguns dias, mas que semana que vem estará de volta a Amsterdã. Daniel também mandou mensagem para avisar que chegou bem no Brasil e já aproveitou para encaminhar uma foto da barriga de Fabíola. Prometo a mim mesmo que no dia seguinte vou comprar um celular que receba fotos.

Petra proíbe celulares durante o ensaio, mas, quando ela vai falar com Jeroen, aproveito para colocar o meu para vibrar e o enfio dentro do bolso. Sou mesmo um otimista.

A garoa dá uma trégua lá pelas cinco da tarde, e Linus retoma o ensaio. Estamos com dificuldade de ver as indicações luminosas. Como o espetáculo começa ao anoitecer e continua noite adentro, as luzes se acendem no meio da ação. Amanhã o ensaio vai ser das duas da tarde à meia-noite, para garantir que a metade da peça que acontece no escuro seja iluminada adequadamente.

Às seis, meu celular vibra. Pego o aparelho do bolso. Max arregala os olhos para mim.

– Me dá cobertura – sussurro, correndo para a coxia.

É Skev.

– Oi, valeu por retornar a ligação – sussurro.

– Onde você está? – pergunta ele, falando baixo para me acompanhar.

– Em Amsterdã. E você?

– De volta a Brighton. Por que está sussurrando?

– Estou no meio de um ensaio.

– Ensaio de quê?

– Shakespeare.

– Em Amsterdã? Cara, que irado! Eu desisti, agora estou trabalhando em uma Starbucks.

– Ah, que barra.

– Não, está tudo bem.

– Escuta, Skev, não posso falar muito, mas esbarrei com a Bex esses dias.

– Bex. – Ele assobia. – Como está aquela coisinha linda?

– Igual a sempre, atracada com um malabarista. Ela disse que Tor estava querendo me entregar uma carta. No início do ano.

Ele pensa um pouco.

– A Victoria, cara. É uma em um milhão…

– Eu sei.

– Perguntei se a gente podia voltar, mas ela disse que não. Que foi só uma vez. Fora da temporada. Mas onde se ganha o pão não se come a carne…

– Eu sei, eu sei… Mas, então, sobre aquela carta…

– Ah, é, eu não sei nada sobre isso.

– Ah.

– Victoria não quis contar. Disse que era pessoal. Você sabe como ela é. – Skev suspira. – Daí eu falei que era melhor mandar a carta para você. Passei o endereço do barco. Eu não sabia que dava para receber correspondência em um barco.

– Dá. A gente recebia.

– E a carta chegou?

– Não, Skev. É por isso que eu estou ligando.

– Bom, deve estar lá no barco, cara.

– É que eu não moro mais lá. Já faz um tempo.

– Ah, que droga! Esqueci que o barco estava vazio. Foi mal.

– Tudo bem, cara.

– Merda para você aí no seu Shakespeare.

– Obrigado, para você também aí nos seus cappuccinos.

Ele ri, e nos despedimos.

Volto ao ensaio. Max parece prestes a ter um ataque.

– Inventei que você estava vomitando. O Capataz ficou uma fera porque você não pediu para sair. Será que ele pede autorização da Petra para transar com a esposa?

Faço o possível para afastar essa imagem da mente.

– Eu te devo uma. Vou avisar ao Linus que foi alarme falso.

– Você não vai me contar o que aconteceu?

Penso em Lulu e em toda a busca inútil deste ano, que não me levou a lugar algum. E por que levaria?

– Provavelmente foi só o que acabei de dizer: um alarme falso – respondo.

~

Mas esse *provavelmente* se torna uma pedrinha no meu sapato, me irritando pelo restante do dia, me fazendo pensar sobre a carta, querer saber onde está, o que diz e de quem é. Quando o ensaio acaba, sinto uma espécie de urgência em descobrir. A chuva voltou, e estou exausto, mas mesmo assim decido falar com Marjolein. Ela não atende o telefone, e não consigo esperar até amanhã. Ela mora perto, no térreo de uma ampla casa em um bairro chique no extremo sul do parque, e sempre disse que eu podia aparecer a qualquer hora.

– Willem – diz, abrindo a porta com uma taça de vinho em uma das mãos e um cigarro na outra. Ela não parece tão feliz de eu ter aparecido a qualquer hora. Estou ensopado, mas não recebo um convite para entrar. – O que o traz aqui?

– Desculpe incomodar, mas é que estou tentando encontrar uma carta.

– Uma carta?

– Mandaram para o barco, na primavera.

– Por que ainda está recebendo correspondência no barco?

– Não estou. Mas uma pessoa mandou a carta para lá.

Ela balança a cabeça.

– Se foi para o barco, deve ter sido encaminhada para o escritório e de lá para o endereço que você forneceu.

– Em Utrecht?

Ela suspira.

– Fale com a Sara. É ela que lida com a correspondência.

– Você tem o número dela?

– Achei que *você* tivesse.

– Não tenho faz um tempo.

Ela dá outro suspiro e pega o celular.

– Não vai começar de gracinha com ela.

– Não vou, prometo.

– Certo. Você é um novo homem.

Não consigo identificar se ela está ou não sendo sarcástica.

A música da casa muda de um jazz suave para algo mais selvagem, com trompetes nervosos. Marjolein olha para dentro, ansiosa, e percebo que não está sozinha.

– Vou deixar você em paz – digo.

Ela se inclina para me dar um beijo de despedida.

– Sua mãe vai ficar feliz de saber que nos vimos.

Ela começa a fechar a porta.

– Posso te perguntar uma coisa? Sobre a Yael?

– Claro – responde, distraída, com a atenção voltada para a casa quente e para quem quer que esteja esperando lá dentro.

– Ela por acaso faz coisas… assim, coisas para me ajudar, que eu não saiba?

O rosto de Marjolein está meio escondido nas sombras, mas, quando ela abre um sorriso, seus dentes brilham na luz refletida.

– O que foi que ela disse?

– Ela não *disse* nada.

Marjolein balança a cabeça.

– Então eu também não posso dizer. – Ela começa a fechar a porta de novo, mas para de repente. – Nunca parou para pensar por que sua conta bancária nunca ficou no vermelho durante todos estes meses em que esteve fora?

Eu não tinha parado para pensar, não mesmo. Quase nunca usava o cartão de crédito, mas, quando usava, sempre funcionava.

– Alguém estava sempre de olho – explica Marjolein. E fecha a porta, ainda sorrindo.

Quarenta e um

Utrecht

Tudo demora demais. O trem está atrasado. A fila de bicicletas compartilhadas, imensa. Vou de ônibus, mas paramos para pegar todas as senhorinhas da cidade. Eu não deveria ter saído tão tarde, mas já estava tarde quando consegui falar com Sara, hoje pela manhã. E gastei um tempo tentando convencê-la a me contar sobre a carta. Não, ela não tinha lido. Não, ela não se lembrava de onde vinha. Mas acha que foi encaminhada para o endereço registrado. O de Utrecht. Não faz muito tempo.

Já é quase meio-dia quando chego na Bloemstraat. O segundo ensaio técnico começa às duas em Amsterdã. Na vida, o que mais tenho é tempo, mas nunca parece ser o suficiente quando realmente preciso.

Toco a campainha em formato de olho. Ninguém atende. Não faço ideia de quem mora aqui agora. Mandei uma mensagem para Broodje, ainda no trem, mas ele não respondeu. Então lembrei que está no meio do mar Egeu. Com Candace. Cujo nome ele sabe, cujos telefone e e-mail pegou antes de voltar do México.

A porta da frente está trancada, mas testo a chave antiga, e funciona. Um bom sinal.

– Olá! – grito, e minha voz ecoa pela casa vazia.

Este não parece o lugar onde morei. Não tem sofá desconfortável nem cheiro de homem sujo. Até as flores de Picasso se foram.

Mas tem uma mesa de jantar com a correspondência espalhada pelo tampo. Vasculho as pilhas, mas não encontro nada, então me forço a desacelerar e olhar cada carta metodicamente, separando tudo em pilhas organizadas: para Broodje, para Henk, para W e até para Ivo, que ainda recebe cartas aqui, e para duas garotas desconhecidas, que devem estar morando na casa agora. Encontro algumas cartas para mim, basicamente correspondência antiga da universidade e um catálogo da agência de viagens que reservou as passagens para o México.

Olho para as escadas. Talvez a carta esteja lá em cima. Ou no sótão, no meu antigo quarto. Ou em um dos armários. Ou talvez nem seja a mesma carta que Sara encaminhou para cá. Talvez ainda esteja no Nieuwe Prinsengracht. Ou no escritório de Marjolein.

E talvez a carta não seja dela. Talvez seja apenas mais uma falsa esperança que criei.

Ouço um tique-taque. Acima da cornija da lareira, no lugar do Picasso, penduraram um relógio de madeira antigo, do tipo que Saba tinha no apartamento de Jerusalém. Foi um dos únicos objetos que Yael guardou depois que ele morreu. Eu me pergunto onde esse relógio está.

Meio-dia e meia. Se eu quiser pegar o trem de volta a tempo de chegar para o ensaio técnico, preciso sair agora. Caso contrário, vou me atrasar. E atrasar para o ensaio técnico? Para Petra, a única coisa pior seria não aparecer para a performance. Lembro-me do substituto original, que perdeu o posto porque faltou a três ensaios. Está tarde demais para ela botar alguém no meu lugar, mas isso não significa que não vá me demitir. Afinal, sou apenas uma sombra.

Ser demitido não vai fazer nenhuma diferença material na minha vida, só que *não quero* ser demitido. Mais do que isso, não quero deixar essa decisão nas mãos de Petra. E, se eu me atrasar, é exatamente o que vai acontecer.

A casa de repente parece imensa, como se eu fosse levar anos para investigar todos os cômodos. O momento parece ainda mais grandioso.

Já desisti de Lulu antes. Em Utrecht. No México. Mas, desta vez, parece que estou mesmo entregando os pontos, como se estivesse desistindo *de mim mesmo*. Não sei como, mas é diferente. É como se Lulu tivesse me trazido até aqui, e, pela primeira vez em muito tempo, eu estivesse diante de algo real. Talvez *este* seja o objetivo de tudo isso. Talvez *aqui* seja o fim da estrada.

Penso nos cartões-postais que deixei na mala. Escrevi *me desculpe* em um deles, mas agora vejo que deveria ter escrito *obrigado*.

– Obrigado – digo baixinho para a casa vazia. Sei que ela nunca vai ouvir, mas não importa.

Jogo minha pilha de correspondência no lixo reciclável e volto para Amsterdã, fechando a porta atrás de mim.

PARTE DOIS

Um dia

Quarenta e dois

AGOSTO

Amsterdã

O telefone toca, e eu estou dormindo. Duas coisas que não deveriam acontecer ao mesmo tempo. Abro os olhos e tateio em busca do aparelho, mas ele não para de tocar, interrompendo a tranquilidade da noite.

Alguém acende a luz. Broodje, nu em pelo, para na minha frente, forçando a vista contra a luz amarela da luminária e as paredes cítricas do quarto do bebê. Ele me entrega o celular.

– É para você – murmura, apagando a luz e voltando para a cama como um sonâmbulo.

Coloco o telefone no ouvido e ouço exatamente as três palavras que não se quer ouvir em um telefonema no meio da noite.

– Aconteceu um acidente.

Meu estômago se revira, e ouço um zumbido enquanto aguardo para descobrir com quem. Yael. Daniel. Fabíola. O bebê. Não vou conseguir lidar com uma nova subtração na família.

A voz continua o relato, mas levo um minuto para desacelerar a respiração e ouvir o que diz. *Bicicleta, moto, tornozelo, fratura, performance, emergência.* Então entendo que não se trata *desse tipo* de emergência.

– Jeroen? – pergunto, por fim, mas quem mais poderia ser? Tenho vontade de cair na risada. Não pela ironia, mas pelo alívio.

– É, o Jeroen – responde Linus, irritado.

Jeroen, o invencível, abatido por um motoqueiro bêbado. Ele insistiu que poderia se apresentar mesmo com o pé engessado, e talvez possa mesmo, nas próximas performances. Mas neste fim de semana?

– A gente talvez tenha que cancelar – explica Linus. – Você precisa ir ao teatro o mais rápido possível. Petra quer ver o que você pode fazer.

Esfrego os olhos. A luz espreita através das persianas. No fim das contas, não estamos no meio da noite. Linus me diz para estar no teatro – no teatro mesmo, não no palco do Vondelpark – às oito.

– O dia vai ser longo – adverte.

~

Petra e Linus mal erguem os olhos quando entro no teatro. Marina me encara, exausta e solidária, com seus olhos escuros e amendoados. Ela parte o salgado recheado que está comendo e me oferece metade.

– Obrigado, não tive tempo de comer – digo.

– Imaginei.

Sento na beira do palco, ao lado dela.

– Então, o que aconteceu?

Ela ergue as sobrancelhas.

– Carma. – Ela enfia uma mecha de cabelo atrás da orelha. – Ele sempre se gabou de ter um histórico impecável. Já o vi fazer isso muitas vezes, e nada aconteceu. – Ela faz uma pausa para limpar os farelos do colo. – Mas não dá para debochar assim do destino, porque ele sempre ri por último. O problema é que isso não afeta só o Jeroen. Pode acabar cancelando a temporada.

– A temporada? Achei que era só hoje à noite.

– O Jeroen não vai poder participar de nenhuma das apresentações deste fim de semana, e mesmo que consiga administrar o gesso que vai precisar usar pelas próximas seis semanas, terão que refazer todas as marcações de cena. E ainda tem as questões do seguro... – Ela suspira. – Talvez seja mais fácil cancelar.

Meus ombros desabam com o peso dessa explicação. Então agora é comigo.

– Acho que estou começando a acreditar na maldição de *Mackers* –
comenta.

Ela me encara com um misto de preocupação e solidariedade. Está
prestes a dizer alguma coisa, só que Petra me manda subir no palco.

Linus parece desolado. Mas Petra, a rainha do estresse, está calma.
Parece uma estátua em chamas, a fumaça do cigarro serpenteando seu
corpo. Está conformada. Já deu a noite como perdida.

Subo no palco. Respiro fundo.

– O que eu faço? – pergunto.

– O elenco está de prontidão para um ensaio geral mais tarde – responde Linus. – Agora, queremos que você passe as cenas com Marina,
para ver em que pé estamos.

Petra apaga o cigarro.

– Vamos direto para a Cena 2 do primeiro ato, com Rosalinda. Vou
fazer a Célia. Linus vai fazer Le Beau e o Duque.

– Senhor desafiante, a princesa quer ter com o senhor – começa Linus.
Petra assente.

– Eu faço a sua vontade, com todo o respeito e senso de obrigação –
digo, emendando a fala de Orlando.

Por um momento, todos ficam surpresos, olhando para mim.

– Jovem, você desafiou Charles, o lutador? – pergunta Marina, interpretando Rosalinda.

– Não, formosa princesa. Charles é o desafiante geral. Eu venho como
os outros, querendo testar com ele a força e o vigor da minha mocidade
– respondo, mas não pedante como Jeroen, e sim temperando a bravata
com um quê de incerteza, porque de alguma forma agora sei que é o que
Orlando sente.

Disse essas palavras centenas de vezes nas leituras com Max, mas
eram apenas falas em um roteiro; eu nunca tinha parado para pensar
em seu significado, justamente porque nunca precisei. Mas, assim como
o monólogo de Sebastian ganhou vida no meu teste, alguns meses atrás,
as palavras de repente começam a fazer sentido, se tornam um idioma
que eu conheço.

Continuamos com a cena, até que chego a esta fala de Orlando:

– Não vou deixar nenhum amigo triste, porque não tenho quem se lamente por mim. Nem causarei danos ao mundo, pois não tenho nada de meu.

Quando profiro essas palavras, sinto um nó se formar na garganta. Sei do que Orlando está falando. Por um momento, penso em conter a emoção, mas não o faço. Deixo que tome conta de mim e me conduza pela cena.

Eu me sinto solto e muito bem quando passamos à cena da luta, na qual me digladio com um oponente invisível. Conheço bem essa parte. Orlando vence a luta, mas mesmo assim perde. Ele é expulso do reino do duque e advertido de que o irmão quer matá-lo.

Chegamos ao fim da cena. Petra, Linus e Marina me encaram, mudos.

– Vamos continuar? – pergunto. – Segundo ato?

Eles aquiescem. Faço a cena com Linus no papel de Adão, e, quando acaba, Petra limpa a garganta e me pergunta se quero voltar ao início, ao monólogo de abertura de Orlando, o que estraguei no segundo teste.

Mas não o estrago desta vez. Quando termino, há mais silêncio.

– Bom, dá para ver que você sabe todas as falas – diz Linus, por fim.

– E a marcação de cena?

– Também sei – respondo.

Eles parecem incrédulos. O que acham que eu estava fazendo esse tempo todo?

Esquentando o banco, eu mesmo respondo mentalmente. Talvez eu não devesse ficar tão surpreso com a surpresa deles. Afinal, não era exatamente isso que eu achava que estava fazendo?

❧

Eu e Marina somos dispensados por Petra e Linus. Os dois têm muito o que discutir. Se decidirem prosseguir com a performance de hoje à noite, haverá um ensaio geral com todo o elenco no teatro ao meio-dia, e vou precisar de ensaios técnicos extras no anfiteatro com Linus, no fim do dia.

– Fique de sobreaviso. Deixe o telefone ligado – manda Linus, dando um tapinha nas minhas costas, com um olhar quase paternal. – A gente se fala em breve.

Vou com Marina a um café próximo. Está chovendo, e as janelas estão embaçadas. Pegamos uma mesa. Esfrego o vidro da janela com a mão. Do outro lado do canal fica a livraria onde comprei meu exemplar de *Noite de reis*. Está abrindo agora. Conto a Marina sobre o pneu furado, a parada na livraria, a estranha sucessão de acontecimentos que me levou a virar o substituto de Jeroen e, possivelmente, o intérprete de Orlando.

– Nada disso tem a ver com a sua performance de hoje. – Ela balança a cabeça, abrindo um sorriso discreto, o que, mais do que qualquer outra coisa, faz com que eu pare de me sentir uma sombra. – Você estava escondendo *isso tudo* da gente.

Nem sei como responder. Talvez também estivesse escondendo de mim mesmo.

– Você devia contar – sugere, apontando para a livraria. – Para o cara da livraria, o que avisou da peça. Se ficar com o papel, tem que ir contar que foi em parte por causa dele.

Se eu ficar com o papel, tenho que contar para um monte de gente.

– Você não ia querer saber? – continua Marina. – Que, de alguma maneira, uma atitude simples sua teve um impacto desses na vida de outra pessoa? Como se chama isso? Efeito Borboleta?

Fico olhando enquanto o homem abre a livraria. Eu deveria contar. Mesmo sem poder contar à pessoa que eu mais queria que soubesse, aquela que de alguma forma está intrincadamente envolvida em tudo isso, a pessoa que de fato me trouxe até aqui.

– Já que estamos em um momento de confissões – começa Marina –, tenho que dizer que fiquei intrigada com você desde o início… um ator misterioso e discreto do qual ninguém nunca ouviu falar, mas que é bom o suficiente para ser escalado como substituto.

Bom o suficiente? Fico surpreso. Achei que era o oposto.

– Tenho uma política bem rigorosa de não me envolver com quem trabalho – continua ela. – Mas Nikki vive dizendo que você é uma exceção, porque é um substituto e não está na peça. E, agora que talvez esteja, fiquei ainda mais intrigada. – Ela abre outro daqueles sorrisos discretos. – Ou fechamos esta noite, ou fechamos em três semanas, mas, de qualquer forma, será que, quando a peça acabar, podemos tirar um tempo para nos conhecermos melhor?

A saudade de Lulu ainda corre em minhas veias, como uma droga que ainda não saiu totalmente da corrente sanguínea. Marina não é Lulu. Mas acontece que nem mesmo Lulu é Lulu. E Marina é incrível. Quem sabe o que pode acontecer?

Estou prestes a dizer sim, que podemos sair quando a peça acabar, mas sou interrompido pelo meu celular. Ela confere o número e sorri para mim.

– É o destino chamando.

Quarenta e três

Tem tanta coisa para fazer. Temos um ensaio geral ao meio-dia, e, depois, o ensaio técnico. Tenho que correr de volta para o apartamento, para pegar umas coisas e contar para os caras. E para Daniel. E Yael.

Broodje acabou de acordar. Despejo as novidades, sem fôlego. Quando termino de falar, ele já está ao telefone, ligando para os caras.

– Já contou para a sua mãe? – pergunta, quando desliga.

– Vou ligar para ela agora.

Calculo a diferença de fuso. Ainda não são nem cinco da tarde em Mumbai, então Yael deve estar trabalhando. Mando um e-mail. Aproveito o embalo e envio outro para Daniel. E decido mandar um para Kate, contando sobre o acidente de Jeroen e a convidando para a estreia de hoje à noite, caso esteja na área. Digo que ela pode ficar na minha casa e dou o endereço do apartamento.

Estou quase fechando o e-mail quando decido dar uma olhada na caixa de entrada. Há uma nova mensagem de um endereço desconhecido, que parece ser spam. Até que vejo o assunto: Carta.

Minhas mãos tremem de leve quando clico na mensagem. É de Tor. Ou de algum membro da Arte de Guerrilha que não aderiu à proibição de e-mails e está retransmitindo a mensagem dela.

240

Oi, Willem.

Tor me pediu para enviar este e-mail para você porque esbarrou com Bex semana passada, que contou que você não recebeu aquela carta. Tor ficou bem chateada, porque a carta era importante, e disse que cortou um dobrado para enviar. Ela mandou dizer que a carta era de uma garota que você conheceu em Paris, que estava atrás de você porque você transou com ela e depois deu no pé (palavras da Tor). Disse que você precisa arcar com as consequências dos seus atos. De novo, palavras dela. Não atire no mensageiro ☺ Você sabe como ela é.

Beijos, Josie.

Afundo na cama em meio a um turbilhão de emoções. *Transou com ela e depois deu no pé*. Posso sentir a raiva de Tor. E a de Lulu também. A vergonha e o arrependimento crescem dentro de mim, mas depois vão embora, como se afastados por uma força invisível. Porque Lulu está me procurando. Ou estava. Talvez seja só para me mandar para o inferno, mas estava me procurando enquanto eu procurava por ela.

Entro na cozinha sem saber muito bem o que sentir. É muita coisa para um dia só.

Encontro Broodje quebrando ovos em uma frigideira.

– Vai querer um *uitsmijter*?

Balanço a cabeça.

– Você devia comer alguma coisa. Para repor as energias.

– Tenho que ir.

– Agora? O Henk e o W estão chegando e querem ver você. Será que nos vemos antes da grande estreia?

O ensaio começa ao meio-dia e vai levar pelo menos três horas. Linus disse que eu teria uma pausa antes de voltar ao anfiteatro, às seis.

– Talvez eu consiga voltar lá pelas quatro, cinco da tarde.

– Beleza. Vamos estar bem adiantados com os planos da festa já.

– Planos da festa?

– Willy, isso é importante. – Ele faz uma pausa e olha para mim. – Depois do ano que você teve, temos que comemorar.

– Certo, tudo bem – respondo, ainda meio atordoado.

Volto para o quarto para pegar a muda de roupas que vou usar debaixo do figurino e um par de sapatos. Estou quase saindo quando vejo o relógio de Lulu na prateleira. Pego e fico com ele na mão. Depois de todo este tempo, ainda está funcionando. Seguro o relógio por mais um instante. E o enfio no bolso.

Quarenta e quatro

No teatro, o restante do elenco está reunido. Max chega por trás de mim.

– *Eu protejo você* – sussurra.

Estou prestes a perguntar o que ela quer dizer, mas consigo entender sozinho. Passei quase três meses sendo praticamente invisível para a maioria destas pessoas, não passava de uma sombra. Agora o holofote está brilhando, já não há lugar seguro nas trevas. Todo mundo me olha com uma mistura muito particular de desconfiança e condescendência, e sinto como quando estava viajando e andava por áreas onde não era comum ver pessoas com meu tipo físico. Uso a tática que usava na estrada: finjo que não estou percebendo os olhares e ajo naturalmente. Logo Petra começa a bater palmas para chamar o elenco.

– Não temos tempo a perder – diz Linus. – Vamos fazer um ensaio geral diferente, pulando as cenas sem o Orlando.

– Então por que chamaram *todo mundo*? – resmunga Geert, que faz os papéis de Silvio e de um dos homens de Frederico e quase não tem cenas com Orlando.

– Eu sei. Ficar sentado vendo os outros atuarem é uma baita de uma perda de tempo – ironiza Max, com uma voz tão sincera que Geert leva um tempo para ter o bom senso de parar de reclamar.

Max me dá um sorriso de canto de boca. Que bom que está aqui.

– Liguei para todo mundo – explica Petra, com uma paciência exagerada que dá a entender que está por um fio –, para que vocês possam se acostumar com o ritmo diferente de um novo ator e para que todos possamos ajudar Willem a garantir que a transição do Orlando de Jeroen seja a mais suave possível. No cenário ideal, vocês nem vão conseguir diferenciar um do outro.

Max revira os olhos; mais uma vez, fico feliz por ela estar aqui.

– Agora, do início, por favor – diz Linus, batendo na prancheta. – Não temos cenário nem marcações, então façam o melhor que puderem.

Sinto um alívio assim que subo no palco. É aqui que tenho que estar. Na cabeça de Orlando. À medida que avançamos com a peça, descubro mais coisas sobre ele. Descubro como é fundamental aquela primeira cena em que ele e Rosalinda se encontram. É bem rápido, mas os dois veem algo um no outro, reconhecem alguma coisa, e é essa fagulha que sustenta a paixão deles durante a peça inteira. Os dois não se veem mais – pelo menos não sabem que se veem – até o finzinho.

Uma dança tão intensa que Shakespeare conseguiu escrever em um punhado de páginas. Orlando está prestes a brigar com um homem muito mais forte, mas se pavoneia para impressionar Célia e Rosalinda. Está com medo, tem que estar, mas em vez de demonstrar isso, blefa. Ele flerta, dizendo: "Mas deixem que seus belos olhos e bons votos me acompanhem enquanto me ponho à prova."

Às vezes o mundo parece virar de cabeça para baixo. E, nesta peça, isso acontece quando Rosalinda diz "A pouca força que eu tenho, que esteja com você".

Essa única frase faz a máscara de Orlando cair. Revela como ele é por dentro. Rosalinda vê Orlando. E ele a vê. A peça inteira está ali.

Sinto o texto como não havia sentido antes, como se eu estivesse entendendo de verdade as intenções de Shakespeare. Sinto como se de fato houvesse uma Rosalinda e um Orlando, como se eu estivesse aqui para representá-los. Não é como atuar em uma peça. É muito mais que isso. É muito maior que eu.

– Pausa de dez minutos! – grita Linus, ao final do primeiro ato.

Todos saem para fumar ou para tomar um café, mas eu reluto em deixar o palco.

– Willem! – grita Petra. – Quero falar com você um segundo.

Ela está sorrindo, o que é raro, e a princípio acho que é um sorriso de prazer. Não é o que um sorriso comunica, afinal?

O teatro está vazio. Estamos só nós dois. Até Linus saiu.

– Eu queria dizer como estou impressionada – começa.

Por dentro, me sinto um garotinho sorrindo na manhã do aniversário, prestes a ganhar um presente, mas tento manter uma postura profissional.

– Você tem tão pouca experiência e já entende a linguagem tão bem... A gente já tinha reparado na sua facilidade para lidar com a linguagem durante o teste, mas isso... – Ela sorri de novo, só que agora percebo que faz isso como um cachorro mostrando as presas. – E a marcação de cena, você tem tudo sob controle. Linus me disse que você até aprendeu parte da coreografia da luta.

– Eu observei – explico. – Prestei atenção.

– Maravilha. Era exatamente o que você precisava fazer. – E então vejo aquele sorriso de novo. Começo a duvidar que reflita qualquer tipo de prazer. Ela continua: – Falei com o Jeroen hoje...

Não digo nada, mas meu estômago se revira. Depois de tudo isso, Jeroen vai voltar mancando com a bota de gesso.

– Ele está superenvergonhado pelo que aconteceu, mas principalmente decepcionado por desapontar a companhia.

– Ele não tem que se culpar. Foi um acidente.

– É. Claro. Um acidente. Ele quer muito voltar para as duas últimas semanas da temporada, e vamos fazer o possível para nos adaptar às necessidades dele, porque é isso que fazemos quando somos parte de um elenco. Entende?

Faço que sim com a cabeça, embora eu realmente não saiba aonde ela quer chegar.

– Eu vi o que você estava tentando fazer ali em cima com o seu Orlando.

Seu Orlando. Algo em seu tom de voz me faz sentir que ele não vai ser meu por muito mais tempo.

– Mas a função do substituto não é trazer sua própria interpretação para o papel, é fazer o papel como o ator que você está substituindo faria. Então, na verdade, você não vai interpretar Orlando, vai interpretar *Jeroen Gosslers* interpretando Orlando.

Mas o Orlando de Jeroen está todo errado, quero dizer. É machista, afetado e não revela nada, e, sem essa vulnerabilidade, Rosalinda não o amaria. E, se ela não se apaixonar por ele, por que o público vai se importar? *Me deixe fazer isso*, quero dizer. *Me deixe fazer isso do jeito certo.*

Mas não digo nada disso. Petra me encara. Então finalmente pergunta:

– Acha que consegue?

Ela sorri mais uma vez. Como fui ingênuo – justo eu – de não reconhecer o sorriso dela pelo que era.

– A gente ainda pode cancelar este final de semana – continua, a voz suave, a ameaça clara. – Nosso astro sofreu um acidente... Ninguém vai poder nos culpar.

Algo foi dado, algo foi tomado. Precisa ser sempre assim?

O elenco começa a voltar para o teatro após os dez minutos de intervalo, pronto para trabalhar, para fazer acontecer. Quando me veem conversando com Petra, ficam quietos.

– Estamos combinados? – pergunta ela, com uma voz tão delicada que é quase musical.

Olho outra vez para o elenco. Para Petra. Estamos combinados.

Quarenta e cinco

Quando Linus nos libera pela tarde, corro para a porta.

– Willem! – chama Max.

– Willem! – chama Marina, logo depois.

Eu me despeço com um aceno. Preciso experimentar o figurino, depois tenho apenas algumas horas até a marcação de cena com Linus no palco do anfiteatro. Sobre o que Marina e Max têm a dizer: se forem elogios à minha performance, tão parecida com a de Jeroen que até Petra ficou impressionada, não quero ouvir. Se forem perguntas sobre o motivo de eu estar atuando assim, mesmo tendo atuado de forma tão distinta antes, aí mesmo é que não quero ouvir.

– Tenho que ir. Vejo vocês hoje à noite.

Elas parecem chateadas, cada uma a seu modo, mas mesmo assim saio andando.

De volta ao apartamento, encontro W, Henk e Broodje trabalhando, as folhas de bloco amarelas espalhadas sobre a mesa de centro.

– A Femke vem... – Broodje para. – Ei, o astro chegou!

Henk e W vêm me cumprimentar. Só balanço a cabeça.

– O que é isto?

Aponto para o projeto sobre a mesa.

– Sua festa.

– Minha festa?

– A que a gente vai dar hoje à noite – explica Broodje.

Suspiro. Eu tinha esquecido.

– Eu não estou em clima de festa.

– Como assim não está em clima de festa? – pergunta Broodje. – Você disse que não tinha problema.

– Mas tem. Precisamos cancelar.

– Por quê? Você não conseguiu o papel?

– Consegui. – Entro no quarto. – Sem festa!

– Willy! – grita Broodje.

Bato a porta e deito na cama. Fecho os olhos e tento dormir, mas não consigo. Sento e tento folhear um dos exemplares da *Voetbal International* de Broodje, mas também não consigo. Jogo a revista de volta na estante. Ela aterrissa ao lado de um grande envelope de papel pardo. O pacote de fotos que descobri no sótão mês passado.

Abro o envelope, olho as fotos. Paro na do meu aniversário de 18 anos, com Yael e Bram. A saudade que sinto deles é quase uma dor física. Assim como a saudade que sinto dela. Estou cansado de perder coisas que não tenho.

Pego o telefone, sem nem calcular a diferença de horário.

Yael atende na hora. E, como daquela outra vez, não encontro as palavras. Mas minha mãe, sim. Desta vez, ela sabe o que dizer.

– O que aconteceu? Fala comigo.

– Você viu o meu e-mail?

– Não li ainda. Aconteceu alguma coisa?

Ela está em pânico. Eu não devia ter feito isso de ligar assim de repente. Preciso tranquilizá-la.

– Não foi nada desse tipo.

– Desse tipo como?

– Como o que já aconteceu antes. Quer dizer, ninguém está doente, embora uma pessoa tenha quebrado o tornozelo.

Conto sobre Jeroen e sobre eu ter assumido o papel.

– Mas você não devia estar feliz?

Achei que estaria. Eu estava feliz hoje de manhã. Saber sobre a carta de Lulu me deixou feliz, mas esse sentimento desapareceu, e agora só penso na acusação que ela fez. É impressionante como conseguimos ir de um extremo a outro em um único dia. Mas eu já deveria saber disso.

– Só que não estou.

Ela suspira.

– Daniel disse que você estava tão eufórico...

– Você falou com o tio Daniel? Sobre mim?

– Várias vezes. Pedi uns conselhos para ele.

– Você pediu conselhos para o tio Daniel?

De alguma forma, isso é ainda mais chocante do que quando descobri que eles tinham conversado sobre mim.

– Perguntei o que ele achava de eu chamar você de volta para cá. – Ela faz uma pausa. – Para morar comigo.

– Você quer que eu volte para a Índia?

– Se você quiser. Você pode ser ator aqui. Estava indo bem. Podíamos procurar um apartamento maior, grande o suficiente para nós dois. Mas Daniel disse para eu esperar um pouco. Ele achou que você tinha encontrado um caminho.

– Eu não encontrei nada. E você devia ter perguntado isso para *mim*.

As palavras soam meio amargas. Acho que ela percebe, mas mantém a voz suave:

– Eu *estou perguntando* para você, Willem.

E percebo que é verdade. Depois de todo esse tempo. Meus olhos se enchem de lágrimas. Agradeço, pelo menos neste segundo, por estarmos a quilômetros de distância.

– Quando você quer que eu vá?

Ela hesita, então me dá a resposta que preciso ouvir:

– Quando você quiser.

A peça. Vou ter que me apresentar neste fim de semana, mas, quando Jeroen voltar, posso ir embora.

– Na segunda?

– Na segunda? – Ela parece só um pouco surpresa. – Vou ter que ver com o Mukesh o que ele consegue fazer.

Segunda. Em três dias. Mas o que me prende aqui? O apartamento está pronto. Logo, Daniel e Fabíola estarão de volta com o bebê, e não vai haver mais lugar para mim.

– É muito cedo? – pergunto.

– Não, não é muito cedo. E fico feliz que não seja tarde demais.

Fico com um nó na garganta e não consigo dizer nada. Mas não preciso, porque Yael desata a falar sem parar. Ela se desculpa por ter me mantido sempre distante, repetindo o que Bram sempre disse: não era eu, era ela, Saba, a infância dela... Todas as coisas que eu já sabia, mas não tinha entendido até agora.

– Mãe, está tudo bem – interrompo.

– Não está, não.

Mas está. Porque sei muito bem sobre escapismo, sei que às vezes a gente foge de uma prisão para descobrir que na verdade só construiu outra ao redor de si mesmo.

É engraçado, porque acho que eu e a minha mãe estamos finalmente falando a mesma língua, mas, por algum motivo, as palavras já não parecem necessárias.

Quarenta e seis

Desligo o telefone e sinto como se alguém tivesse aberto a janela e deixado o ar entrar. É como acontece nas viagens. Em um dia, tudo parece perdido, até que você pega um trem ou recebe um telefonema e de repente um mapa de opções se abre. Petra, a peça... parecia que isso era alguma coisa, mas talvez tenha sido apenas o último lugar para o qual o vento me levou. Agora, está me soprando de volta para a Índia. De volta para a minha mãe. Para o lugar ao qual pertenço.

Ainda seguro o envelope com as fotos. De novo, me esqueço de perguntar a Yael sobre elas. Olho para a imagem de Saba com a mulher misteriosa e percebo por que ela me pareceu familiar. Com olhos escuros, sorriso brincalhão e cabelo chanel, ela parece um pouco com Louise Brooks. Quem será esta... pego o recorte de jornal... esta Olga Szabo?

Quem era? Namorada de Saba? Uma mulher que o deixou?

Não sei direito o que fazer com estas fotos. Seria mais seguro colocá-las de volta no sótão, mas sinto que isso seria o mesmo que aprisioná-las. Posso fazer cópias e levar as originais comigo, mas ainda poderiam se perder.

Olho para a foto de Saba e para a de Yael. Penso na vida inconcebível que esses dois tiveram, porque Saba a amava tanto que precisava mantê-la segura. Não sei se é possível amar uma pessoa e ao mesmo tempo mantê-la segura. Amar alguém é um ato intrinsecamente perigoso. E, no entanto, é no amor que mora a segurança.

Eu me pergunto se Saba sabia disso. Afinal de contas, foi ele quem disse: *a verdade e seu oposto são dois lados da mesma moeda.*

Quarenta e sete

São quatro e meia. Só vou encontrar Linus às seis para um rápido ensaio técnico antes da estreia. Ouço Broodje e os caras conversando na sala. Não quero encará-los. Não imagino como vou contar que pretendo voltar para a Índia em três dias.

Largo o celular na cama e saio porta afora, gritando um tchau. Broodje me lança um olhar desolado.

– Você ainda quer que a gente vá hoje à noite?

Não quero. Não mesmo. Mas não posso ser cruel desse jeito, não com ele.

– Claro – minto.

Do lado de fora, esbarro na minha vizinha, a Sra. Van der Meer, que está saindo para passear com o cachorro.

– O sol finalmente resolveu aparecer – comenta.

– Que bom – respondo, mesmo preferindo que estivesse chovendo.

As pessoas ficariam em casa se chovesse. Mas o sol está tentando abrir caminho através da teimosa cobertura de nuvens. Ando até o pequeno parque do outro lado da rua. Estou prestes a passar pelos portões, quando ouço alguém chamar meu nome. Não paro. Devem existir mil Willems. Mas o chamado fica mais alto. E o grito vem em inglês.

– Willem, é você?

Paro. Viro para olhar. Não pode ser.

Mas é. Kate.

– Caramba, graças a Deus! – diz ela, correndo na minha direção. – Eu liguei não sei quantas vezes, mas você não atendeu. Daí vim até aqui, mas sua campainha cretina não funciona. Por que você não atendeu?

Parece que mandei aquele e-mail há um ano. De outro mundo. Estou com vergonha de tê-la feito vir de tão longe.

– Deixei em casa.

– Dei sorte de encontrar sua vizinha passeando com o cachorro. Ela disse que achava que você tinha vindo nesta direção. Mais um dos seus pequenos acidentes... – Ela ri. – Tive um dia inteiro deles. A chegada do seu e-mail foi o mais feliz dos acasos. David queria me arrastar para uma montagem vanguardista horrenda de *Medeia,* em Berlim, e eu estava desesperada tentando arrumar uma desculpa para não ir, então vi a sua mensagem hoje de manhã e corri para cá. Só no avião me toquei de que eu não tinha ideia de onde era a peça. Como você não atendia o celular, pirei de leve e resolvi bater na sua porta. Mas aqui estamos, e está tudo bem. – Ela passa a mão pela testa, um gesto exagerado. – Ufa!

– Ufa – repito, com menos entusiasmo.

O radar de Kate acende um alerta.

– Ou talvez não.

– Talvez não.

– O que houve?

– Posso pedir uma coisa?

Eu já pedi muitas coisas a Kate. Mas vê-la na plateia? Broodje e os caras, bom, eles não vão perceber. Mas Kate, sim. Ela sabe reconhecer uma farsa.

– Claro.

– Posso pedir para você não ir hoje à noite?

Ela ri, como se fosse uma piada. Então percebe que não é e diz "Ah", e depois fica séria.

– Eles não vão botar você? O tornozelo do outro Orlando sarou misteriosamente?

Balanço a cabeça. Olho para baixo e vejo que Kate ainda está segurando a mala. Ela veio literalmente direto do aeroporto. Para me ver.

– Onde você está hospedada?

– No único lugar que consegui achar de última hora. – Kate puxa um papel da mala. – Hotel Magere Brug? Não faço ideia de como se pronuncia isso, quanto mais onde fica. – Ela me estende o papel. – Você conhece?

Hotel Magere Brug. Sei exatamente onde fica. Passei por ele quase todos os dias da minha vida. Nos fins de semana, costumavam servir doces caseiros no saguão, e Broodje e eu sempre nos enfiávamos lá para surrupiar alguns. O gerente fazia vista grossa.

Pego a mala dela.

– Vem. Vou levar você para casa.

A última vez que estive no barco foi em setembro; fui até o píer antes de ir embora. Parecia tão vazio, tão assombrado, como se também estivesse de luto – o que fazia um certo sentido, já que foi Bram quem o construiu. Até o clêmatis que Saba plantou – "porque mesmo um país cheio de nuvens precisa de sombra" –, que havia crescido pelo deque uma vez, estava murcho e castanho. Se Saba estivesse aqui, teria cortado a árvore. Era o que sempre fazia quando vinha, no verão, e descobria que as plantas tinham definhado durante sua ausência.

O clêmatis está de volta, frondoso e selvagem, derramando pétalas roxas. O deque está repleto de flores, treliças, trepadeiras, vasos e heras.

– Esta era a minha casa. Foi aqui que eu cresci.

Kate não tinha dito quase nada durante a viagem de bonde.

– É linda – retrucou.

– Foi meu pai quem construiu. – Posso ver Bram sorrindo e dando uma piscadinha, e ouvi-lo anunciar, como que para ninguém: *olha, preciso de um ajudante agora de manhã.* Yael se escondia debaixo do edredom. Dez minutos depois, eu estava com uma furadeira na mão. – Mas eu ajudei. Faz muito tempo que não venho aqui. Seu hotel fica bem na esquina.

– Que coincidência.

– Às vezes eu acho que tudo não passa de coincidência.

– Não. Nada é coincidência. – Ela olha para mim. E pergunta: – Então, o que houve, Willem? Medo do palco?

– Não.

– Então o quê?

Conto tudo: o telefonema de hoje de manhã, aquele momento no primeiro ensaio em que descobri uma coisa nova, algo real em Orlando, e depois tive que mandar tudo para o inferno.

– Agora eu só quero subir lá, fazer o que tenho que fazer e acabar logo com isso. Com o mínimo de testemunhas possível.

Espero solidariedade, ou um dos seus conselhos de atuação indecifráveis, porém ressoantes. Em vez disso, o que ela faz é dar uma risada esplêndida, com direito a bufos e soluços. Depois, diz:

– Você só pode estar brincando.

Eu não estou brincando. Fico em silêncio.

Ela tenta se conter.

– Me desculpe, Willem, mas a oportunidade da vida cai no seu colo… quer dizer, você finalmente sofre um de seus gloriosos acidentes, e vai deixar uma direção horrorosa dessas tirar você do rumo?

Ela faz tudo parecer tão leve, como se fosse só um conselho ruim, mas é muito mais que isso. Um soco na cara não é um direcionamento ruim: é um redirecionamento. *Este não é o caminho.* E logo quando eu pensei que tinha encontrado algo… Cato as palavras para tentar explicar essa… traição.

– É como encontrar a garota dos sonhos…

– E se tocar de que você nem perguntou o nome dela? – arremata Kate.

– Eu ia dizer que é como descobrir que ela na verdade é homem. Que eu estava completamente errado.

– Isso só acontece nos filmes. Ou em Shakespeare. Embora seja curioso que você tenha mencionado a garota dos seus sonhos, porque tenho pensado muito nela, essa tal que você estava caçando no México.

– A Lulu? O que ela tem a ver com isso?

– Eu estava contando a sua história para o David, e ele me fez uma pergunta ridícula de tão simples, mas fiquei obcecada.

– Que pergunta?

– É sobre a sua mochila.

– Você está obcecada pela *minha mochila*?

Era para ser piada, mas de repente meu coração acelera. *Transou com ela e depois deu no pé.* Posso ouvir Tor dizer isso com desgosto em seu sotaque de Yorkshire.

– O lance é o seguinte: se você só tinha saído para comprar um café e croissants, ou para reservar um hotel ou qualquer coisa do gênero, por que levou a mochila com todas as suas coisas?

– Não era uma mochila grande. Você viu. Era a mesma do México. Eu sempre viajo assim, com pouco.

Estou falando rápido demais, como se tivesse algo a esconder.

– Beleza. Beleza. Você gosta de viajar com pouco, para ter mobilidade. Mas você ia voltar para aquela ocupação e, pelo que me lembro, tinha que escalar até o segundo andar do prédio. Não é isso?

Faço que sim com a cabeça.

Eu estava naquele peitoril, uma perna fora, a outra dentro. Uma lufada de vento, tão forte e fria depois de todo aquele calor, cortou minha pele feito faca. Ouvi Lulu se mexendo e se cobrindo com a lona lá dentro. Olhei para ela por um momento, e uma sensação me invadiu com força. Pensei: *talvez eu devesse esperar ela acordar.* Mas já estava fora da janela e tinha avistado uma pâtisserie.

Caí pesado sobre uma poça, a água da chuva se movendo ao redor dos pés. Quando olhei a janela às minhas costas, a cortina branca brincando na ventania, senti tristeza e alívio ao mesmo tempo, peso e leveza – um deles me suspendendo, o outro me puxando para baixo. Então entendi que eu e Lulu tínhamos começado alguma coisa, algo que eu sempre quisera, mas que tinha medo de conseguir. Algo que eu queria mais. E, também, algo de que eu queria distância. A verdade e seu oposto.

Parti para a pâtisserie sem saber muito o que fazer, sem saber se deveria voltar, ficar mais um dia, mas entendendo que, se fizesse isso, abriria uma porta. Comprei os croissants, ainda sem ter decidido nada. Então, quando virei a esquina, lá estavam os skinheads. Fui acometido por uma espécie de alívio insidioso: eles decidiram por mim.

Só que quando acordei naquele hospital, sem lembrar de Lulu, de seu nome e de quem ela era, mas desesperado para encontrá-la, percebi que era a decisão errada.

– Eu *ia* voltar – retruco. Mas a incerteza em minha voz é como uma navalha rasgando minha máscara.

– Sabe o que eu acho, Willem? – começa Kate, a voz delicada. – Acho que ser ator, aquela garota... é tudo a mesma coisa. Quando você chega perto de algo que assusta, dá um jeito de fugir.

Em Paris, no momento em que Lulu me fez sentir mais seguro, quando se colocou entre mim e os skinheads, quando cuidou de mim e se tornou minha garota da montanha, quase a mandei embora. Naquele momento, quando nós dois estávamos seguros e olhei para ela, vendo a determinação queimar em seus olhos, o amor já ali, tão improvável, depois de apenas um dia, senti desejo e necessidade, mas também medo, porque já tinha visto o que perder isso poderia causar. Eu queria ser protegido pelo amor dela, mas também queria me proteger daquele amor.

Na hora não entendi. O amor não é algo de que se protege. É algo que se arrisca.

– Sabe qual é a ironia de representar? – reflete Kate. – Usamos mil máscaras, somos especialistas em camuflar coisas, mas o único lugar onde não conseguimos nos esconder é no palco. Não me admira que você tenha pirado. E é o Orlando ainda por cima!

Ela está certa de novo, sei que está. Petra não fez nada além de me dar uma desculpa para fugir de novo. Mas a verdade é que eu não queria dar no pé naquele dia com Lulu, nem quero fazer isso agora.

– Qual é a pior coisa que pode acontecer se você fizer do seu jeito hoje à noite? – questiona Kate.

– Ela me demitir.

Se ela fizer isso, vai ser consequência da minha atitude, não da minha inércia. Começo a sorrir. É meio incerto, mas é um sorriso.

Kate espelha meu sorriso com um bem maior, uma versão americana.

– Você sabe o que eu sempre digo: se não for para arrasar, vá para casa.

Se não for para arrasar, vá para casa. Já tinha ouvido Kate dizer isso, mas não tinha compreendido o verdadeiro sentido. Agora entendo o que ela quer dizer, embora ache que, em relação a este momento, está errada, porque, para mim, não é arrasar ou ir para casa. É arrasar *e* ir para casa.

Preciso do primeiro para conseguir o segundo.

Quarenta e oito

Bastidores. É a loucura de sempre, mas estou estranhamente calmo. Linus me arrasta até o vestiário improvisado, onde troco as roupas comuns pelas de Orlando, ajustadas para mim em cima da hora. Eu me maquio. Coloco minhas roupas dobradas no armário atrás do palco. A calça jeans, a camisa, o relógio de Lulu. Seguro o relógio por mais um segundo, sinto a vibração do tique-taque na palma da mão, depois o guardo no armário.

Linus nos reúne em um círculo. Fazemos exercícios vocais. Os músicos afinam seus violões. Petra grita as últimas instruções para mim, coisas sobre encontrar minha luz, manter o foco, os outros atores estarem me apoiando e fazer o meu melhor. O olhar dela é penetrante e preocupado.

Linus avisa que faltam cinco minutos e coloca um fone de ouvido com microfone, e Petra se afasta. Max vai ficar nos bastidores durante a performance de hoje à noite e está sentada em um banquinho na coxia. Ela não diz nada, só olha para mim, beija dois dedos e os solta no ar. Devolvo o gesto.

– *Merda para você* – sussurra alguém em meu ouvido.

É Marina, que aparece atrás de mim. Seus braços ágeis me abraçam pelas costas, enquanto sua boca beija algum lugar entre minha orelha e meu pescoço. Max vê e sorri com malícia.

– Nas posições! – grita Linus.

Petra sumiu. Ela sempre desaparece antes do espetáculo e só reaparece quando acaba. Vincent diz que ela vai passear, fumar ou estripar gatinhos.

Linus agarra meu pulso.

– Willem.

Eu me viro. Ele me dá um pequeno aperto de mão e assente. Correspondo ao cumprimento.

– Vai, música! – comanda Linus, pelo microfone.

Os músicos começam a tocar. Vou para a lateral do palco.

– Luz um – ordena Linus.

Os holofotes se acendem. A plateia faz silêncio.

– Vai, Orlando! – segue Linus.

Hesito por um momento. Ouço a voz de Kate: *Respira*. Respiro fundo. Meu coração martela nas têmporas. *Tum, tum, tum*. Fecho os olhos e escuto o tique-taque do relógio de Lulu, como se ainda estivesse com ele no pulso. Faço uma pausa e ouço os dois sons antes de entrar no palco.

E o tempo para. É um ano e é um dia. Uma hora, mas são 24. É o tempo, acontecendo de uma só vez. Os últimos três anos se solidificam neste exato momento, em mim, em Orlando. Esse jovem desamparado, sem pai, sem família, sem casa. Este Orlando, que por acaso encontra esta Rosalinda. E, mesmo que esses dois só tenham passado alguns momentos juntos, reconhecem algo um no outro.

– A pouca força que eu tenho, que esteja com você – diz Rosalinda, fazendo a máscara de Orlando cair.

Quem é que cuida de você?, perguntara Lulu, fazendo a minha máscara cair.

– Cavalheiro, use isto por mim – diz Marina, como Rosalinda, me entregando a corrente que estava em seu pescoço.

Serei a sua garota da montanha, vou cuidar de você, dissera Lulu, momentos antes de eu tirar o relógio de seu pulso.

O tempo está passando, sei que está. Entro e saio do palco. Acerto minhas deixas, sigo as marcas. O sol mergulha no céu e dança em direção ao horizonte, as estrelas começam a aparecer, e os grilos cantam. De alguma forma, vejo tudo isso de fora. Estou aqui e agora. Neste único momento. Neste palco. Sou Orlando, me entregando a Rosalinda. E também sou Willem, me entregando a Lulu, como deveria ter feito um ano atrás, mas não consegui.

– O correto seria perguntar em que parte do dia estamos, porque não existem relógios na floresta – digo à minha Rosalinda.

Esqueceu que você deu o tempo para mim? Ele não existe mais, eu tinha dito a Lulu.

Sinto o relógio no pulso como naquele dia em Paris; ouço o tique-taque na minha cabeça. Não consigo separar este ano do anterior. São uma coisa só, a mesma coisa. O então é o agora. O agora é o que já foi.

– Não quero a cura, meu jovem – diz meu Orlando à Rosalinda de Marina.

– Mas eu poderia curá-lo, se ao menos me chamasse de Rosalinda – responde Marina.

Vou cuidar de você, prometera Lulu.

– Juro por minha fé, e com toda a sinceridade, e que Deus me castigue se não for verdade, juro por todas as lindas promessas que posso fazer: não há perigo – diz a Rosalinda de Marina.

Eu escapei do perigo, dissera Lulu.

Nós dois escapamos. Algo aconteceu naquele dia. Ainda está acontecendo aqui no palco. Foi apenas um dia, apenas um ano, mas talvez um dia seja o bastante. Talvez uma hora. Talvez o tempo não tenha mesmo nada a ver com isso.

– Meu belo rapaz, queria poder fazer você acreditar que estou apaixonado – diz meu Orlando a Rosalinda.

Então defina o amor, exigira Lulu. *O que seria essa "mancha"?*

É isto, Lulu.

É assim.

❦

Então, acabou. Os aplausos estouram como uma onda imensa quebrando na praia, e eu estou aqui, neste palco, cercado pelos sorrisos de espanto e prazer dos meus colegas de elenco. Damos as mãos, nos curvando em uma mesura, e Marina me puxa para o agradecimento final, dando um passo para o lado e fazendo um gesto para eu seguir em frente; eu sigo, e os aplausos aumentam.

Nos bastidores, é uma doideira. Max não para de gritar. Marina está chorando, e Linus, sorrindo, embora não tire os olhos da entrada lateral por onde Petra saiu há algumas horas. As pessoas me cercam, dão tapinhas em minhas costas, me parabenizam e me beijam, e eu estou aqui, mas não estou... ainda me sinto em um estranho limbo, onde os limites do tempo, do espaço e das pessoas não existem, onde posso estar aqui e em Paris, onde o antes e o agora se misturam, onde sou Willem e Orlando.

Tento permanecer neste lugar enquanto troco de roupa e tiro a maquiagem. Olho meu rosto no espelho e tento digerir o que acabei de fazer. Tudo isso parece completamente irreal, mas é a coisa mais verdadeira que já fiz. A verdade e seu oposto. No meio do palco, interpretando um papel e revelando a mim mesmo.

As pessoas se aglomeram à minha volta. Falam de festas, de uma comemoração com o elenco, mesmo que o espetáculo continue por mais duas semanas e celebrar agora tecnicamente dê azar. Mas parece que todo mundo está ignorando a sorte hoje à noite. Nós fazemos nossa própria sorte.

Petra entra nos bastidores com a expressão neutra e sem dizer uma palavra. Passa direto por mim. Vai falar com Linus.

Deixo os bastidores e saio pelo portão de entrada para o palco. Max está ao meu lado, pulando como um cachorrinho eufórico.

– Marina beija bem? – pergunta.

– Ela com certeza ficou aliviada de não ter que beijar o Jeroen – comenta Vincent, e dou risada.

Lá fora, examino a área atrás dos meus amigos. Não sei direito quem vai estar aqui. E então a ouço dizer meu nome:

– Willem!

Kate é um borrão dourado e vermelho correndo em minha direção. Meu coração se expande quando ela pula em meus braços e rodopiamos juntos.

– Você conseguiu. Você conseguiu. Você conseguiu! – murmura em meu ouvido.

– Eu consegui. Eu consegui. Eu consegui – repito, rindo de felicidade, alívio e espanto diante do rumo que aquele dia tomou.

Alguém me dá um tapinha no ombro.

– Você deixou cair isto aqui.

– Ah, sim, suas flores – diz Kate, se inclinando para pegar um buquê de girassóis. – Pela estreia incrível.

Pego as flores.

– Como você está se sentindo?

Não sei o que responder, não tenho palavras. Só me sinto pleno. Tento explicar, mas Kate me interrompe:

– Como se tivesse acabado de fazer o melhor sexo da vida?

Dou risada.

– É, tipo isso.

Beijo a mão dela. Ela enrosca o braço na minha cintura.

– Pronto para se entregar à idolatria do público?

Não estou. Só quero saborear o momento com a pessoa que me ajudou a fazer isto acontecer. Eu a conduzo pela mão até um banco tranquilo debaixo de um gazebo e tento articular e expressar o que acabou de acontecer.

– Como isto aconteceu? – É só o que sai da minha boca.

Kate segura minhas mãos.

– Você realmente precisa perguntar?

– Acho que preciso. Pareceu uma coisa de outro mundo.

– Ah, não – diz ela, rindo. – Eu acredito na musa e tal, mas não me venha atribuir aquela performance a um dos seus acidentes. Lá em cima, era só você.

Era mesmo. E não era. Porque eu não estava sozinho.

Ficamos sentados mais um pouco. Sinto meu corpo todo zumbindo, vibrando. A noite é perfeita.

– Acho que seus fãs estão esperando – comenta Kate, depois de um tempo, apontando para trás de mim.

Eu me viro e vejo Broodje, Henk, W, Lien e algumas outras pessoas, que nos observam com curiosidade. Pego Kate pela mão e a apresento aos caras.

– Você vem para a nossa festa, não vem? – pergunta Broodje.

– *Nossa* festa? – pergunto.

Broodje finge estar encabulado.

– É que é difícil cancelar uma festa assim de última hora.

– Ainda mais depois de convidar o elenco inteiro e quase metade do público – denuncia Henk.

– Não é verdade! – protesta Broodje. – Não foi a metade. Só uns canadenses.

Reviro os olhos e dou risada.

– Beleza. Vamos.

Lien ri e segura minha mão.

– Vou me despedir agora. Um de nós tem que estar sóbrio amanhã. É dia de mudança.

Ela beija W e me dá dois beijinhos.

– Parabéns, Willem.

– Vou junto com ela para sair do parque – diz Kate. – Esta cidade me confunde.

– Você não vem? – pergunto.

– Tenho umas coisas para resolver. Apareço depois. Deixa a porta aberta para mim.

– Sempre – respondo.

Quando vou beijar a bochecha dela, ela sussurra no meu ouvido:

– Sabia que você ia conseguir.

– Eu não teria conseguido sem você.

– Deixa de ser bobo. Você só precisava de apoio moral.

Mas não estou falando do apoio moral. Sei que Kate acha que eu tenho que me comprometer, parar de me apoiar em acidentes, assumir a direção da minha vida. Mas será que eu estaria aqui se não tivéssemos nos conhecido no México? Será que não foi um acidente? Ou foi só meu desejo?

Pela centésima vez na noite, estou de volta com Lulu na barca de Jacques, batizada com o nome improvável de *Viola*. Ela acabou de me contar a história da dupla felicidade, e estamos discutindo sobre o significado da expressão. Lulu achava que tinha a ver com o rapaz ter conseguido o emprego e a garota, mas eu discordei. Era o dístico que se encaixava, as duas metades que se encontravam. Era o amor.

Talvez nós dois estivéssemos errados e certos. Não se trata de isso *ou* aquilo, destino *ou* amor, destino *ou* desejo.

Talvez, para ter a dupla felicidade, seja necessário ter os dois.

Quarenta e nove

O apartamento é um caos completo. São mais de cinquenta pessoas do elenco, de Utrecht e até uns colegas dos meus tempos de escola em Amsterdã. Não faço ideia de como Broodje conseguiu arrastar esse povo todo para cá tão rápido.

Max pula em cima de mim, seguida por Vincent.

– Uau – diz ela.

– Você devia ter avisado que sabia atuar! – protesta Vincent.

Abro um sorriso.

– Eu quis manter o ar de mistério.

– Bom, o elenco inteiro está impressionado pra cacete – diz Max. – Fora a Petra, claro, que está com aquela cara de enterro de sempre.

– É que um substituto acabou de ofuscar o astro dela, e agora ela vai ter que decidir se coloca um astro manco em cena, e que fique claro que digo isso tanto no sentido literal quando figurado, ou deixa você nos levar para casa – explica Vincent.

– Decisões, decisões… – pontua Max. – Não olhe agora, mas lá vem a Marina com aquele olhar sedutor.

Nós nos viramos. Marina olha fixamente para mim, sorrindo.

– E ela nem disfarça, a não ser que seja *comigo* que esteja querendo transar – diz Max.

265

– Já volto – respondo.

Vou até ela, parada em frente à mesa que Broodje transformou em bar. Ela está segurando uma caneca de alguma coisa.

– O que você está bebendo?

– Não sei direito. Um dos seus amigos me deu, prometendo ressaca zero. Então confiei nele.

– Primeiro grande erro.

Ela alisa a borda do copo com o dedo.

– Tenho a impressão de que eu já cometi meu primeiro erro faz tempo. – Ela toma um gole. – Você não está bebendo?

– Eu já estou bêbado.

– Toma. Para me acompanhar.

Ela me estende a caneca e tomo um gole. Sinto o gosto da tequila azeda, que agora é a preferida de Broodje, misturada a alguma bebida sabor laranja.

– Ok… Ressaca zero? Acho difícil.

Ela ri e toca meu braço.

– Eu não vou dizer que você estava maravilhoso hoje à noite. Você já deve estar de saco cheio de ouvir isso.

– E *dá* para ficar de saco cheio de ouvir isso?

Marina sorri.

– Não. – Ela afasta o olhar. – Sei o que eu disse mais cedo, sobre esperar o fim da temporada, mas muitas regras parecem estar sendo quebradas… – diz, reticente. – Será que três semanas fazem tanta diferença?

Marina é sexy, gata e inteligente. Mas está errada. Três semanas podem fazer uma enorme diferença. Eu sei disso porque às vezes um dia já é suficiente.

– Fazem – respondo. – Fazem diferença.

– Ah – diz ela, meio surpresa, um tanto magoada. – Você está com alguém?

Hoje à noite, naquele palco, senti que estava, mas aquilo *era* um fantasma. A obra de Shakespeare está cheia deles.

– Não.

– Ah, eu vi você com aquela mulher depois do espetáculo. Fiquei na dúvida.

Kate. Preciso encontrá-la, e com urgência, porque o que eu quero está muito claro para mim agora.

Peço licença a Marina e dou uma olhada no apartamento, mas nem sinal de Kate. Desço as escadas para conferir se a porta ainda está aberta. Está. Esbarro na Sra. Van der Meer de novo, saindo com o cachorro.

– Desculpe o barulho.

– Sem problemas – responde ela, e olha para o andar de cima. – A gente costumava fazer umas festas bem doidas aí.

– Você morava aqui quando era uma ocupação? – pergunto, tentando decifrar qual das jovens anarquistas que vi nas fotos é essa senhora de meia-idade diante de mim.

– Morava. Eu conheci seu pai.

– Como ele era?

Nem sei por que estou perguntando. Bram nunca foi difícil de decifrar. Mas a resposta da Sra. Van der Meer me surpreende.

– Ele era um jovem meio melancólico. – Os olhos dela se voltam para o apartamento, como se o visse de novo. – Até sua mãe aparecer.

O cachorro puxa a coleira, e ela me deixa ali, ponderando o quanto sei sobre meus pais.

Cinquenta

O telefone está tocando. E eu estou dormindo.

Tateio para encontrá-lo. Está ao lado do travesseiro.

– Alô – murmuro.

– Willem! – diz Yael, quase sem fôlego. – Acordei você?

– Mãe?

Espero o pânico de sempre chegar, mas não vem. No lugar, há outra coisa, um resquício de algo bom. Esfrego os olhos, e a sensação ainda está ali, flutuando como uma névoa: o sonho que eu estava tendo.

– Falei com Mukesh. Ele fez sua mágica. Dá para você vir na segunda, mas temos que reservar o voo agora. Ele vai comprar uma passagem com a data em aberto. Você vem por um ano, depois decide o que faz.

Meus pensamentos estão confusos pela privação do sono. A festa só acabou às quatro. Fui dormir quase cinco. O sol já estava alto. Aos poucos, a conversa de ontem com minha mãe vai voltando à memória.

O convite que ela fez, o quanto eu queria aquilo... ou pensei que queria. Algumas coisas a gente só descobre que quer quando perde. Outras, a gente pensa que quer, mas não entende que já tem.

– Mãe, eu não vou voltar para a Índia.

– Não?

Há curiosidade na voz dela, mas também decepção.

– Eu não pertenço a esse lugar.

– Você pertence ao lugar ao qual eu pertenço.

É um alívio ouvi-la dizer isso depois de tanto tempo, mas não acho que seja verdade. Fico feliz que ela tenha encontrado um novo lar na Índia, mas não é onde eu tenho que estar.

Se não for para arrasar, vá para casa.

– Eu vou continuar atuando, mãe – explico.

E sinto. A ideia, o plano, completamente formado desde a noite passada, talvez desde muito antes. A urgência em encontrar Kate, que acabou nunca aparecendo na festa, bate forte. Essa chance eu não vou deixar escapar por entre os dedos. Isso é algo de que preciso.

– Eu vou continuar atuando – repito. – Porque sou ator.

Yael ri.

– Claro que é. Está no seu sangue. Você é como a Olga.

Reconheço o nome imediatamente.

– Olga Szabo?

Ela hesita. Sinto a surpresa estalando através da linha.

– Saba falou dela?

– Não. Eu encontrei as fotos no sótão. Ia perguntar sobre essa Olga, mas acabei esquecendo, porque estava enrolado... e porque a gente nunca falou sobre essas coisas.

– É verdade. A gente nunca falou.

– Quem era ela? Namorada do Saba?

– Irmã dele.

Eu deveria estar surpreso, mas não estou, nem um pouco. É como se as peças de um quebra-cabeças se encaixassem.

– Teria sido sua tia-avó. Saba sempre dizia que ela era uma atriz in-crível, que estaria em Hollywood. Mas não sobreviveu à guerra.

Ela não sobreviveu. Saba foi o único que resistiu.

– Szabo era um nome artístico?

– Não. Szabo era o sobrenome do Saba antes de ele imigrar para Israel e tornar a pronúncia mais hebraica. Muitos europeus fizeram isso.

Para se afastar do passado, imagino. Eu entendo. Embora ele não conseguisse. Todos aqueles filmes mudos que me levou para ver... Os fantasmas que mantinha ao mesmo tempo afastados e próximos.

Olga Szabo, minha tia-avó. Irmã do meu avô, Oskar Szabo, que se tornou Oskar Shiloh, pai de Yael Shiloh, esposa de Bram de Ruiter, irmão de Daniel de Ruiter, prestes a se tornar pai de Abraão de Ruiter.

Como em um passe de mágica, minha família cresce outra vez.

Cinquenta e um

Quando saio do quarto, Broodje e Henk estão acordando e analisando o estrago na casa; parecem generais do exército que perderam uma batalha importante.

Broodje se vira para mim, e sua expressão é como um pedido de desculpas.

– Foi mal. Vou limpar tudo. Mas prometemos encontrar o W às dez para ajudar na mudança e já estamos atrasados.

– Acho que eu vou vomitar – diz Henk.

Broodje pega uma garrafa de cerveja com dois terços preenchidos por guimbas de cigarro.

– Você pode vomitar *depois*. A gente prometeu para o W. – Broodje olha para mim. – E para o Willy. Vou limpar o apartamento mais tarde. E o vômito do Henk, que ele vai segurar por enquanto.

– Não se preocupem – digo. – Eu limpo. Vou resolver tudo!

– Não precisa ficar tão animado – diz Henk, tocando as têmporas e fazendo uma careta de dor.

Pego as chaves do balcão.

– Sinto muito – respondo, sem sentir coisa nenhuma.

Vou até a porta.

– Aonde você vai? – pergunta Broodje.

– Assumir a direção!

Estou destrancando a bicicleta quando meu celular toca. É ela. Kate.

– Estou ligando tem uma hora – digo. – Vou passar no seu hotel.

– Hum, no meu hotel.

Sei pelo tom de voz que ela está sorrindo.

– Eu estava com medo de você já ter ido embora. Tenho uma proposta.

– Bom, propostas *são* melhores feitas pessoalmente. Mas segura aí que já estou indo te encontrar. Por isso que eu liguei. Você está em casa?

Penso no apartamento, em Broodje e Henk de cuecas boxer, na bagunça indescritível. O sol apareceu, realmente apareceu, pela primeira vez em dias. Sugiro um encontro no Sarphatipark em vez disso.

– Do outro lado da rua, onde a gente se viu ontem.

– Rebaixou a proposta de um hotel para um parque, Willem? – debocha ela. – Não sei se fico lisonjeada ou ofendida.

– É, eu também não sei.

Vou direto até o parque e espero sentado em um dos bancos perto do quadradinho de areia. Um menino e uma menina fazem planos de construir um forte.

– Pode ter cem torres? – pergunta o menino.

– Acho melhor vinte – responde ela.

– A gente pode morar aqui para sempre?

A garota analisa o céu por um momento e diz:

– Só até chover.

Quando Kate aparece, os dois já fizeram progressos significativos: um fosso e duas torres.

– Desculpa a demora – diz ela, sem fôlego. – Eu me perdi. É fácil ficar rodando em círculos nessa sua cidade.

Começo a explicar sobre os canais concêntricos e que o Ceintuurbaan é um cinturão que circunda a cidade. Kate me interrompe.

– Ih, nem tenta. Eu sou um caso perdido. – Ela senta ao meu lado. – Alguma palavra da Frau Directeur?

– Silêncio sepulcral.

– Isso é meio assustador.

Dou de ombros.

– Talvez. Mas não tem nada que eu possa fazer. De qualquer forma, eu tenho um plano.

– Ah, você tem um plano? – indaga Kate, arregalando os olhos verdes já bem grandes.

– Tenho. Aliás, essa é a minha proposta.

– Hum, a trama se complica.

– O quê?

Kate balança a cabeça.

– Deixa para lá. – Ela cruza as pernas e se inclina para mim. – Estou pronta. Faça a proposta.

Pego a mão dela.

– Eu quero você... – Faço uma pausa dramática. – Como minha diretora.

– Isso não é tipo apertar as mãos depois de fazer amor? – pergunta.

– O que aconteceu ontem à noite... aconteceu por sua causa. E eu quero trabalhar com você. Quero estudar com a Balbúrdia. Ser um aprendiz.

Kate abre um sorriso tão largo que seus olhos agora parecem puxados.

– Como sabe que a gente tem vagas para aprendizes? – pergunta, arrastando a fala.

– Talvez eu tenha conferido o site uma vez... ou cem. Sei que você trabalha basicamente com americanos, mas eu cresci falando inglês, interpreto em inglês. Na maior parte do tempo, eu sonho em inglês. Quero fazer Shakespeare. Em inglês. Eu quero fazer. Com você.

O sorriso sapeca desapareceu do rosto de Kate.

– Não seria como ontem à noite, um Orlando em um palco principal. Nossos aprendizes fazem de tudo: constroem cenários, trabalham na parte técnica, estudam... É como ser parte de um time. Não estou dizendo que você não chegaria aos papéis principais um dia, eu jamais descartaria isso, ainda mais depois da noite passada, mas demoraria um tempo. E tem a questão do visto, sem falar do sindicato, então você não pode chegar pensando nos holofotes. E eu disse para o David que ele precisa conhecer você.

Olho para Kate; estou prestes a dizer que jamais esperaria isso, que serei paciente, que sei construir coisas. Mas paro, porque percebo que não preciso *convencê-la* de nada.

– Onde você acha que eu estava noite passada? – pergunta ela. – Estava esperando o David voltar da *Medeia* dele para falar sobre você. Eu o convenci a sentar a bunda em um avião para ver sua apresentação hoje à noite, antes que o engessado volte. Ele está a caminho... aliás, eu tenho que ir daqui a pouco, vou encontrar com ele no aeroporto. Depois desse trabalho todo, acho bom colocarem você no palco de novo, ou terá que fazer uma performance individual para o David.

– Espera, você ia me perguntar a mesma coisa?

O sorriso sapeca está de volta.

– Você tinha alguma dúvida? Mas fico imensamente feliz, Willem, que *você* tenha *me* feito essa proposta. Demonstra que você está prestando atenção, que é o que um diretor espera de um ator. – Ela dá uma batidinha com o indicador na têmpora. – Além disso, é bem espertinho da sua parte se mudar para os Estados Unidos. É muito bom para a sua carreira, mas também é o país da Lulu.

Penso na carta de Tor, só que agora não mais na acusação, não mais no meu remorso. Ela procurou por mim. Eu procurei por ela. E, na noite passada, de uma forma estranha, nós nos encontramos.

– Não é por isso que eu quero ir – explico.

Ela sorri.

– Eu sei. Estava só zoando. Acho que você devia ficar no Brooklyn. Tem muita coisa em comum com Amsterdã: os tijolinhos, as casas geminadas, a tolerância ao amor e à excentricidade... Você vai se sentir em casa.

Quando ela diz isso, um sentimento toma conta de mim. De pausa, de descanso, como se todos os relógios do mundo parassem.

Casa.

Cinquenta e dois

Mas a casa de Daniel… ah, essa está uma zona.

Quando chego, os caras já saíram, e tem lixo para todo lado. O apartamento está como Bram dizia que era nos velhos tempos, antes de Yael chegar e impor sua ordem.

Há garrafas, cinzeiros, pratos, caixas de pizza, e toda a louça da casa está suja. O apartamento inteiro cheira a cigarro. Com certeza não é um ambiente adequado para um bebê. Fico paralisado por um segundo, sem saber por onde começar.

Coloco um CD do Adam Wilde, o cantor e compositor que eu e Max fomos ver há algumas semanas, e começo. Esvazio as garrafas de cerveja e vinho e as coloco em uma caixa para reciclar. Depois, jogo as cinzas fora e lavo os cinzeiros. Embora agora tenha a lava-louças, encho a pia com água quente e sabão para lavar toda a louça suja, depois seco tudo. Escancaro as janelas para arejar o lugar, e o sol e o ar fresco invadem a casa.

Quando dá meio-dia, já recolhi as garrafas, me livrei das guimbas de cigarro, lavei e sequei a louça, limpei os móveis e passei o aspirador de pó. A casa está quase tão limpa quanto em seu melhor dia com Daniel, mas, quando ele chegar com Abraão e Fabíola, vai estar perfeita. Pronta.

Faço um café. Procuro o celular para ver se Linus mandou alguma mensagem, mas ele está descarregado na cama. Plugo o aparelho na tomada e apoio o café na prateleira. O envelope ainda está ali, com minhas fotos e as de Yael, Bram, Saba e Olga. Corro o dedo pelo vinco do envelope, sinto o peso da história dentro dele. Aonde quer que eu vá, essas fotos vão comigo.

Olho de soslaio para o celular. Ainda está descarregado, mas daqui a pouco terei notícias de Linus e Petra. Parte de mim acha que serei demitido. Deve ser o preço do triunfo de ontem à noite, e tudo bem, porque estou disposto a pagar. Mas outra parte já não está tão convencida de que a lei do equilíbrio universal opera dessa forma.

Volto para a sala. O CD do Adam Wilde está repetindo, e as músicas já estão ficando tão familiares que sei que vão grudar na memória.

Olho em volta. Afofo as almofadas e deito no sofá. Eu deveria estar ansioso por uma resposta sobre ontem à noite, mas sinto o oposto. É como aquele momento de pausa, quando saio da estação de trem ou ônibus ou de um aeroporto em uma cidade nova e tudo é possível.

Através da janela aberta, entram os sons dissonantes da cidade: sinos de bondes, buzinas de bicicletas e o ocasional rugido de um jato no céu flutuam pela casa, se misturam à música e embalam meu sono.

Pela terceira vez no dia, sou acordado pelo som do telefone. Como nesta manhã, quando Yael ligou, tenho a mesma sensação de estar em outro lugar, no lugar certo.

O telefone para, mas sei que é Linus. *É o destino chamando*, como Marina disse. Só que não é meu destino; é só a noite de hoje. Meu destino sou eu quem faço.

Entro no quarto e pego o celular. Pela janela, vejo a barriga azul e branca de um jato da KLM escalar as nuvens. Eu me imagino em um avião, saindo de Amsterdã, passando pelo mar do Norte, sobre a Inglaterra e a Irlanda, atravessando a Islândia, a Groenlândia, descendo pela Terra Nova e ao longo da Costa Leste até Nova York. Sinto o solavanco, o ruído dos pneus tocando o chão, a explosão de aplausos dos passageiros, porque todos nós somos gratos por ter finalmente chegado.

Olho para o telefone. Há milhares de mensagens de parabéns pela noite de ontem e uma mensagem de voz de Linus: "Willem, pode me retornar assim que der, por favor?"

Respiro fundo, me preparando para o que vier. Não importa mesmo. Eu arrebentei, agora estou indo para casa.

Assim que Linus atende, ouço uma leve batida na porta.

– Alô, alô... – ecoa a voz dele.

Ouço outra batida, mais alta desta vez. Kate? Broodje?

Aviso que vou ligar de novo. Desligo. Abro a porta. E, de novo, o tempo para.

Estou chocado e não estou. Ela é exatamente como eu me lembrava e está completamente transformada. Uma estranha e alguém que conheço ao mesmo tempo. *A verdade e seu oposto são dois lados da mesma moeda*, ouço Saba dizer.

– Oi, Willem. Meu nome é Allyson.

Allyson. Digo o nome na minha cabeça, e um ano inteiro de memórias, fantasias e conversas unilaterais são revistas e atualizadas. Não Lulu. Allyson. Um nome forte. Sólido. E, de alguma forma, familiar. Tudo nela parece familiar. Eu conheço essa pessoa. Ela me conhece. Então entendo meu sonho desta manhã, percebo quem estava sentada ao meu lado no avião o tempo todo.

Allyson entra.

A porta fecha atrás dela. Por um minuto, eles estão aqui também. Yael e Bram, há trinta anos. Toda a história deles passa pela minha cabeça, porque também é a nossa história. Só agora percebo que era uma história incompleta, porque não importa quantas vezes Bram a tenha contado, nunca ouvi a parte mais importante: o que aconteceu nas três primeiras horas em que eles ficaram juntos no carro.

Ou talvez ele tenha contado, mas sem palavras. Com a atuação.

"E a beijei. Foi como se o tempo todo eu estivesse esperando por ela", dizia meu pai, outrora melancólico, sempre com a voz cheia de admiração.

Eu achava que a admiração tinha a ver com os acidentes, mas, pensando melhor, talvez não tivesse. Talvez a admiração fosse pela mancha. Três horas em um carro tinham sido suficientes. Dois anos depois, lá estava ela.

Talvez ele estivesse impressionado, como eu estou agora, com este misterioso cruzamento onde o amor encontra a sorte, onde o destino encontra o desejo. Porque eu estava esperando por ela. E ela chegou.

E ele a beijou.

Eu beijo Allyson.

Completo a história que veio antes de nós e, com isso, começo nossa própria história.

Dupla felicidade. Agora entendo.

CONFIRA O CONTO INÉDITO QUE DÁ SEQUÊNCIA A
APENAS UM ANO

Apenas uma noite

Just One Night © 2014 por Gayle Forman

Não é um primeiro beijo. Não é sequer o primeiro beijo *deles*. Mas parece.

Não que seja desajeitado ou esquisito, daqueles em que ela não sabe onde colocar as mãos e ele fica inseguro com a posição do nariz. Nada disso. Os dois se encaixam como peças de um quebra-cabeça. Quando Allyson e Willem se beijam pela primeira vez depois de um ano, os dois pensam o mesmo: *isso é novo*.

Mas talvez *pensar* não seja bem o caso, porque, quando se beija desse jeito, o pensamento sai de cena, dando lugar a coisas mais primitivas, como vozes interiores, instintos... "Você sabe nas *kishkes,* as entranhas, lá no fundo", como diria o Saba de Willem.

E as *kishkes* de Willem estão impressionadas, porque Allyson o encontrou, assim como Yael encontrou Bram. Ele não sabe como isso aconteceu, só sabe que aconteceu. E que significa alguma coisa.

Allyson se imagina erguendo o punho, em comemoração, e repete para si mesma: *não falei?* Tinha passado um ano atrás de Willem e da garota que era quando estava com ele. Então, na última noite, quando o viu como Orlando, no Vondelpark, teve certeza de que encontrara os dois, de que aquelas palavras na peça eram para ela. *A eternidade e mais um dia.* Allyson podia sentir. Sentiu bem no fundo, nas entranhas, nas *kishkes*. Mas dar ouvidos a essa voz interior era novidade na vida de Allyson, que passara 19 anos ignorando-a, dando ouvidos a tudo *menos* à voz. Por isso que tinha ido embora ao ver Willem radiante junto de outra mulher.

Ou melhor, não tinha ido embora, não exatamente. Porque está ali, no apartamento de Willem, que a beijou – e ela está correspondendo.

Aquele beijo é algo completamente novo, mas, ao mesmo tempo, é algo que conhecem profundamente, o que parece uma contradição, mas não é. *A verdade e seu oposto são dois lados da mesma moeda*, como dizia Saba.

Mas nada dura para sempre, nem mesmo os segundos primeiros beijos, mesmo que tenham sido conquistados a duras penas. A buzina de um bonde ecoa pela janela. É como um despertador cristalizando o momento, transformando algo difuso em real. Allyson e Willem se afastaram.

Ela não sabe o que fazer. Tem que pegar um voo para a Croácia. A parada no apartamento de Willem foi um desvio; o beijo, uma surpresa feliz. Mas e agora?

Como se respondesse à pergunta, Willem tira a mochila das costas dela. Depois, oferece um café.

Se pudesse, ele daria um tapa na própria cara. Não vê essa garota há um ano – essa garota em quem pensou, com quem sonhou, por quem procurou durante um ano inteiro, essa garota que acabou de beijar (ainda está um pouco tonto pelo beijo) – e a primeira coisa que faz é bancar o garçom.

Então, ele se lembra de algo.

– Ou um chá. Você gosta de chá, não gosta?

É um pequeno detalhe. Allyson gosta de chá. Tomou chá no trem para Londres, quando conversaram pela primeira vez – e sobre *hagelslag* ainda por cima. E tomou chá de novo no trem que pegaram para Paris, mais tarde naquela manhã.

Chá. Um dia. Há um ano. Ele lembrou.

Dentro de Allyson, uma vozinha (as *kishkes*, embora ela ainda não saiba) grita: *viu só?*

– Gosto. Adoraria um chá.

Na verdade, não está com vontade. Cinco minutos antes, estava com a boca seca de nervoso, mas o beijo deu um jeito nisso. Só que a pergunta parece ser mais que uma oferta para tomar algo.

– Chá, então.

Willem vê no rosto de Allyson que o convite despertou algo nela, como quando ela brincou que queria um elogio, um ano antes, e ele a chamou de corajosa, generosa e honesta. Naquela época, estava adivinhando. Agora, está lembrando. Porque se lembra de tudo, e quer dizer isso a ela. *Vai* dizer isso a ela.

Mas, primeiro, o chá.

Ele vai até a cozinha, e Allyson fica sem saber se vai atrás, mas ele se vira, dizendo:

– Espere aqui. – Alguns passos depois, acrescenta: – Não vá embora.

Allyson se acomoda no sofá baixo de couro. É um belo apartamento, bem iluminado, ensolarado e moderno... Willem mora aqui? Nunca pensou em como seria a casa dele. Nunca o imaginou vivendo em lugar algum. Quando o conheceu, ele andava por aí com uma mochila.

Na cozinha, Willem tenta se recompor enquanto prepara as bebidas (fica olhando um pouco a chaleira, mas parece que é verdade o que dizem, se olhar, a água se recusa a ferver). Vasculha os armários atrás do chá que o tio Daniel comprou para Fabíola, futura esposa e mãe do filho dele, com quem está no Brasil. Faz um café para si mesmo – usa o pó instantâneo, porque é mais rápido, e a água já demorou demais para ferver.

Bota tudo em uma bandeja e volta para a sala. Allyson está no sofá, sem as sandálias, que foram cuidadosamente colocadas sob a mesa de centro. A visão de seus pés descalços... Ah, o que isso faz com sua pressão. Era quase como se ela tivesse tirado a roupa toda.

Willem coloca a bandeja na mesinha e senta no sofá, no lado oposto ao dela.

– Espero que você goste de camomila... Meu tio só tem esse.

– Está ótimo – responde ela. Então pergunta: – Seu tio?

– Daniel. Este é o apartamento dele. Estou morando aqui enquanto ele está no Brasil.

Allyson quase diz que pensou que ele morasse em Utrecht, que foi até onde conseguiu chegar antes de o rastro dele esfriar, ou antes de achar que tinha esfriado. Até descobrir que *Como gostais* seria encenada no

Vondelpark, na noite anterior, e de alguma forma saber que Willem estaria na peça.

Acidentes. A vida é feita de acidentes. Quer dizer isso a Willem; está pensando em como começar sem parecer doida, quando ele fala:

– Tio Daniel dividia este apartamento com Bram, meu pai, quando os dois eram jovens. Depois, meu pai conheceu uma garota durante uma viagem. Passou um dia com ela. Na verdade, não chegou nem a ser um dia inteiro, só algumas horas. Então, um ano depois, ela apareceu aqui. Bateu nesta porta.

Como você acabou de fazer, pensa Willem, mas não fala. Não quer parecer doido.

– Sua mãe? – pergunta Allyson.

– É. Minha mãe. Ela está morando na Índia.

Pensa em Yael. Mal pode esperar para contar a ela. Por um breve momento, saboreia a sensação de estar ansioso para contar algo à mãe. Depois, volta a saborear Allyson e seus pés descalços, que estão *bem ali*. Nunca imaginou que teria tara por pés, mas está começando a achar que é uma possibilidade.

Allyson se lembra de Willem falando da mãe e do pai. Foi durante a conversa – discussão, debate? – sobre o amor, quando ele passou Nutella em seu pulso e lambeu. Ela o desafiara a citar um casal que compartilhava amor de verdade, não apenas paixão, um casal manchado. *Yael e Bram*, respondera ele.

– Yael e Bram – repete Allyson, sem precisar se esforçar para lembrar os nomes.

Lembra-se da tristeza de Willem no verão anterior. E simplesmente sabe, talvez sempre tenha sabido, que Bram não existe mais, o que não é o mesmo que dizer que a mancha não existe mais.

Yael e Bram. Willem sente um aperto no peito. Estava certo. Aquela mulher o conhece. Sempre conheceu.

Ele a encara. Ela o encara.

– Eu disse que ia lembrar – explica Allyson.

Naquela noite, antes de Willem beijá-la, na ocupação artística, Allyson dissera que se lembraria de todo o dia deles em Paris, que se lembraria *dele*.

Willem não fez nenhuma promessa do tipo, mas é capaz de provar, tocar, ouvir e cheirar cada detalhe do dia que passaram juntos.

– Eu também lembro.

Há tanto a dizer. É como jogar toda a areia do mundo em uma ampulheta. Ou tentar tirá-la de lá.

Mas o celular de Willem não para de tocar. Ele ignora todas as chamadas, até que lembra que prometera ligar para Linus logo depois de abrir a porta.

– Ah, droga, é o Linus.

Ele vai atrás do celular. Cinco chamadas perdidas.

Allyson parece curiosa.

– Preciso fazer uma ligação – avisa Willem.

A princípio, Allyson acha que ele vai sair da sala para ligar, mas não. Ele se senta ao seu lado.

A conversa é em holandês, então ela não teria mesmo como entender. Tampouco consegue uma pista do assunto pelas expressões dele: um meio sorriso, um dar de ombros. Não tem certeza se são boas ou más notícias.

Willem desliga.

– Sou o substituto de Orlando em uma peça. Outra de Shakespeare. É *Como gostais*.

– Substituto? Achei que você *fosse* Orlando.

Só na performance da noite anterior e na desta noite. Foi o que Petra decretou, segundo Linus. Na semana seguinte, Jeroen, o ator que Willem está substituindo, vai voltar para o último fim de semana da temporada, com gesso no tornozelo e tudo. Depois desta noite, os serviços de Willem não serão mais necessários, seja como ator ou substituto. Mas, hoje, está dentro. Na verdade, precisa receber algumas instruções antes da chamada, às sete da noite. Está prestes a explicar tudo isso a Allyson... mas algo o impede.

– Você já sabia?

– Eu assisti.

Não deveria estar surpreso. Sentira a presença dela, não sentira? Dissera as falas para ela. Mas, depois de todas as falsas esperanças do ano anterior e da bronca que levara de Tor pelo conteúdo da tal carta, achou que estava apenas chamando por ela. E talvez estivesse. E talvez tenha dado certo, porque Allyson se materializou ali no apartamento, onde está sentada, com os pés no colo dele.

Como isso aconteceu? Willem se lembra vagamente de agarrar os tornozelos dela e colocar os pés sobre suas pernas, um gesto casual, como se os pés fossem um cobertor, mas não tem certeza. Tudo parece um sonho e, ao mesmo tempo, é tão natural quanto respirar. É isso que sempre faz: bota os pés de Allyson no colo.

– Você estava incrível. Magnético. Era como se você *fosse* Orlando.

Willem sentira uma identificação com Orlando, um jovem enlutado que inexplicavelmente se apaixona por uma garota que conheceu, que desaparece como fumaça. Mas a garota volta. *A garota volta.*

– Sempre achei você um bom ator – continua ela. – Eu me lembro de pensar isso na apresentação do ano passado, na noite em que nos conhecemos, mas aquilo não foi nada perto de ontem.

Na noite em que se conheceram. Ele estava apresentando *Noite de reis* com a Arte de Guerrilha, no papel de Sebastian. Os dois nem se falaram, mas Willem jogou uma moeda para ela no fim da performance. Foi um flerte, um convite. Caramba, não fazia ideia do que aconteceria.

– Muita coisa aconteceu este ano – comenta Willem.

Quando Allyson sorri, ele se lembra do nascer do sol. Um pouco de luz, depois mais, até que vem um verdadeiro clarão. O nascer do sol é algo que vemos o tempo todo, mas que nunca deixamos de admirar. Talvez por isso o sorriso dela pareça tão familiar. Willem já viu o sol nascer muitas vezes.

Não, não é por isso que parece familiar.

Allyson também está absorta em suas memórias. *Por que esta pessoa?* Todas as justificativas que dera a si mesma, ou que outras pessoas tentaram conceber – paixão, Paris, a boa atuação, o tesão... –, já não fazem sentido, porque Allyson se lembra muito bem das coisas, sente por ele uma coisa visceral, que volta toda de novo. Não é nada disso.

Não é nem por ser ele. Ou é só por ele. É ela. É o que ela pode ser quando está com ele.

Foi tudo tão novo naquele dia: a liberdade de ser honesta, corajosa e até um pouco boba. Já tem um pouco mais de prática nisso, depois de passar as últimas semanas sozinha na Europa. Muita prática. Conhece bem esta garota.

– Muita coisa também aconteceu comigo – responde.

⁓

Eles recapitulam a história juntos, pouco a pouco. Lembram o pedaço que já sabiam: Willem teve uma concussão. Comentam os pedaços que adivinharam: ele apanhou dos skinheads; Allyson foi embora para Londres com o coração partido. Compartilham a frustração de não terem descoberto os nomes verdadeiros um do outro, os nomes completos e os endereços de e-mail. Resolvem esse problema (Willem Shiloh de Ruiter; Allyson Leigh Healey, etc., etc.). Allyson fala sobre a carta que escreveu a Willem em março, quando finalmente se permitiu pensar que talvez o pior não tivesse acontecido, que talvez ele não a tivesse abandonado.

Willem conta que só ficou sabendo que a carta existia no mês passado, que tentou descobrir onde foi parar e que só descobriu o conteúdo no dia anterior.

– Como assim? Peguei a carta de volta há quatro dias.

– *Pegou de volta?* Como?

– Quando fui até sua casa. A casa antiga, em Utrecht.

A casa de Broodje, na Bloemstraat, onde passara aqueles dias sombrios depois de voltar de Paris, curando o corpo da surra. De tudo, na verdade.

– Como você chegou lá? Na Bloemstraat?

Não morava naquele endereço quando os dois se conheceram e não dera nenhum contato a ela, algo de que se arrependia muito.

Allyson está morrendo de vergonha do esforço que fez para encontrá-lo. Não que se arrependa, mas percebe que pode acabar parecendo meio obcecada. Desconfortável, começa a afastar os pés do colo de Willem, mas ele não deixa. Ágil, ele a segura ali, e esse pequeno gesto dá a ela coragem para falar. Allyson conta sobre a aventura em Paris, sobre o encontro com Céline, o Hôpital Saint-Louis, o Dr. Robinet, tão bondoso. Conta do endereço, que a guiara à casa de Utrecht. E à carta.

—

– Eu guardei a carta. Na verdade, está na minha mochila.

Allyson se inclina e pega um envelope amassado, que entrega a Willem. Há diversos endereços escritos nele. Da casa de Tor, em Leeds, base da Arte de Guerrilha; do antigo barco de Willem em Amsterdã, para onde a carta foi encaminhada, mas que já tinha sido vendido; e, finalmente, da Bloemstraat.

– Pode ler, se quiser.

– Acho que não faz mais sentido – responde ele.

Mas não é por isso que não quer ler. Tor pedira a alguém que lhe enviasse um e-mail repetindo o que a carta dizia. Willem não tem estômago para ler a carta inteira na frente de Allyson.

Mas ela pega o envelope de volta, desdobra a carta e a estende para ele.

Querido Willem,

Já faz nove meses que venho tentando esquecer você, esquecer nosso dia em Paris, mas, como pode ver, não estou tendo muito sucesso. Acho que, mais do que tudo, queria saber se você simplesmente foi embora. Se foi isso, tudo bem. Quer dizer, tudo bem, não, mas, se eu souber a verdade, vou poder superar essa história. E, se você não foi simplesmente embora, não sei o que dizer. Só peço desculpas por ter ido.

Não sei qual vai ser sua reação ao receber esta carta de um fantasma do passado. Não importa o que tenha acontecido, espero que você esteja bem.

A carta não é como ele pensava, não é o que Tor sugerira que fosse. Willem leva um instante para conseguir dizer alguma coisa; quando consegue, fala mais com a Allyson da carta do que com a garota sentada à sua frente.

– Eu não fui simplesmente embora. Fico feliz que você não tenha esquecido. E eu não estava bem.

– Agora eu sei. Acho que parte de mim já sabia naquela época, mas eu não tinha coragem de acreditar. Escrevi em um dia em que estava bem, mas passei a maior parte do tempo mal. Agora, estou bem de novo.

Willem dobra o papel com cuidado, como se o texto fosse sagrado.

– Eu também estou bem.

Ele devolve a carta para Allyson. Ela faz que não com a cabeça.

– Escrevi para você.

Willem sabe exatamente onde vai guardá-la. Junto da foto que tirou com Yael e Bram em seu aniversário de 18 anos. Junto da foto de Saba e da irmã dele, sua tia-avó Olga, que, assim como a carta, só descobriu que existia há pouco tempo. A carta de Allyson vai se juntar a todas as coisas importantes que tinham sido perdidas e que foram encontradas.

– Ainda não entendi – diz Willem. – Eu fui até a Bloemstraat no mês passado, mas a carta não estava lá.

– Estranho. A Saskia e a Anamiek disseram que nunca viram você.

– Quem são essas?

– Elas moram lá.

– Ahh. Bom, não encontrei com elas. Entrei com a minha chave.

Allyson ri.

– Isso explica tudo. Elas também não conheciam você, mas já tinham ouvido falar. E da… – Ela hesita, mas se obriga a completar. – Da Ana Lucia.

– Da Ana Lucia?

Não pensava nela desde aquela briga espetacular da véspera do último Natal.

– O que tem a Ana Lucia?

– Eu encontrei com ela.

– *Você encontrou com a Ana Lucia?*

Allyson se lembra da fúria da garota. Uma aluna da faculdade lhe explicou que Willem estava traindo Ana Lucia com uma francesa, o que pareceu confirmar todas as coisas ruins que Allyson suspeitava dele.

– E como foi?

– Bom, não levei nenhum murro.

Willem faz uma careta.

– Ela não ficou muito feliz em ver você – deduz.

– Não sei por quê. A gente nunca tinha se encontrado.

– Tinha, sim. Rapidinho.

Allyson balança a cabeça, discordando.

– Não. Acho que eu lembraria.

– Em Paris. No Quartier Latin.

Ele sente a mente de Allyson voar para longe, até aterrissar no suporte de cartões-postais que fingia espiar enquanto Willem conversava com umas conhecidas da Holanda. Será que Ana Lucia era uma delas?

– Mas por que ela me odiaria? – pergunta Allyson, então se lembra do próprio ciúme com qualquer garota em que Willem parecesse vagamente interessado.

Mas ciúme era uma coisa; Ana Lucia literalmente a empurrara para fora do quarto.

– Porque ela me pegou comprando passagens de avião para ir atrás de você.

Passagens de avião? Ir atrás de mim onde? A mente dela se esforça para assimilar essa nova informação. Não faz sentido. Willem foi para a Espanha se encontrar com a francesa com quem estava traindo Ana Lucia. Allyson achou que fosse Céline, apesar de a mulher ter dito que não o via desde aquele dia em Paris. Na época, Allyson acreditou.

De repente, entende tudo. O ciúme deturpa as coisas. Pensa em Céline, em como sentia ciúmes dela, em como estava errada. *Ela* era a Céline de Ana Lucia.

Não havia nenhuma *francesa*, só uma garota americana que ele conhecera na França.

– Então você não foi para a Espanha?

– Espanha? Não. Eu fui para o México.

~

Cada pergunta respondida gerava uma nova, mas Willem precisa sair para encontrar Petra e Linus. Nenhum dos dois quer se separar do outro. Por ora, queriam ficar só assim, conversando.

Willem quer levar Allyson junto, guardá-la no bolso, mas precisa encarar Petra, a diretora intratável, e sabe que ela está furiosa depois da performance da noite anterior. Tinha ignorado a orientação de interpretar o papel de forma segura, do jeito de Jeroen. Em vez disso, acabara acatando a sugestão de Kate. Fizera do seu jeito, encontrara seu Orlando, sangrara naquele palco. Tinha sido a experiência mais emocionante de sua vida. Bom, até Allyson bater à sua porta.

Por mais que queira ficar junto dela, sabe que não seria sensato desfilar com Allyson na frente de Petra. Porém, mal pode esperar para apresentá-la a Kate, o que vai acontecer esta noite: Allyson será apresentada a Kate, a Broodje, a W, Henk e a Max, a todas as pessoas que o levaram de volta para ela.

– Estou com problemas com a diretora – explica. – Acho que é melhor a gente se encontrar mais tarde.

Algo paira no ar. Esse "mais tarde" foi o que os deixou nessa situação. Willem deu uma saidinha. Acidentes aconteceram. E levou um ano para que se reencontrassem.

Os dois parecem reconhecer esse momento. Ao mesmo tempo, sabem que hoje e ontem são coisas diferentes. Como se quisesse dar uma prova disso, Willem tira uma chave do molho e a estende para Allyson. Os dois ficam olhando a chave na palma da mão dele.

Há um ano, eu tinha uma mochila; agora, tenho uma chave, pensa ele.

Há um ano, não dissemos nossos nomes um ao outro; agora, ele me deu uma chave, pensa ela.

(Além disso, Willem notou, de esguelha, a marca de nascença no pulso dela e agora precisa sentir seu gosto outra vez, com urgência. Entre a atenção aos pés e ao pulso dela, está sendo um pouco difícil sair pela porta.)

(Falando em pés, Allyson olha para a cicatriz em zigue-zague no pé esquerdo de Willem, lembrando que queria saber como ele arranjara aquilo. Também queria saber o dia do aniversário e o sorvete preferido dele, além de dez mil outras coisas para as quais não parece haver tempo suficiente.)

Então, por enquanto, Willem diz a ela para ficar à vontade. Comer o que encontrar na cozinha, usar o computador. Tem wi-fi, Skype. Ela também pode descansar. O quarto dele é o amarelo. Willem gosta de imaginá-la em sua casa.

– Esse é o meu celular.

Ele escreve o número em um bloquinho. Resiste à tentação de tatuar a informação no braço dela.

Está prestes a ir embora, mas para na porta. Parados, juntos, os dois são um espelho do que eram algumas horas antes, as posições invertidas: Willem no corredor, Allyson dentro do apartamento. Nenhum dos dois sabe ao certo o que aquilo significa.

Só sabem que querem se beijar, e se beijam. Um puxão os conecta, como a força de uma corrente de água.

– Volto às seis – promete ele.

– Seis – repete ela.

Já passa das quatro. É oficial, perdeu o voo para a Croácia.

Willem começa a fechar a porta, mas abre de novo de repente.

– Você vai estar aqui?

Agora, está com receio de ir embora. Não consegue evitar. Vive outra vez uma cena espelhada do passado. É a lei do equilíbrio universal em ação. No ano anterior, tinha desaparecido. Este ano, pode ser ela.

Só então lembra que parou de acreditar no registro universal dos créditos e débitos, de que se paga um preço alto pelas coisas boas. Quando Allyson fecha a porta prometendo que estará lá, ele se permite acreditar.

❧

Os dois têm notícias para compartilhar. E as compartilham.

Willem, na correria, manda uma mensagem para Kate, com quem encontrou há poucas horas. Ela estava indo encontrar o noivo no aeroporto, quer que ele conheça Willem e aprove sua entrada na companhia de teatro.

Trago boas-novas, escreve. *Serei Orlando hoje à noite.*

Escreve uma versão dessa mensagem para Broodje, que, junto com Henk, está ajudando W a se mudar para um novo apartamento com a namorada, Lien. Willem sabe que todos receberão o recado e aparecerão no teatro, mesmo que já tenham assistido à performance na noite anterior, porque seus amigos são assim.

Está pedalando para o teatro quando se dá conta de que todos vão pensar que a grande notícia é a chance de interpretar Orlando de novo, só que na verdade foi demitido. Foi escalado para a apresentação desta noite por falta de opção. Pode até sentir o ódio de Petra, obrigada a colocá-lo de volta no palco.

E a notícia não é essa, claro. É Lulu. Allyson. Mas todos vão aparecer à noite, e aí ficarão sabendo.

Então, pensa em Yael. Sua mãe, tão distante nos últimos anos, até que aquele dia em Paris colocou tudo em movimento. É madrugada em Mumbai, então envia uma mensagem de texto.

Eu a encontrei. Ele hesita. Talvez o certo seja dizer que ela o encontrou, mas não é isso que sente. Sente que a encontrou, e é isso que escreve.

Não elabora muito. Sabe que a mãe vai entender.

———

No apartamento de Willem, Allyson envia uma mensagem para Wren. *ME LIGA ASSIM QUE PUDER!* Então, decide ser meio xereta. Não vai exatamente bisbilhotar, só quer dar uma olhada no espaço.

A sala não dá nenhuma pista. Mesmo que ninguém dissesse que o apartamento era do tio de Willem, dá para saber que não é de Willem. Ela vai até o quarto dos fundos. O amarelo. A cama está bagunçada, com o cheiro dele. Não sentiu, mas, de alguma forma, sabe disso.

Está tímida, hesitante, como se estivesse invadindo o lugar, mas lembra que Willem disse para ela se sentir em casa, a encorajou até, pelo menos o tanto que uma pessoa como ele encoraja alguém. Ainda está com a chave do apartamento no bolso.

Allyson se senta na cama. É uma cama baixa, perto da janela, de onde só dá para ver a parte mais alta da paisagem. Tem uma pequena estante de livros. Ela sorri quando vê um exemplar de *Noite de reis*. Folheia o volume, lembrando de como evitara lê-lo em voz alta na aula de Shakespeare. Pensa em Dee. Não fala com ele desde Paris. Calcula o fuso horário; passa um pouco das oito da manhã em Nova York. Talvez ligue para ele pelo Skype.

O notebook está na estante. Quando pega o computador, sem querer derruba um envelope grande. De dentro saem fotos e recortes de jornal, alguns bem velhos. Também há uma foto de Willem – uma versão mais jovem, o rosto ainda com contornos suaves, mas é ele. Está junto de um homem e uma mulher, cada um de um lado dele. A mulher é pequena, morena, intensa, e o homem é o oposto: altíssimo, loiro e sorridente. Devem ser Yael e Bram.

Allyson sente como se os conhecesse e lamenta que isso nunca tenha acontecido.

Com cuidado, coloca as fotos de volta no envelope e o acomoda em um canto seguro da estante. É quando ouve o som, que instantaneamente parece familiar. Leva um tempo para localizar a fonte, no bolso da jaqueta que Willem usou depois da peça, na noite anterior.

Enfia a mão e puxa o velho relógio de ouro, presente de formatura do ensino médio. Como o odiara… tão pesado e perfeito, mas agora parece adorável, todo arranhado e com uma rachadura no vidro. Ela vira o relógio. A inscrição INDO LONGE parecia tão opressora quando ganhara o presente da mãe, mas agora soa até meio profética, como se fosse exatamente o que devessem desejar a ela. Allyson quer contar a revelação à mãe, mas espera um pouco, saboreia a sensação de desejar dizer algo a ela.

Apesar disso, não quer o relógio de volta.

Ela o deu para Willem naquele parque em Paris, deu o tempo a ele, e, em troca, se tornou a garota da história da dupla felicidade. A garota da montanha de Willem, como ele disse.

Sabia que Willem tinha ficado com o relógio. Ouvira de Céline, quando a confrontou em Paris, na semana anterior, mas, do jeito que ela falou, parecia que ele queria arranjar algum dinheiro, vendendo ou penhorando o objeto. Mas Willem tinha ficado com ele porque o queria, porque a queria.

Allyson segura o relógio. Sente a vibração do tique-taque, sente-se plena de uma forma que não consegue explicar.

❧

Willem faz um esforço imenso para não rir.

Petra está dando uma bronca daquelas nele, acusando-o de constranger a companhia na noite anterior. Pode até ser verdade, mas ele sabe que a performance foi um sucesso, o que talvez seja o verdadeiro motivo de constrangimento. Mas permite que ela lhe passe todas as instruções, que enuncie todas as partes em que ele errou, como ele deturpou a linguagem e confundiu o público.

– Hoje à noite, você vai interpretar como Jeroen, do jeito que um substituto tem que fazer – ordena ela.

É a mesma orientação do dia anterior, quando ele foi chamado para substituir Jeroen, o ator principal que quebrou o tornozelo, e a instrução quase o tirou do prumo. Kate, no entanto, o persuadiu a arriscar, dizendo "Se não for para arrasar, vá para casa", e Willem entendeu que arrasar o mandaria de volta para casa. Era como se sentia. Noite passada, achava que ir para casa era atuar, morando em uma nova casa em Nova York, como aprendiz da Companhia de Teatro Balbúrdia, que Kate comanda com o noivo, mas hoje parece que a casa veio até ele.

– Estamos entendidos? – pergunta Petra, depois de dois cigarros de críticas. – Você vai fazer o que sua diretora mandar.

Até *faria* o que a diretora mandasse, só que sua diretora agora é Kate.

– Vou interpretar o papel como fiz ontem à noite.

Petra fica roxa. Willem nem se abala. O que ela pode fazer? Dispensá-lo?

Ela bate o pé. Parece uma garotinha a quem negaram a sobremesa. Willem tenta permanecer sério, não rir, ignorar que Linus também parece segurar uma risadinha.

～

Dee também está rindo.

Da história que sua garota acaba de contar. É louco demais para ser real, e é por isso que ele sabe que é verdade.

– Pena que Shakespeare já morreu – comenta. – Porque com certeza ia querer roubar essa história.

– Não é? – responde Allyson.

A mãe de Dee coloca uma xícara de café na mesa. Ele sente o cheiro do bacon frito vindo da cozinha.

– É a nossa garota? – pergunta ela.

Dee não sabe quando Allyson deixou de ser a sua garota para se tornar a garota de todos, mas gira a tela para que a mãe a cumprimente.

– Oi, querida, tudo bem? Quer waffles?

– Oi, Sra. D...

Dee lança um olhar de alerta, que viaja 6.500 quilômetros em uma fração de segundo.

– Quer dizer, Sandra – corrige Allyson. – Eu adoraria, mas acho que não dá para passar comida pelo Skype.

– Um dia ainda vai dar, não tenho dúvidas – responde ela.

Dee vira a tela de volta para si.

– Mãe, não falo com minha garota há uma semana. Você vai poder botar o papo em dia quando ela voltar. – E se vira para a tela. – Ainda quer que eu busque você no aeroporto?

– Quero. Acho que minha mãe vai também. Ela disse que você pode voltar com a gente.

– E quando começa essa festa?

– Tenho que voltar amanhã à tarde. Na verdade, eu tinha que estar na Croácia agora.

– Você *tem que* fazer muitas coisas.

– Eu sei. – Allyson ri. – A verdade é que não tenho ideia do que vou fazer.

Ela pode até não saber, mas Dee conhece os sinais e os sintomas de uma garota apaixonada. Seu rosto está iluminado, nem precisa dos efeitos da máscara de pepino e iogurte que planeja oferecer em seu spa de boas--vindas. Dee fez um monte de planos, mas o que mais quer é sentar com a amiga e bater papo. Está com saudades. Não sabia que poderia sentir saudades de uma amiga como sentiu de Allyson neste verão, mas, de novo, nunca teve uma amiga como ela.

– Você nunca soube o que fazer. Pelo menos agora está admitindo sua ignorância – provoca.

– Você me conhece tão bem! – retruca Allyson, em tom de piada, mas toca a câmera, para que a mão apareça na tela e Dee saiba que na verdade não está brincando.

O amigo toca a tela dela em retribuição. Os dois deixam o gesto dizer as coisas não ditas: obrigada por me trazer aqui. Obrigado por me entender.

– Estou com saudades – diz Allyson.

É só o que Dee precisava ouvir.

– Eu também, gata.

A mãe de Dee aparece atrás dele, tentando se encaixar no enquadramento, e sopra uns beijos para Allyson.

– Está mesmo. Meu garoto está sofrendo.

Sandra enfia a cabeça bem na frente da câmera.

– O mapa está ajudando?

Ela comprou um mapa laminado de Paris para Allyson como presente de boa viagem. A atitude tinha deixado Dee um pouco constrangido, assim como a festa de despedida que a mãe insistira em fazer para Allyson, mesmo sem nunca ter visto a garota. "Parece mais uma festa de *viva, você finalmente arranjou uma amiga*", dissera, na ocasião. A mãe erguera a sobrancelha formidável e retrucara: "E por que não pode ser as duas coisas?" (Dee perdera a discussão. A festa tinha sido incrível.)

– Mãe, ela não está mais em Paris. Está em Amst... – começa a explicar.

Allyson o interrompe:

– O mapa foi perfeito.

Ela conta que foi com o mapa que teve a ideia de ir até os hospitais de Paris, o que a levou a Wren, ao Dr. Robinet, à casa da Bloemstraat e, finalmente, até onde está agora.

– Como você pode ver, eu não teria encontrado o caminho sem o mapa.

⌒

Broodje está um caco. Ficou acordado quase a noite toda, bebendo e comemorando o *début* de Willem como Orlando. Após três horas de sono, levantou com uma senhora ressaca e lembrou que ele e Henk tinham prometido ajudar W com a mudança.

Passaram o dia subindo caixas e mais caixas por quatro lances de escada íngremes (W *tinha* que se mudar justamente para o apartamento mais alto... Broodje comentou que, se não estivessem de ressaca, o amigo com certeza teria alugado o apartamento do térreo. W gastara quinze longos minutos apontando os furos na lógica dessa teoria).

Agora Broodje está de volta em casa. Bem, não é sua casa; só pelas próximas duas semanas, até que se mude com Henk para Utrecht. Não está muito a fim de ir à peça de Willy de novo esta noite, mas vai porque é o Willy. Pelo menos tem algumas horas para descansar. Tudo o que mais quer é tirar a roupa suja e suada e pular na cama.

Já está se livrando da camisa quando passa pela porta.

Então dá um grito.

– Ai, cacete, foi mal! – diz, vestindo a camisa de novo. – Não sabia que o Willy estava acompanhado.

É uma espécie de déjà-vu isso de esbarrar em uma das garotas de Willy. Sempre acontecia. Mas não nos últimos dias. Não por um longo tempo.

– Foi mal. Não sabia que alguém ia aparecer – responde a garota.

Então Broodje a fita por um longo instante.

– Espera, eu conheço você. Você estava na peça ontem à noite. No parque.

Tinha convidado a menina e a amiga para a festa. Conversara mais com a amiga, que era bem gatinha. Sentia saudades da quase namorada, Candace, mas ela mora nos Estados Unidos, e os dois ainda estão vendo no que o relacionamento vai dar. Quando Willy tinha ficado com a amiga?

– Você é o Broodje – diz a garota.

– É, sou.

Broodje está cansado e de ressaca, seus músculos doem, e ele não quer entreter uma das garotas de Willy.

– Quem é você?

– Allyson – diz. Então parece reconsiderar a resposta. – Mas talvez você me conheça como Lulu.

Broodje a encara por um tempo. Então a envolve em um abraço.

~

Quando Willem chega em casa, encontra o melhor amigo e a garota que o melhor amigo tentou ajudá-lo a encontrar sentados juntos, comendo. Broodje fez a limpa na cozinha: há queijo, biscoitos de água e sal, linguiças, postas de arenque e cerveja. Ele está alimentando Allyson, o que sempre faz com quem ama. Parece que ela recebeu um passe rápido para o coração de seu melhor amigo.

– Willy! – chama Broodje. – A gente estava justamente falando de você!

– Ah, estavam?

Ele dá um passo à frente, e seu instinto é beijar Allyson. Não quer entrar ou sair de um ambiente sem beijá-la, o que também é novo, mas não a beija, porque tudo é novo, ainda que Broodje e Allyson estejam sentados juntos, lambuzando biscoitos com queijo, como se fosse um costume dos dois de décadas.

– Eu estava contando para Lulu, quer dizer, para Allyson, como você estava um trapo ano passado.

– Não o ano *inteiro* – corrige (embora, na verdade, tenha sido quase o ano inteiro).

– Ok. Talvez não na Índia. Eu não estava lá. Ele passou três meses lá, com a mãe – explica Broodje. – E participou de um filme.

– Você é famoso na Índia? – pergunta Allyson.

– Eu sou o Brad Pitt da Índia.

– E talvez não desde que voltou, mas, cara, quando ele chegou de Paris, estava um lixo. E no México, quando não conseguiu encontrar você...

– Beleza, Broodje, também não precisa revelar todos os segredos da família.

O amigo revira os olhos.

– Até onde eu sei, ela agora é parte da família.

⁓

Falando em família, Allyson ama ver Willem com Broodje. Não que precise ser tranquilizada, mas vê-lo com Broodje é tranquilizador.

– Eu ia chamar você para comer alguma coisa – comenta Willem. – Mas Broodje foi mais rápido.

– A gente ainda pode ir, se você quiser – diz ela.

– Tenho que estar no teatro em menos de uma hora. Podemos ir depois? Só nós dois?

– Só vocês dois, não – interrompe Broodje. – O W, o Henk e a Lien também estão vindo. Todo mundo quer conhecer a Allyson. – E explica, se virando para ela: – Você é tipo um negócio em que todos investimos e agora está dando lucro, então... os dois podem ficar sozinhos mais tarde.

– A Wren também ligou, aquela amiga que estava comigo em Amsterdã. Ela quer encontrar com a gente.

E Willem lembra que Kate e o noivo também estarão lá.

Allyson e Willem se entreolham, a corrente invisível os puxando com força. Por que não aproveitaram as horas calmas da tarde? Por que ficaram só sentados, ela com os pés no colo dele, quando podiam ter aproveitado o apartamento vazio?

Mas Allyson não trocaria aquelas horas por nada no mundo.

Nem Willem.

～

Os dois se separam, passou rápido demais. Willem vai para o teatro, Wren encontra Allyson e Broodje no apartamento. Todos estarão juntos no parque, para comemorar depois da peça.

Dizer adeus não é mais tão difícil. Já fizeram isso como pessoas normais uma vez: ir embora, voltar... Estão mais confiantes.

Só que agora Willem dá um beijo de despedida nela. É rápido, só um selinho. Nem de longe o suficiente. Ele a quer por inteiro, dos lábios aos pés.

– A gente se vê depois da peça – diz Allyson.

– Combinado – responde Willem.

Mas os dois sabem que vão se ver antes disso, que se encontrarão durante a peça, mais uma vez, nas palavras de Shakespeare.

～

Wren chega pouco depois de Willem sair. Aos gritinhos, abraça Allyson e Broodje. Beija os santos do bracelete: São Judas Tadeu, padroeiro das causas perdidas, Santo Antônio, das coisas perdidas. Beija todos. Todos a atenderam.

– Eu sabia – diz, com sua voz suave. – Mas achei que você ia encontrar com ele no trem, igual à última vez.

– Bem, eu meio que encontrei com ele na estação de trem – retruca Allyson.

Então explica como estava prestes a pegar o trem para o aeroporto quando abriu o pacote com o café da manhã que Winston, o cara do hotel, fizera para ela. Lá estava o *hagelslag,* o pão com chocolate granulado, assunto da primeira conversa que tiveram. Foi como um sinal, um acidente, um empurrãozinho até Willem.

– Como você sabia onde ele estava? – pergunta Wren.

– Você disse o endereço, falou que o nome da rua significava cinto.

Wren se vira para Broodje.

– *Você* me disse isso.

– Só assim para um estrangeiro se lembrar de "Ceintuurbaan" – retruca ele.

– Ah, é, porque os nomes das outras ruas são muito fáceis de pronunciar... – provoca Allyson.

Todos riem.

Eles limpam a bagunça do lanche e se arrumam para ir ao Vondelpark. Em um cantinho da mente, Allyson sabe que tem um voo para casa saindo de Londres às quatro da manhã do dia seguinte. Precisa descobrir como chegar lá. Ainda tem algumas centenas de dólares. Se precisar gastar tudo em um trem rápido da Eurostar, que seja. Foi o impulso de ir de Londres a Paris que fez a roda girar. Em duas horas, pode se transportar de um mundo a outro. Está confiante de que chegará a tempo.

Broodje sai para tomar um banho, e Wren dá um tapinha no sofá ao lado dela.

– Você descobriu quem era a mulher de ontem, com as flores?

Allyson não descobriu. Na noite anterior, ver Willem com aquela mulher foi o suficiente para ela pular fora. Aquilo parecia confirmar tudo o que suspeitava sobre ele, assim como a fúria de Ana Lucia. Mas já não liga para isso. Viu Willem. Passou a tarde com ele. Sabe que o que aconteceu com ela durante o ano anterior também aconteceu com ele.

– Não.

– Você pode perguntar para o Broodje.

Ela pode, mas não quer. Não importa mais.

Quase pode ouvir o escárnio de Melanie do outro lado do Atlântico. Melanie estava com ela no verão em que conheceu Willem. A amiga desconfiou dele desde o início e não entendia por que Allyson não tirara aquele cara da cabeça de uma vez.

Tanto faz. Não é Melanie que ela está ouvindo. Ou a mãe. Dee. Céline. Ana Lucia. Está ouvindo a si mesma. E sabe que está tudo bem.

– Sabe o que a gente devia fazer? – pergunta Wren, abrindo aquele sorriso malicioso e maquiavélico. – A gente devia dar flores para ele.

Por um segundo, Allyson pensa que a proposta é uma espécie de duelo, em que ela derrotaria a ruiva da noite anterior. Então entende o que Wren está sugerindo. Deveriam comprar flores para ele. No mercado de flores, onde Wolfgang trabalha.

~

Usam a bicicleta de Wren, e Allyson vai de lado na garupa (e acha que é a coisa de que mais gosta em Amsterdã. Quer importar o passeio duplo de bicicleta para seu país). Chegam ao mercado de flores já de noitinha, mas é sábado, o lugar está fervilhando. Lá está Wolfgang, embrulhando um enorme buquê de lírios.

Quando ele ergue os olhos e as vê, não parece nem um pouco surpreso, ainda que Allyson devesse estar na Croácia. Apenas dá uma piscadela. Allyson espera a multidão se dispersar; quando encontra uma brecha, o abraça. O cheiro dele, de tabaco e flores, é tão bom e familiar que nem parece que faz apenas três dias que conheceu Wolfgang (mas faz).

– Ela encontrou! – anuncia Wren. – Encontrou o Orlando dela!

– Achei que ela tivesse encontrado o que estava procurando ontem à noite – retruca ele, com seu sotaque carregado.

Wolfgang olha para Allyson, e uma compreensão silenciosa se estabelece entre os dois. Ele está certo. Na noite anterior, mesmo quando ainda achava que Willem era um fantasma que a estava perseguindo, sentiu que encontrara o que estava procurando. Algo mais difícil de perder, porque estava ligado a ela. Porque *era* ela.

– Acabou que encontrei nós dois – explica Allyson.

– Duas boas notícias, então – responde ele.

– Dupla felicidade – conclui ela.

– Isso também.

– Vamos vê-lo interpretar Orlando de novo. Quer vir? – convida Wren.

Wolfgang diz que uma noite de Shakespeare é o suficiente para ele e que é sua vez de fechar o estande esta noite, mas que está livre depois das dez.

– Então vá encontrar com a gente depois – sugere Allyson. – A gente vai jantar com um grupo de amigos. Você tem que ir.

Ela pensa no que Broodje disse, que o jantar é um banquete para o círculo de investidores. Wolfgang deveria estar lá. E Dee. O professor Glenny. Babs. Kali e Jen, suas colegas de quarto no ano anterior. Talvez organize outro jantar de investidores quando voltar para casa.

– Eu não perderia por nada – responde Wolfgang. – Vocês querem flores?

~

Allyson avista Broodje no anfiteatro do Vondelpark. Ele guardou vários lugares, desta vez bem na frente. Está com um grupo, um cara ainda mais alto que Willem, uma garota de cabelo curto e outro garoto. Trouxe uma cesta com comida e várias garrafas de cerveja.

Broodje dá três beijinhos em Allyson e Wren, bochecha-bochecha-bochecha, depois se vira para o grupo.

– Todo mundo, esta é a garota. A Lulu. Só que o nome dela é Allyson. E esta é a amiga dela, Wren.

Todos se entreolham. A garota fala primeiro, estendendo a mão:

– Eu sou a Lien.

– Allyson.

– Wren.

Lien encara Allyson.

– Você parece mesmo a Louise Brooks.

– Quem? – indaga Wren.

– Uma atriz do cinema mudo – explica Allyson. – Eu estava com o cabelo igual ao dela ano passado, por isso Willem me apelidou de Lulu.

Lien olha para ela, lembrando-se do filme de Louise Brooks para o qual Willem arrastara o grupo. Sabia que alguma coisa estava acontecendo com ele. Ninguém acreditou quando disse que ele estava apaixonado.

Mas acreditam agora.

～

W não consegue entender.

Depois de todo o trabalho metódico que tiveram, de ligar para empresas de turismo americanas, encontrar o capitão da barca em Deauville, elaborar todos aqueles gráficos de conexões... não faz sentido. Também não viu sentido quando Willem foi ao México procurá-la. Se a garota estivesse em uma cidade pequena durante a baixa temporada, tudo bem, mas em uma área movimentada no Natal? As probabilidades de encontro eram ínfimas, mas pelo menos havia uma lógica. O Princípio da Conexão, ainda que bastante forçado.

Só que *isso* ele não entende. Depois de toda essa procura... E, pelo que Broodje disse, a garota também estava procurando por Willem, e de repente ela simplesmente esbarrou nele na peça da noite anterior? A peça em que Willem nem deveria estar atuando? Ele era só o substituto...

Não faz sentido. Não faz sentido *mesmo*.

～

Nos bastidores, Willem voltou a pensar em acidentes e em coisas que parecem não fazer sentido, mas fazem. Como todos estarem ali, na quinta fileira. Todos juntos. Isso faz sentido.

Não está vendo Kate, mas ela mandou uma mensagem dizendo que vai assistir à peça com David, só que terão que sair logo depois que acabar. David precisa pegar um voo noturno de volta para Londres, e ela vai levá-lo ao aeroporto.

Os companheiros de palco de Willem dão tapinhas em suas costas, parabenizando-o pela última noite, oferecendo suas condolências pela próxima semana. Ele aceita todos os cumprimentos.

Max está ao seu lado, como sempre. Ela é a substituta de Rosalinda e sua melhor amiga no elenco.

– A gente ganha umas e perde outras. Às vezes ganha e perde ao mesmo tempo. A vida é uma confusão imensa – comenta ela.

– Shakespeare?

– Nah. Eu mesma.

– Parece a lei do equilíbrio universal.

– Parece o quê?

Como Willem não responde imediatamente, ela completa:

– Parece uma baboseira.

– É, acho que você está certa.

Então, pergunta se ela vai encontrá-los depois do espetáculo.

– Ainda estou de ressaca da noite passada – diz Max. – De quantas festas você precisa?

– Essa é diferente.

– Diferente como?

Embora Max tenha se tornado uma de suas amigas mais próximas nos últimos meses, não sabe de nada.

E não há nada a fazer a não ser contar *tudo*.

– Porque eu estou apaixonado.

～

Kate e David aparecem segundos antes de as cortinas se abrirem. Era para terem vindo direto do aeroporto, mas ela ficou emocionada quando viu David. Foi um pouco bobo, na verdade. Tinham se visto poucos dias antes e estão juntos há cinco anos. Estava agitada desde a noite anterior. Todos sabem que uma boa performance shakespeariana é afrodisíaca. Então, quando David chegou, ela o arrastou até o Hotel Magere Brug e saciou seu desejo. Depois, caíram no sono. E se perderam loucamente até chegar ao parque. (Alguém deveria dizer aos urbanistas de Amsterdã que a cidade parece um labirinto de ratos. Ainda que seja um labirinto de ratos *lindo*.) Agora estão ali.

Espero não ter exagerado nos elogios, pensa Kate, enquanto as luzes se apagam. Prometeu uma vaga de aprendiz a Willem depois da performance da noite anterior, mas David tem que concordar. Ele com certeza vai concordar. Willem foi tão bem... Mas Kate está nervosa. Já ofereceram vagas a estrangeiros, mas é raro, porque o visto, a papelada e as questões sindicais são uma dor de cabeça.

Willem aparece no palco.

– Pelo que me lembro... – começa, como Orlando.

Kate respira aliviada. Não exagerou.

É melhor que a noite anterior. Porque não há muros. Não há ilusões. Desta vez, sabem exatamente com quem estão falando.

– A pouca força que eu tenho, que esteja com você.

Ela é a sua garota da montanha.

– Que me diríeis neste momento se eu fosse, de verdade, mas de verdade mesmo, a vossa Rosalinda?

Sem máscaras. Porque ele sabe. Ela também.

– Meu belo rapaz, queria poder fazer você acreditar que estou apaixonado.

Ela acredita. Os dois acreditam.

– Antes de falar, daria um beijo.

Aquela fala é um beijo. O beijo deles.

– A eternidade e mais um dia.

A eternidade e mais um dia.

– Cacete! – diz David para Kate quando a peça acaba.

Eu avisei, pensa Kate. Mas não diz nada.

– Esse é o mochileiro para quem você deu carona no México?

– Já disse mil vezes que ele não é mochileiro.

David passou os últimos meses criticando Kate por ter dado carona a um estranho. Ela sempre responde que todas as pessoas são estranhas no início, e completa: "Até você já foi um estranho para mim."

– Por mim, ele pode ser até um macaco de três pernas – responde David. – Ele é incrível.

Kate sorri. Gosta de muitas coisas, mas principalmente de estar certa.

– E quer estagiar com a gente?

– Hum-hum.

– Não podemos deixá-lo fora do palco por muito tempo.

– Eu sei. Ele ainda está cru. O treinamento vai ser bom. Depois resolvemos a burocracia do sindicato e o colocamos lá em cima.

– Ele é mesmo holandês? Tem zero sotaque. – David faz uma pausa. – Ouve só. O público não para de aplaudir.

– Está com ciúmes? – provoca Kate.

– Deveria? – devolve David.

– O garoto está perdidamente apaixonado por uma americana que conheceu e perdeu em Paris. Eu, no caso, estou perdidamente apaixonada por um estranho que conheci há cinco anos.

David a beija.

– Você tem mesmo que voltar hoje à noite? Podíamos encontrar o Willem rapidinho, depois fazemos um segundo round naquela cama barulhenta do hotel.

– Só um?

Eles se beijam de novo. O público ainda está aplaudindo.

~

Allyson repara no casal se beijando. É difícil não reparar, porque as pessoas estão começando a deixar o teatro e os dois ainda estão se beijando. E porque, por mais que esteja ansiosa para conhecer os amigos de Willem, o que quer mesmo é fazer o que aqueles dois estão fazendo.

Quando o casal se separa, Allyson leva um susto. A mulher! É a mulher da noite anterior, a que tinha visto com Willem, por quem pensava que ele estivesse apaixonado. Depois desta tarde, deixara de achar isso. Agora *com certeza* não acha mais.

– Quem é essa? – pergunta a Broodje, apontando para a mulher.

– Não faço ideia – responde ele, antes de indicar o portãozinho de ferro do lado oposto ao palco. – Olha lá o Willy.

Allyson fica paralisada por um instante. Na noite passada, estava diante daquele mesmo portão quando Willem passou direto por ela e caiu nos braços daquela mulher, a que agora está nos braços daquele outro cara.

Mas não é a noite passada. É a noite de hoje. E Willem está andando

306

bem na sua direção. Sorrindo. Mais que depressa, Wren coloca o buquê que Wolfgang preparou (um buquê descomunal, que quase virou a bicicleta no caminho para o parque) nos braços de Allyson.

O buquê é esmagado em cinco segundos, porque Willem não está nem aí para as flores ou para a multidão que espera por ele. Esta noite parece estar pensando nas palavras de Orlando.

Antes de falar, daria um beijo.

Pela segunda vez no mesmo dia é o que faz.

E, caramba, que beijo. Perto deste, o da manhã parece pudico. Faz com que todas as flores esmagadas entre os dois floresçam de uma só vez. Allyson poderia viver só esse beijo.

Ela escuta uma risadinha atrás deles, e uma voz desconhecida, embora saiba de cara que é a voz da ruiva, que diz:

– Ah, então você a encontrou.

~

Demora um tempão até que todos se juntem e saiam do parque. São muitos: Willem, Allyson, Broodje, Henk, W, Lien, Max, Kate e David. Wolfgang e Winston, o cara do hotel com quem Wren estava saindo, vão encontrá-los mais tarde. A logística é complicada. Um deixou a bicicleta lá atrás, o outro vai alcançar o grupo depois.

Mas são as apresentações que demoram mais.

Kate é diretora de teatro. Willem a conheceu no México, quando estava procurando por Allyson.

David é o noivo dela, que Willem não conhecia. E está dizendo quanto Willem se saiu bem, falando da vulnerabilidade que ele trouxe a Orlando, de como foi uma forma corajosa de interpretar o papel.

Wren é a amiga que Allyson fez em Paris, com quem esbarrou de novo em Amsterdã.

– Eu não teria encontrado você se não fosse por ela – diz Allyson. – Estava quase desistindo, mas ela me fez ir até o hospital onde você tinha sido atendido.

Willem agradece.

Wren faz uma reverência.

W acompanha todas as apresentações, mas ainda assim não entende. Nem Max.

– Isso está uma confusão do cacete. Alguém pode fazer um diagrama?

– Não seria má ideia – responde W.

– Eu estava brincando – retruca Max. – Preciso mesmo é de uma bebida.

~

Wolfgang reservou uma mesa no café de um amigo, em um bairro próximo ao Distrito da Luz Vermelha, cada vez menor. O lugar fica na Kloveniersburgwal, não muito longe da livraria onde Willem encontrou o exemplar de *Noite de reis* e o vendedor contou a ele sobre o teste para *Como gostais*.

Levam cerca de uma hora para chegar lá, porque preferem caminhar juntos em vez de se dividirem em táxis, bondes e bicicletas. Ninguém quer se separar. A noite tem um quê de magia, como se Shakespeare tivesse soprado seu pozinho mágico sobre todos.

Wolfgang e Winston estão esperando à mesa, uma jarra de cerveja entre eles.

Todos se sentam. Allyson tira uma foto e a envia a Dee por mensagem de texto. *Queria que você estivesse aqui.*

Está prestes a guardar o celular, mas resolve enviar a foto à mãe também. *Este é o melhor dia da minha vida*, escreve. Hesita antes de clicar em "enviar". Não sabe se a mensagem será bem-vinda, afinal, está em um bar, mas acha (espera) que a mãe fique feliz em saber que ela está feliz. Com isso em mente, envia.

Wolfgang pediu um monte de comida: pizzas, massas e saladas. Tudo isso começa a chegar, junto com mais bebida.

Willem não comeu quase nada o dia todo e está morrendo de fome. Com todos espremidos na mesa, Allyson está colada ao seu corpo. Então, ela se livra das sandálias e esfrega o pé no dele por baixo da mesa. E ele perde o apetite, pelo menos por comida.

A conversa é fragmentada. Todos querem contar sua parte da história e falam fora de ordem, o que piora à medida que vão bebendo.

Allyson e Willem apenas escutam.

– Eu nem conhecia a Allyson, mas sabia que tinha que ir com ela aos hospitais – diz Wren.

– Eu sabia que tinha alguma coisa acontecendo assim que o Willem apareceu – conta Lien.

– Ei, eu também sabia! – interrompe Broodje.

– Não sabia, não – contesta Henk.

– Sabia, sim, só não acreditei que fosse uma garota.

– Eu sabia que estava rolando alguma coisa quando ele não quis pegar a Marina – acrescenta Max. E olha para Allyson. – Foi mal, mas você viu a Marina? A Rosalinda? – Ela balança a cabeça. – Bom, eu sou suspeita para falar. Se pudesse eu mesma pegava.

A mesa inteira ri.

– Não precisa se preocupar – diz Kate a Allyson. – Ele estava um trapo no México porque não conseguia encontrar você.

– Ficou pior ainda depois daquela intoxicação alimentar – diz Broodje.

– Você teve intoxicação alimentar? – pergunta Kate.

Willem assente.

– A carne misteriosa? Eu sabia!

– Fiquei péssimo depois que a gente se despediu – conta Willem.

– Você deveria ter ligado – responde Kate.

– Acabei ligando para a minha mãe, na Índia, por isso que eu fui até lá. No fim das contas, foi bom.

A doença que leva à cura. A verdade e o seu oposto de novo.

– Pelo menos no fim valeu a pena, porque, na hora, aquela viagem para o México pareceu catastrófica – diz Broodje. – Na festa de Ano-Novo você também estava um trapo, Willy.

– Eu não estava um trapo.

– Estava, sim. Tinha um monte de mulher chegando em você, e você ali, dispensando todas. E ainda perdeu o sapato. – Broodje se volta para o grupo. – Tinha uma pilha gigante de sapatos.

Allyson sente os pelinhos da nuca se arrepiarem.

– Espera, como é que é?

– A gente foi para uma festa de Ano-Novo na praia, no México.

– Com uma pilha de sapatos?

– É – responde Broodje.

– E uma banda de reggae espanhola? Tábula Rasa?

O bar está barulhento, mas fica em silêncio no segundo em que Allyson e Willem se entreolham e mais uma vez entendem algo que, de alguma forma, já sabiam.

Você estava lá, diz o olhar dela.

Você estava lá, diz o olhar dele.

– Vocês dois estavam na mesma festa – afirma W, balançando a cabeça. – Não dá nem para calcular essa probabilidade.

Allyson estava pensando nele, mas, na hora, pareceu só um desejo ridículo de que ele estivesse lá. Uma fantasia.

Willem também estava pensando nela. No mar, sentiu que ela estava perto, mas não tão perto.

– Não acredito que vocês estavam na mesma festa! – exclama Henk. – Não acredito que vocês viajaram até lá e não se encontraram!

Kate e Wolfgang acabaram de se conhecer, mas, por algum motivo, seus olhares se encontram.

– Talvez eles não estivessem prontos para se encontrar – começa ele.

– Por isso não se encontraram – conclui Kate.

– Isso não faz nenhum sentido – diz W.

Mas até mesmo W, tão matemático, lógico e analítico, concorda em parte que faz, sim.

<hr>

A noite segue. Jarras de cerveja. Garrafas de vinho. A novidade da caçada de Allyson e de Willem dá lugar a assuntos mais prosaicos. Futebol. O tempo. Começa um debate sobre o que Wren e Winston vão fazer no dia seguinte. Allyson tenta não pensar na volta.

Não é tão difícil, porque há uma hora a mão de Willem se esgueirou por baixo da mesa e começou a acariciar sua marca de nascença. (Allyson não sabia que o pulso tinha tantas terminações nervosas. Está mole feito geleia. Não consegue pensar em quase nada a não ser na mão de Willem em seu pulso, exceto talvez nos outros lugares onde gostaria que a mão dele estivesse. Ao mesmo tempo, os pés estão completamente enroscados no tornozelo direito dele, e ela não faz ideia do que *isso* está fazendo com o corpo de Willem.)

Wolfgang é o primeiro a se levantar para ir embora. Tem que trabalhar no dia seguinte – não supercedo, já que é domingo, mas cedo. Dá um beijinho de despedida em Allyson.

– Tenho a sensação de que vamos nos ver de novo.

– Eu também.

Allyson tem a sensação de que vai voltar a Amsterdã. Vai ter que arranjar um trabalho no campus e pegar turnos duplos no Café Finlay durante as férias para pagar a passagem. Fica animada com a ideia de voltar, mas não consegue nem pensar no ano que vai passar longe. Então não pensa. Apenas se concentra em seu pulso, nos pequenos círculos que Willem traça na pele, que reverberam como ondas crescentes pelo corpo, como uma pedrinha lançada em um lago.

Kate e David, que estão fazendo seu próprio joguinho debaixo da mesa, aproveitam a partida de Wolfgang para emendar umas desculpas. Saem com beijos de despedida apressados.

Antes de ir, Kate diz a Willem:

– Eu ligo para você na segunda. Temos que resolver seu visto logo, mas acho que dá para agilizar a documentação e ter você lá em outubro.

– Com certeza – pontua David.

Willem sabe, desde o dia anterior, desde antes de perguntar a Kate se poderia se juntar à Balbúrdia, que era o que tinha que acontecer. Mas agora, com o apoio eufórico de David, tudo parece ter se tornado ainda mais real.

– Que visto? – pergunta W, depois que o casal vai embora.

Holandeses não precisam de visto em viagens turísticas para os Estados Unidos.

Nesta hora, Allyson sai da bolha de carinhos de Willem (talvez porque ele tenha parado de afagar seu pulso).

Willem não teve tempo de contar a ninguém sobre a vaga na Balbúrdia. Não contou aos amigos o que vai deixar para trás nem a Allyson, para quem a mudança tem outras implicações. Talvez por isso esteja tão nervoso. Não sabe como ela vai reagir. Não quer que ela se sinta pressionada, como se a mudança indicasse que está criando expectativas (ele tem esperanças, é claro, já que vai estar mais perto, mas esperança e expectativa são coisas distintas).

Willem não percebe o suspense que criou até Broodje perguntar:

– O que está rolando, Willy?

– Ahh, nada... Quer dizer, nada, não. Uma grande coisa, na verdade.

Os rostos estão cheios de expectativa, mesmo os de Wren e Winston, que acabou de conhecer.

– Kate e David têm uma companhia de teatro em Nova York, e vou passar um tempo com eles.

– Vai passar um tempo fazendo o quê? – pergunta Henk.

– Vou passar por um treinamento, ajudar a construir cenários, fazer o que tiver que fazer... e, em algum momento, atuar. É uma companhia de teatro shakespeariana.

Ele olha para Allyson.

– Eu me esqueci de contar.

Não tinha se esquecido de contar. Estava morrendo de medo de contar. *Está* morrendo de medo. O silêncio tenso que paira sobre a mesa não está ajudando. Allyson ter desentrelaçado seus pés do tornozelo dele também não.

Talvez não estejam tão sincronizados. Talvez o que para ele seja uma boa notícia, uma razão para ter esperança, para ela seja coisa demais, cedo demais.

Willem escuta os parabéns das outras pessoas.

Mas não consegue processar nada. Está olhando para Allyson.

E ela não está dizendo parabéns. Está chorando.

～

Allyson vê o pânico estampado no rosto de Willem e sabe que está sendo mal interpretada, mas não consegue explicar nada. As palavras desapareceram. Ela é pura emoção.

É demais. Não é o fato de Willem estar se mudando para os Estados Unidos para morar à distância de uma viagem de ônibus. É o fato de isso ter acontecido e a maneira como aconteceu.

Allyson tem que dizer alguma coisa. Willem está arrasado. A mesa está muda. O restaurante parou. Parece que toda Amsterdã prendeu a respiração.

– Você vai se mudar para Nova York?

Consegue articular essa frase inteira antes que sua voz falhe e ela se debulhe em lágrimas mais uma vez.

É Winston quem toca o ombro de Willem, delicadamente, sugerindo:

– Acho melhor vocês irem.

Willem e Allyson assentem, atordoados. Eles se despedem sem muito entusiasmo (não importa; de qualquer forma, não dá para confiar nas despedidas desses dois) e vão embora entre as promessas de Wren de ligar pela manhã e as de Broodje de passar a noite na casa de W e Lien.

Em silêncio, caminham até os suportes de bicicletas da viela estreita. Willem, desesperado, pensa no que dizer. Poderia falar que não vai mais. Só que *precisa* ir.

Isso não é por Allyson. Foi catapultado por ela, que está envolvida na história, mas, no fim das contas, é por ele, é a vida dele e o que ele tem que fazer para se sentir completo. Parou de andar à deriva, parou de ser guiado pelo vento.

Mas não precisa vê-la por lá. A viagem não significa que tem que vê--la. Gostaria, claro, mas não é uma obrigação.

Allyson está pensando em acidentes. Esses acontecimentos que não têm nada de acidental. Sua avó tinha uma palavra para isso: *beshert*. Era para ser. A avó de Allyson e o Saba de Willem poderiam ter longas conversas sobre *beshert* e *kishkes*.

Só que Allyson (ainda) não sabe nada sobre Saba e *kishkes* (não oficialmente, embora saiba o que são, saiba escutar o que dizem, portanto nunca deixará de ouvi-las) e não encontra palavras para dizer a Willem o que precisa dizer.

Então não usa palavras. Lambe o polegar e o esfrega no pulso.

Manchada.

Willem agarra seu pulso e esfrega o polegar nele. Faz o mesmo no próprio pulso, para não restar dúvidas.

Manchado.

Os dois se atiram contra o muro num beijo tão intenso que Allyson levita (sente como se o beijo a levantasse no ar, mas na verdade foram os braços de Willem que a agarraram pelo quadril, embora ele nem perceba que fez isso, porque ela parece não ter peso algum. Parece ser parte dele).

Os dois se beijam, bocas abertas, lágrimas caindo, línguas se tocando. É um beijo que devora, consome. O tipo de beijo de que nunca se esquece.

Willem pressiona os joelhos na saia dela, sente o calor que vem lá de baixo, e as coisas começam a ficar bem loucas na viela. Mesmo para Amsterdã.

Um ciclista passa e buzina, para lembrá-los de que estão no meio da rua, em público.

Nenhum dos dois quer parar, mas, em algum lugar, há um apartamento vazio com uma cama esperando por eles. E, sem interromper o beijo, Willem consegue tirar a tranca da bicicleta.

Allyson tinha achado divertido andar de lado na bicicleta de Wren, mas fazer isso com Willem é outra coisa. Ela se lembra do passeio ilegal em Paris, quando usou o selim, e ele foi pedalando na frente, no quanto queria tocá-lo. E não tocou. Não conseguia. Foram parados pela polícia. Mas ali em Amsterdã isso é totalmente legal, e ainda tem um lugar para ela se sentar, sem contar que pode abraçar a cintura dele o quanto quiser. Pode roçar e lamber as costas dele, se quiser (e faz isso, ah, se faz).

Nos sinais, Allyson desce da bicicleta, Willem se vira para ela, e os dois começam a se beijar de novo. Às vezes só param quando o sinal fica verde e os ciclistas e motoqueiros começam a buzinar.

É uma viagem tortuosa para casa. Allyson está desesperada para chegar, mas ao mesmo tempo queria que durasse para sempre.

Willem só está desesperado para chegar. Sente tanto desejo que dói, e Allyson não para de levantar sua camisa e lamber suas costas, o que não devia fazer enquanto ele pedala, porque ele sente que não vai aguentar (não que ela deva parar, claro).

Finalmente, chegam ao apartamento, e ele quase não consegue manter as mãos firmes para passar a tranca na bicicleta. Está prestes a agarrá-la no corredor, quando pensa na camisinha. Não tem nenhuma. Faz meses que não usa. Então arrasta Allyson até uma farmácia que ainda está aberta e pega um pacote com três.

– Compra o de nove – sugere ela, e Willem quase explode ali mesmo.

Chegam em frente ao prédio e, merda, a Sra. Van der Meer está saindo para passear com o cachorro. Willem não quer ficar de conversa fiada, mas acaba apresentando Allyson. A Sra. Van der Meer quer contar tudo sobre sua viagem à Califórnia em 1991, e Willem tem que se esconder atrás de Allyson, porque é como se tivesse 12 anos de novo, perdeu totalmente o autocontrole, mas, pelo menos, com ela de pé na sua frente, roçando o corpo no dele, isso é tolerável (e, ao mesmo tempo, intolerável).

O cachorro da Sra. Van der Meer puxa a coleira, ela sai do prédio, e os dois entram. Willem quase não consegue esperar. Estão na escada, com Allyson debaixo dele, Willem com o pulso dela na boca (finalmente!). Mas não é o suficiente, ele a quer por inteiro (até os pés!), e os dois sabem que precisam subir até o apartamento de Daniel. O último lance é o mais difícil, mas de alguma forma eles conseguem, e Willem não sabe onde pôs as chaves. Nesta altura, já está pensando em agarrá-la ali mesmo, no corredor, porque não se importa com mais nada e, honestamente, Allyson também não. Mas então ela lembra que ficou com a chave! Willem lhe entregara a chave. Está no bolso de trás da calça.

Sequer tiram a chave da fechadura. Nem conseguem chegar até a cama.

Um ano é tempo demais para esperar.

E Allyson e Willem sentem que esperaram muito mais que isso.

Só mais tarde, quando já tiraram a chave da fechadura, se vestiram, se despiram de novo, experimentaram ir mais devagar e estão fazendo um lanchinho às três da manhã na cama de Willem é que conseguem conversar. Falam sobre aniversários, sabores de sorvete (março, agosto, chocolate para ambos) e cicatrizes (ele caiu no convés da casa flutuante da família, a que o pai construiu... nossa, tem tanto a contar sobre Bram).

Conversam sobre a companhia de teatro que chamou Willem e a faculdade de Allyson. Gastam um bocado de tempo discutindo a geografia e as opções de transporte do nordeste americano.

– São quatro horas de ônibus de Nova York a Boston – diz Allyson. – Uma hora de trem para a Filadélfia.

– Eu gosto de trem – fala Willem, mordiscando a orelha dela. – E também gosto de ônibus.

– Posso ir para o Brooklyn nos fins de semana – sugere Allyson, tímida.

Só que não tão tímida assim. A mão desliza sob as cobertas. Willem pensa que foi ótimo Allyson não ter concordado com o pacote de três.

– E outubro está logo ali.

– É praticamente amanhã – murmura Willem.

– Acho que hoje já é amanhã. – Allyson hesita. – O que significa que tenho que pegar um voo. Preciso estar em Heathrow em dez horas mais ou menos. Isso é possível? (Espera que não seja.)

– Tudo é possível – diz Willem. – Você pode pegar um trem ou comprar uma passagem em uma companhia aérea econômica. Mas precisamos fazer a reserva agora.

Ele pensa em alcançar o computador, mas a mão de Allyson encontra o que estava procurando, e ele se perde. Fecha os olhos. A garota que vê quando fecha os olhos é a mesma que está com ele na cama, e não tem nenhuma intenção de fazer *qualquer coisa* que a leve embora.

Há um ano, em Paris, Allyson pediu para ele ficar por apenas um dia. Willem queria, mas estava confuso, e essa confusão custou muito caro.

Ou talvez não. Ele pensa no que Kate e Wolfgang disseram. Não era a hora.

Mas agora é. Ele sabe. Sabe em suas *kishkes*.

– Você tem mesmo que voltar agora?

Ela reservou o voo. A faculdade começa em setembro, mas ainda faltam algumas semanas até setembro. E voos podem ser remarcados.

– Você não pode ficar? Só por…

Allyson não espera que ele conclua a frase com sugestão de horas, dias ou semanas, porque a resposta é a mesma.

– Posso.

Agradecimentos

Um romancista é um ladrão que rouba por necessidade. Gostaria primeiro de pedir desculpas e depois de agradecer a todas as pessoas que encontrei ao longo dos anos nas minhas viagens e na minha vida, de quem roubei pedacinhos de história que disfarcei e usei neste livro. Vocês são muitos, e nem sei se me lembro de todos os nomes. Mas lembro de vocês mesmo assim. As pessoas com quem passamos apenas um dia podem nos inspirar de uma forma que às vezes só percebemos décadas depois, quando uma pequena parte delas aparece em um romance.

Para todos os que me ajudaram de forma consciente com a enorme e grandiosa miscelânea que foi este livro andarilho e internacional, meu sincero obrigada, thank you, merci, bedankt, gracias, תודה, धन्यवाद e köszönöm. Especialmente para: Jessie Austrian, Fabíola Bergi, Michael Bourret, Libba Bray, Sarah Burnes, Heleen Buth, Mitali Dave (e seus pais), Danielle Delaney, Céline Faure, Fiasco Theater Company, Greg Forman, Lee e Ruth Forman, Rebecca Gardner, Logan Garrison, Tamara Glenny, Marie-Elisa Gramain, Tori Hill, Ben Hoffman, Marjorie Ingall, Anna Jarzab, Maureen Johnson, Deborah Kaplan, Isabel Kyriacou, E. Lockhart, Elyse Marshall, Tali Meas, Stephanie Perkins, Mukesh Prasad, Will Roberts, Philippe Robinet, Leila Sales, Tamar e Robert Schamhart, William Shakespeare, Deb Shapiro, Courtney Sheinmel,

Slings & Arrows, Andreas Sonju, Emke Spauwen, Margaret Stohl, Julie Strauss-Gabel, Alex Ulyett, Robin Wasserman, Cameron e Jackie Wilson, Ken Wright e toda a equipe da Penguin Young Readers Group. "É preciso uma aldeia inteira para criar uma criança" – e, no caso desta aqui, foi uma aldeia global.

Por fim, obrigada a Nick, Willa e Denbele: minha família. Minha casa.

CONHEÇA OUTRO LIVRO DA AUTORA

Eu perdi o rumo

Freya perdeu a voz no meio das gravações de seu álbum de estreia. Harun planeja fugir de casa para encontrar o garoto que ama. Nathaniel acaba de chegar a Nova York com uma mochila, um plano elaborado em meio ao desespero e nada a perder.

Os três se esbarram por acaso no Central Park e, ao longo de um único dia, lentamente revelam trechos do passado que não conseguiram enfrentar sozinhos. Juntos, eles começam a entender que a saída do lugar triste e escuro em que se acham pode estar no gesto de ajudar o próximo a descobrir o próprio caminho.

Contado a partir de três perspectivas diferentes, o romance inédito de Gayle Forman aborda o poder da amizade e a audácia de ser fiel a si mesmo. *Eu perdi o rumo* marca a volta de Gayle aos livros jovens, que a consagraram internacionalmente, e traz a prosa elegante que seus fãs conhecem e amam.

CONHEÇA OS LIVROS DA AUTORA

Eu estive aqui

O que há de estranho em mim

Eu perdi o rumo

Se eu ficar

Apenas um dia

Apenas um ano

Para saber mais sobre os títulos e autores da Editora Arqueiro,
visite o nosso site e siga as nossas redes sociais.
Além de informações sobre os próximos lançamentos,
você terá acesso a conteúdos exclusivos
e poderá participar de promoções e sorteios.

editoraarqueiro.com.br